WENXUE DE
FUCHA YU YANGGUAN

文学的俯察与仰观

钱念孙 ◎ 著

时代出版传媒股份有限公司
安徽文艺出版社

图书在版编目（CIP）数据

文学的俯察与仰观/钱念孙著. —合肥：安徽文艺出版社,2021.11
ISBN 978-7-5396-7330-1

Ⅰ．①文… Ⅱ．①钱… Ⅲ．①文学评论－中国－当代－文集 Ⅳ．①I206.7-53

中国版本图书馆CIP数据核字(2021)第226988号

出 版 人：姚　巍		封面题签：钱念孙
责任编辑：张妍妍　宋潇婧		装帧设计：张诚鑫

出版发行：时代出版传媒股份有限公司　www.press-mart.com
　　　　　安徽文艺出版社　www.awpub.com
地　　址：合肥市翡翠路1118号　邮政编码：230071
营 销 部：(0551)63533889
印　　制：安徽新华印刷股份有限公司 (0551)65859551

开本：710×1010　1/16　印张：21.5　字数：300千字
版次：2021年11月第1版
印次：2021年11月第1次印刷
定价：86.00元

（如发现印装质量问题，影响阅读，请与出版社联系调换）

版权所有，侵权必究

目　录

自序　001

辑一

文学再造生活并辉映现实　003
文艺评论的简单与复杂　016
文学的俯察与仰观　027
从琢磨生活到表现生活　033
时代精神图谱的当代亮色和历史底蕴　039
文艺家的创作心态与精神追求　048
提升文学的精神高度和情义浓度　055
经典作品的意蕴开掘和艺术超越　061

辑二

文学的浅涉与深耕
　　——对人工智能写作的认识与回应　069
文学的自省与自强
　　——人工智能时代的文学观察和思考　080

论日记和日记体文学	090
文艺创作要提升文化品位	109
树立文艺评论的浩然正气	114
大众文艺的内涵和走势	119
貌合神离：消费时代文艺与和谐社会建设	127
论吸收外国文学影响的潜在形态及其作用	
——从接受美学的角度谈文学的民族化问题	135

辑三

探寻民族灵魂的故乡	
——读《刀兵过》兼与《白鹿原》比较	159
官场生态的"富营养化"变异	
——读老藤短篇小说《无雨辽西》	185
小说的矛盾张力	
——读许辉中短篇小说集《人种》	190
鲁迅的侠骨与柔肠	199
朱光潜美学的风雅异韵	207
朱光潜学术人生的通达与执着	223
朱光潜论中国诗的声律及诗体衍变	237
融汇中西，探求古今	
——纪念朱光潜先生一百周年诞辰	259

附录

君子文化与社会主义核心价值观
　　——中华文化的人格坐标和精神标识　　269
君子文化在传统文化中的地位和影响　　281
君子文化浸润中国人的日常生活　　295
江南地理文化与才子型君子人格　　314
乡贤文化为什么与我们渐行渐远？　　325

后记　　334

自　　序

文学评论表面看是对作家创作的作品及相关文学现象发言，实质上所探讨的是作家对广袤无际的社会生活做了怎样的过滤筛选和独到呈现，以及各种文学现象产生的社会缘由和审美特点。这就需要评论不仅稔熟文学描写生活的种种经验与手段，还要认识和把握社会生活这本大书的演进逻辑及其内蕴的世道人心。面对异彩纷呈的文学现象，优秀评论多半突破文学内部的知识循环和规则框架，在细致梳理研究对象文本肌理和审美经验的同时，发现和剖析文本背后社会生活的奥义及困惑，回应外部世界普遍关注或尚未引起关注却值得关注的问题。这就是说，文学评论进入文本应该融入对社会生活和人生真谛的求索，通过对文本内涵与现实意蕴的深入挖掘和相互阐释，把解读文本与解读生活融为一体，力求对艺术、对社会、对人生做出富有启迪意义的评述。

收入这个集子的文章多数为近些年陆续写成，主要围绕当今急剧变化的时代，文学怎样表现生活、生活怎样影响文学、文学和评论面临哪些挑战、我们需要什么样的文学和评论等问题展开思考。这些无疑是我们面临的新问题，其实也是每个时代都会重复遇到的老问题，因而前人和时人的著述不乏精彩讨论和可贵睿识。写它们的时候，已有的各种理论和见解在脑中盘旋,我努力依照自己阅读作品和体悟世事的感受,试图对原有学术理论栅栏的缝隙和空疏之处,做些因应时代和个人理解的补苴罅漏的工作。它们虽然涉及理论,但不属严谨系统的理论探讨,更多是自己学习和观察文艺现象的体会与感想。写得尽量"切实"一些,既不套用西方的理论框架虚张声势,也不轻随别人的说法敷衍成篇,用时下的常用语来说,就是讲真话、讲道理,是我努力想做到的。因集中文章主要谈文学,其中一篇的标题《文学的俯察与仰观》,大体可描述和概括这些文字的内容及追求,故作书名。

2014年初,有感于君子文化在数千年中华文化发展中的独特地位和影响,是我们今天对传统文化进行创造性转化和创新性发展的重要基点和抓手,曾写出《君子文化与社会主义核心价值观》一文。原以为这一超出文艺理论和美学专业研究之外的写作,只是临时插曲,不料引起各界重视,不仅《光明日报》于2014年6月13日头版头条刊出,《新华文摘》予以全文转载,浙江大学、上海交通大学等多个院校,安徽社科院、江苏社科院、山东社科院等多个研究机构纷纷成立君子文化研究中心,全国性"君子文化论坛"也已连续举办六届。参与"君子文化热"的讨论之中,我花较大精力先后写出20多篇有关君子文化及乡贤文化的文章。这里选录几篇作为"附录",一来略志近年劳作的情况,二来君子文化、乡贤文化与文学研究也有一定关联,如集中《探寻民族灵魂的故乡——读〈刀兵过〉兼与〈白鹿原〉比较》,即以君子文化和乡贤文化为视点评述当代文学创作,试图谈出点自己的见解。

《诗经·小雅·伐木》云:"嘤其鸣矣,求其友声。"奉上这本小册子,但愿能汇入当代文学评论的众声喧哗之中,并得到方家的批评指正。

2021年9月25日于合肥书香苑

辑一

文学再造生活并辉映现实

人生的最大遗憾,莫过于生命的一次性和生活的不可重复性。古希腊哲学家赫拉克利特有句名言:"人不能两次踏进同一条河流。"这既表明世界始终处于变化运动之中,也说明人的经历具有时不再来、即过即逝的性质。

作家与一般人既同也异:他的现实生活与众人一样,持的是一次性、用过即废的船票,会像孔子那样面对滚滚流水,发出"逝者如斯夫,不舍昼夜"的慨叹,但他的创作生活却能够超越客观时空的限制,对时过境迁、一去而不复返的日子按下暂停键或恢复键,以自己选择的节点和时段,在作品里踏上新的生活旅途。文学创作,也可说就是这种在作品里重新生活的过程。

从这个视角来观察文学,我们会有哪些收获呢?

一 文学是作家在作品中重新生活

三百六十行中有文学这一行当,经历了从"自在"到"自为"的演进历程。文学起源于人的劳动实践。从鲁迅先生所说的原始人抬木头产生的文学源头"'杭育杭育'派"[1],到传说反映黄帝时代狩猎过程的《弹歌》"断竹,续竹,飞土,逐宍(肉)"[2]等,大概属于文学的"自在"阶段,即自发咏叹、没有很强目的性的阶段。到了西周初年至春秋中叶,也就是《诗经》选录作品产生的年代,人们创作诗歌已明显步入"自为"层面,即带有预设想法、具有较强目的性的层面。《诗经》中的诗篇,不论是开篇的"关关雎鸠,在河之洲",还是其末章的"挞彼殷武,奋伐荆楚",前者歌吟男女恋情,后者称颂先王武功,主题和目的均显而易见。至于《七月》反映的则是下层人民终年艰辛劳动,却过着食不果腹、衣不蔽体的生活;《伐檀》责问不劳而获者"不稼不穑,胡取禾三百廛兮?不狩不猎,胡瞻尔庭有县貆兮",其对现实的不满和愤慨可谓彰明昭著。因此,中国现存最早典籍《尚书·舜典》概括文学的特点说:"诗言志,歌永言。"《汉书·艺文志》进一步解释道:"'诗言志,歌永言。'故哀乐之心感,而歌咏之声发。诵其言谓之诗,咏其声谓之歌。故古有采诗之官,王者所以观风俗、知得失、自考正也。"

其实,文学之所以具有言志抒情的特质,之所以可以发挥"观风俗、知得失"的作用,关键在于人作为宇宙之精华、万物之灵长,不甘心于生命的一次性,不情愿于人生的试步就是无法收回的脚步,因而借

---

[1] 鲁迅在《且介亭杂文·门外文谈》中说:"我们的祖先的原始人,原是连话也不会说的,为了共同劳作,必须发表意见,才渐渐练出复杂的声音来。假如那时大家抬木头,都觉得吃力了,却想不到发表,其中一个叫道'杭育杭育',那么,这就是创作;大家也要佩服、应用的,这就等于出版;倘若用什么记号留存下来,这就是文学;他当然就是作家,也就是文学家,是'杭育杭育'派。"(《鲁迅全集》第6卷,人民出版社1982年版,第94页)

[2] 见《吴越春秋·勾践阴谋外传》。

助文学作品对过往生活进行回忆、品味、再现和自警,以弥补人生棋局无法反悔、落子即为定案的遗憾。作家在作品中重新生活,并非以复现既往生活的原貌为能事,而是不管他自觉不自觉、有意识或无意识,都要这样那样地融入和渗透自己对社会人生的体验、感悟和认识。受语言表达功能和创作主体把握世界能力及局限的影响,文学作品中呈现的生活,必然是经过作家选择、淘汰、提炼、加工过的生活,因此作家在作品中重新生活也是重构生活和再造生活。

对此,许多作家都有深切体会和共识。王蒙早在1953年创作处女作《青春万岁》时,其《序诗》开头就写道:"所有的日子,所有的日子都来吧,让我编织你们。"这里的编织日子,也就是重新生活或者说再造生活。2020年他在《王蒙:"文学是我给生活留下的情书"》一文中谈到这点时说:"文学对于我来说是什么?把我所珍惜的、所感动的、所热爱的一天一天的日子镌刻下来,书写下来,制造出来,然后你看到这些作品的时候就好像回到了那些日子一样。这样我不光是过了这个日子,我还爱了这个日子,还想了这个日子,还写了这个日子,还描画了这个日子,我还反复琢磨了、咀嚼了、消化了、整理了、梳理了这些日子,在某种意义上挽留了这些日子。"[1]

由文学挽留下来的日子,或者说经过文学咀嚼、消化、梳理了的日子,既保留和洋溢着生活五光十色的客观色彩,又饱含和浸润着作家对生活感今怀昔的主观情怀。人虽然不能改变既往生活,却能够对过往的成就与荣华、不足与缺憾进行分析总结,以前车之辙作为后车之鉴,不断调整和修正未来生活之路。作家就是以语言塑造形象的方

---

[1] 王杨、陈泽宇:《王蒙:"文学是我给生活留下的情书"》,载2020年4月24日《文艺报》。

式,对既往生活感悟剖析、对未来生活憧憬设计的工程师。人类在进化发展中,尽管时常遇到坎坷和曲折,但克服困难砥砺前行的步伐从来没有停下,对美好生活的向往和追求从来没有止息。文学表现生活,理应帮助人们更好地认识自己与他人、历史与现实、光明与黑暗,以及光明与黑暗之间辽阔的灰色地带,给人以不断追求美好生活的信心、勇气、智慧和激情。如鲁迅在《论睁了眼看》中所说:"文艺是国民精神所发的火光,同时也是引导国民精神的前途的灯火。"[①]

文艺家作为文艺火把的点火人,传扬真善美、贬责假丑恶是不言自明、不可推卸的天职。这用传统文论的话语说,就是要发挥"文以载道"的作用。从刘勰的"文以明道"说到韩愈的"文以载道"说,其实都寓含极深刻的道理,只是一些人的误读和滥用,让它有时散发出浅薄说教的气味。这里的关键是对"道"如何理解把握。如果把"道"视为某种狭义的政治观点和道德教训,文学明显与政治读本或修身手册迥然有别,这样解释"文以载道"显然小看了文学。如果把"道"看作世道人心和人生世事的道理,文学就绝不能离开也无法离开"道",正如人须臾不能离开灵魂和思想一样。在这个意义上,作家首先应该成为一个有"道"之士,胸怀"为天地立心,为生民立命,为往圣继绝学,为万世开太平"的使命担当,在自己重新扬帆起程的生活航道里,洞开一个让人豁然开朗、激动不已的新天地,从中可以看到成功与失败、喜悦与悲伤、坦荡与阴险、从容与冒失等万千气象,以及在乱花迷眼纷繁世界中可行的途径和方向,让读者增收一种更加有意义、有趣味的生活经验和人生启迪。

这,或许就是文学存在的永恒价值,也是作家创作的魅力所在。

[①] 《鲁迅全集》第1卷,人民文学出版社1982年版,第240页。

二　作家再造生活的三大特权

就对社会生活的体察和解读来说,历史学家、哲学家、社会学家,乃至科学家等均与文学家一样,都是充当"事后诸葛亮"对既往生活做出自己的描述和阐释。比较而言,科学家、史学家、哲学家、社会学家钻研和把握社会生活的态度是力求客观的,表述方式是理论抽象的,即尽量把自己的成见和情感抛开,从纯理性的角度来看待研究对象。文学家与此不同,其创作虽然在主题构思、谋篇布局及层次结构等方面也需要理性思考和抽象思维,但具体描写社会人生及大千世界时,不仅需带着浓厚感情深入了解和体察表现对象,而且要以形象化的方式塑造和呈现表现对象。如果说,学者探究社会人生一般持冷静、客观的立场,那么,作家反映社会人生则多半取移情、主观的态度。如果说,学术研究主要运用归纳事实、抽象说理的逻辑思维,那么,文学创作则更多依靠描绘形象、以情动人的形象思维。文学创作运用形象反映和表现社会生活的根本特征,以及它区别于学术研究的思维特点,赋予作家创作或曰在作品中重新生活享有三大"特权"。

其一,想象虚构。在实际生活中,人与事都存在于具体的时间和空间之中,因此学者观察研究社会人生不能摆脱客观时空的限制,必须依据实事求是原则清晰了解何时何地、何人何事,有一分证据说一分话。文学创作来源于社会生活,一方面要立足于社会发展的基本逻辑和人生经验,另一方面又可以甚至需要超越客观事实,用合理的想象和虚构来打动人心地表现生活。《三国演义》描写从东汉末年到西晋初期魏、蜀、吴三个政治集团百年斗争兴衰史,虽然全书大体轮廓、基本线索、主要人物及重大事件等,与《三国志》等历史典籍的记载相一致,但也有不少地方纯属想象虚构,如"王司徒巧使连环计""献密计黄盖受刑""七星坛诸葛祭风""关云长义释曹操"等,这些十分精彩动人的情节在史书中杳无踪影,几乎全是向壁虚造。至于吕布的"赤兔马"能"日行千里,渡水登山,如履平地"之类的描写,也属明显夸张虚饰之笔。连最应尊重事实的历史小说尚且如此,其他文学创作想象、虚构的成分可想而知。

美国著名作家福克纳的《喧哗与骚动》等15部长篇和120个短篇,写的都是他声称邮票大的地方家乡"约克纳帕塔法县",而这个世界文学史上标志性的地点完全是无中生有、想象虚构。莫言众多作品所写的"高密东北乡"虽实有其名其地,却已是面目全非。真实的高密东北乡只是一片平原及一些普通的村落,但莫言在《丰乳肥臀》里却给它盖起现代化的高楼大厦,其他作品还给它移来山,搬来沙漠,弄来沼泽、湖泊、森林,等等。莫言自己说:"我敢于把发生在世界各地的事情改头换面拿到我的高密东北乡,好像那些事情真的在那里发生过。"[1]文学创作的想象虚构繁花似锦,举不胜举,在神话、童话、科幻等浪漫主义创作中更是天马行空,异彩纷呈。在现实生活中,捕风捉影、异想天开、空穴来风等常常是被谴责被否定之事,可在文学创作中只要运用合理,往往能成为生花妙笔。

其二,感情用事。凭个人爱憎或感情冲动看待和处理事情,在现实中多半被认为是一个人不成熟、不理智的表现。而以形象思维为主的文学创作,其思维过程则常常伴随情感活动,如刘勰《文心雕龙·神思》所说:"登山则情满于山,观海则意溢于海。"[2]不过,文学情感与一

---

[1] 莫言:《我与文学大师的对话》,《莫言文集》,作家出版社2012年版。
[2] 陆侃如、牟世金:《文心雕龙译注》(上册),齐鲁书社1982年版,第85页。

般情感不同,它多半不是嬉笑怒骂的直接宣泄和表白,而是借助艺术形象予以呈露和传达。曹植遭遇哥哥曹丕的刁难和迫害,被命七步之内作诗一首,作不出来则"行大法"。若曹植直呼"你我本兄弟,相害何太急",那就是一般情感的倾诉,就不入文学的殿堂,最多只是在文学的外围转悠。可他吟出"煮豆持作羹,漉菽以为汁。萁在釜下燃,豆在釜中泣。本自同根生,相煎何太急?"①这首诗,巧妙地用豆萁煮豆的意象来比喻兄弟之间骨肉相残,这就有打动人心的艺术力量。文学创作的奥秘,要点就在赋予形象以情感。豆如何能"泣"?如何能发出"本自同根生,相煎何太急"的悲愤之声?谜底就是曹植"推己及物",将豆和豆萁拟人化,赋予豆与己相同的感情。

柳宗元是写游记散文的高手,他的《钴鉧潭西小丘记》写潭边山上石头:"其嵚然相累而下者,若牛马之饮于溪;其冲然角列而上者,若熊罴之登于山。"说那些石头负土而出,争为奇状,一路倾斜重叠俯伏下坡者,就像牛马到溪边饮水;那些耸立突出,有如兽角斜刺争着往上冲的石头,则似熊罴往山上攀登。这实际上是通过想象动物的情态,把无生命的冰冷的石头写活,而想象动物情态的前提还是移情,即经由"以己度物"的比喻来状物抒情。文学家与一般人在天赋或曰天性上的差异,大半就在于是否能对万事万物感情用事,是否能设身处地、感同身受地进入和体察万物,与描写对象在情感上发生同频共振。

其三,以小见大。文学的主要特征是以形象反映生活。由于形象总是具体的、个别的、感性的,如何使具体生动的艺术形象超越个体感性的存在,包含更加丰富的内涵并具有更大的普遍意义,历来是优秀文学家孜孜以求的目标。文学创作不能像社会科学研究那样,以扩大

---

① 余嘉锡:《世说新语笺疏》,中华书局2007年版,第288—289页。

调研、统计的数量与规模来保证归纳定性的可靠性及其价值,而只能通过赋予具体形象更加鲜明的特征和更为深厚的意蕴,来增强艺术形象的典型性和代表性。陈忠实《白鹿原》所刻画的,不过是陕西关中平原上的一个小村庄白鹿村,以及这个村里以白嘉轩和鹿子霖为代表的两大家族祖孙三代的恩怨纷争。但《白鹿原》的意义,或者说小说所给予我们的感受和启示远不止于此。它是以"小村庄"来映照"大社会",以"小村庄"的岁月皱褶来表现"大社会"的时代刻痕,用陈忠实自己的话来说,"是以写家族史来反映中国近现代社会变迁发展"[1];亦如评论家雷达所言,《白鹿原》"铺开了一轴恢宏的、动态的、纵深感很强的关于我们民族灵魂的现实主义画卷"[2]。

文学形象这种以小见大的特点,不仅在优秀小说的绵延山脉中峰峦叠出,即便在短小诗歌的雅致园囿里同样百卉争妍。李白的《望庐山瀑布》:"日照香炉生紫烟,遥看瀑布挂前川。飞流直下三千尺,疑是银河落九天。"这虽然纯粹只写江西庐山一地的自然景物,却仿佛以夸张传神之笔写尽天下瀑布的壮美景观,以及诗人对祖国山河的热爱和赞叹。它不仅千百年来脍炙人口,引起人们广泛共鸣,也让此后站到庐山瀑布前的骚人墨客不敢轻易吟咏,感受到"眼前有景道不得"的无形压力。

文学描写对象并非以扩大版图、增加数量擅长,而是以突出彰显形象特色、深化形象内涵取胜。

---

[1] 陈忠实:《〈白鹿原〉获茅盾文学奖与远村答问录》,载 1997 年第 6 期《延安文学》。

[2] 雷达:《废墟上的精魂——〈白鹿原〉论》,载 1993 年第 6 期《文学评论》。

三 文学世界与现实生活的互动

作家在作品中重新生活和再造生活,虽然感发构想和形象胚芽等都受孕和来源于外在社会现实,但经过创作主体的十月怀胎和精血孕育,其分娩出来的艺术形象已是一个独立自足的存在。这种情况往往在作家打下腹稿、全身心投入创作时就不同程度地发生了。陈忠实谈《白鹿原》写作,说在小屋里摊开稿纸,"我就进入一个想象中的世界,就把现实世界的一切忘记了,一切都不复存在,四季不分,宠辱皆忘了。我和我的世界里的人物在一起,追踪他们的脚步,倾听他们的诉说,分享他们的欢乐,甚至为他们的痛苦而伤心落泪。这是使人忘记自己的一个奇妙的世界。这个世界只能容纳我和他们,而容不得现实世界里的任何人插足。一旦某一位熟人或生人走进来,他们全都惊慌地逃匿起来,影星儿不见了。直到来人离去,他们又复围来,甚至抱怨我和他聊得太久了,我也急得什么似的"[①]。

作品创作完成面世后,它已是作家无法操控的另一条生命,就像孩子长大总要离开父母,踏上自己的人生征途一样。文学作品进入社会传播,无异于给每日在实用功利厂房里忙碌的人们打开一扇气象万千的窗户,不仅可以帮助人们检视以往峥嵘岁月留下的雪泥鸿爪,汲取经验和智慧,看到盲目和疏忽,还能够更好地感悟社会生活的纷繁复杂、人情世态的多姿多彩,以及风土民俗的千奇百怪。孔子早说过:"诗,可以兴,可以观,可以群,可以怨。迩之事父,远之事君。多识于

[①] 《我的文学生涯——陈忠实自述》,载2003年第5期《小说评论》。

鸟兽草木之名。"①这是讲文学具有感发人心、认识生活、联络群众、针砭时弊的功能,也是文艺理论教科书解说文学社会作用时的老生常谈,此不复赘。

文学再造生活当然不可能穷尽生活中的所有,甚或只是无边无际生活的一鳞半爪或以斑窥豹,但文学是对生活洪流的千淘万漉,对生活矿石的千锤百炼,因而其所再造的生活比日常生活更加浓缩饱满,更加激动人心,也更加意味深长。唐代诗人李贺《高轩过》里有一句诗:"笔补造化天无功。"这本是他夸赞文坛前辈韩愈和皇甫湜两位"文章巨公"才华的诗句,却揭示了文学与生活关系的另一层意思。"笔"是作家作文的工具,此处代指文学和文才;"造化"指自然万物,也包括社会生活。"笔补造化",就是说客观外部世界还有缺陷,还不够精彩,需要以文学之笔对它进行补充和完善。而经过作家之笔重新勾勒、修正和再造的生活,可与客观外界生活对照媲美,用李贺的话说,就是可与老天一比高下,以至让老天黯然失色,自叹弗如,即"天无功"也。

李贺之言是否夸大其词?这当然可以讨论。但他所说在现实生活中有一定的依据,似为不争的事实。关于文艺与生活的关系,亚里士多德强调"文艺是对现实的模仿",我们的经典文论也认为"文艺是对社会生活的反映",《石涛画语录》里有句名言"搜尽奇峰打草稿",如此等等,无疑都是颠扑不破的真理。不过,除了文艺模仿现实以外,现实有时也模仿艺术,这在实际生活中也并非难得一见,甚至可说屡见不鲜。譬如我们面对山水自然美景和靓丽女子,常常说"江山如画""美人如画",很少反过来说"画如江山"或"画如美人"。一代美术宗师黄宾虹说:"古人言'江山如画',正是江山不如画。画有人工剪裁,

---

① 《论语·阳货》。

可以尽善尽美。"①再如我们遇到聪明能干之人,往往以"小诸葛"或"赛诸葛"称之;遇到缺乏自知之明,常用精神胜利法自我吹嘘的平庸之人,会说他简直就是一个阿Q;与一个弱不禁风、多愁善感的女孩在一起,会说她像林黛玉,或直接喊她"林妹妹";而碰到一个精明干练、心狠手辣的女强人,会说她就是"王熙凤"。凡此种种,都是生活模仿艺术的常例。

我们不仅经常以文艺形象来解读和评价生活中的人,还时常应用文艺形象来议论和说明生活中的事。如谈论集思广益的重要,会说"三个臭皮匠,顶个诸葛亮";表达双方有一方利益受损却都心甘情愿做某事,会说"周瑜打黄盖,一个愿打,一个愿挨";等等。凡此种种,加上由众多文学名著衍生出来的大量成语典故及谚语俗语,作为常用语在我们的现实生活中频繁使用等,确实构成了生活模仿艺术的现象。英国作家王尔德在《谎言的衰朽》中有言:"生活模仿艺术,胜过艺术模仿生活。"这句话固然过于片面和极端,却有一定的事实依据,并非完全是无根之木。

其实,出现生活模仿艺术的状况并不难理解。包括文学在内的各类文艺作品,一旦创作成功投向社会,它就脱离创作主体而成为一种社会客体,成为社会文化的一个组成部分。文学作品变成纸质版或电子版图书出版发行后,白纸黑字的独特组合及其字符下蕴藏的丰赡内涵,不仅享有知识产权受到法律的保护,而且作为精神文化成果为千千万万大众所阅读享用。这种阅读享用一方面以润物无声的方式滋养人们的心灵及情感生活,也就是我们通常所说的发挥文学的认识、教育和美感作用等;另一方面,其中出类拔萃者又可能成为更多文化

---

① 王伯敏编:《黄宾虹画语录》,上海人民美术出版社1978年版,第2页。

产品的母本,在不同艺术门类中派生出许多孪生兄妹,甚至在不同时代繁衍成瓜瓞绵延的世家旺族。

以我国"四大名著"之一的《三国演义》来说,除了数百年来一直畅销不衰,被改编成评书等多种说唱艺术形式,现在仍有演绎小说的同名大型电视剧热播外,在传统戏曲舞台上更是形成洋洋大观的"三国剧"系列。如演董卓、吕布、貂蝉事的《凤仪亭》,演张飞、关羽事的《古城会》,演曹操、诸葛亮、周瑜事的《群英会》,演关羽、鲁肃事的《单刀会》,演曹操、关羽事的《捉放曹》,演张飞事的《长坂坡》,演诸葛亮、司马懿事的《空城计》等等,不胜枚举。当代长篇小说《白鹿原》也被改编成同名电影、电视剧、话剧、舞剧、秦腔、连环画等多种艺术形式。

不仅如此,文学与生活的互动关系还表现为一些经典作家的居住地及作品所描写的重要生活场景等,被保留修缮或模仿重建,成为某些城市、乡村的响亮名片和金字招牌,有力推动当地的文化发展和旅游经济的繁荣。笔者曾慕名前往英国中部的莎士比亚故乡斯特拉福德小镇,这里与莎翁出生、上学、恋爱、写作和戏剧排演等有关的五处木石结构的建筑,以及广场、花园、街道、河畔等,都被整体精心维护或修建成文艺复兴时期古意盎然的格局及景貌;而后建的莎士比亚体验馆则借助现代技术创新手段和影视特效,极具魅力地展示和表现莎士比亚的一生;还有皇家莎士比亚剧团在后改造的庭院剧院长年演出原汁原味的莎剧等,每天吸引大量来自世界各地的游客和文艺朝拜者。我国也有许多植根于文学名著或名篇的佳景胜地,如江西南昌的滕王阁、湖北武汉的黄鹤楼、安徽滁州的醉翁亭、湖南岳阳的岳阳楼,还有安徽合肥的三国遗址公园、江苏无锡的三国城,以及多地的大观园、桃花源、结义亭,等等,可谓星罗棋布,各擅胜场。

这些名胜之地,有的是作家的故乡或触景生情创造经典之处,有的是依据名作故事设计建造的文化景观。就它们作为一种客观存在来看,文学内容与客体物质已经融为一体,很难把两者简单剥离和分开。客体景观中饱含文学内容,而文学内容又在客体景观中得到生动呈现,两者交融互补,相得益彰,既让文学内容有了客观化的实景诠释,又让客体景观充盈和洋溢着文学的意蕴与神采。

实际上,整个文学与社会生活的关系又何尝不是如此?马克思指出,人类"按照美的规律构造"世界,既是"人的本质力量对象化"的过程,也是促进"自然的人化"的进程。① 作家再造生活创造的文学佳作犹如电流,经由读者阅读而传导和改变人的精神品质,进而不知不觉地输入和流布人的生产劳动和日常生活;而经过文学及文化电流"麻过"或者说"电过"的包括物质遗产和非物质遗产的社会生活,则会作为客观现实,又成为文学反映的对象,并影响新的文学创作。一部人类文明进化史,大体就是如此循环往复地被文学及文化不断浸染和提升的历史。正因如此,车尔尼雪夫斯基说:优秀的文学作品堪称"人的生活的教科书"②。作为生活教科书的书写者,作家使命光荣、责任重大,理应为人们创造美好生活打造精品力作,提供优质精神食粮。

2021 年 3 月 11 日完稿于合肥书香苑

原载于 2021 年 8 月 17 日《光明日报》。刊载时标题为《好作品如电流,贯通文学世界与现实生活》。

---

① 马克思:《1844 年经济学—哲学手稿》,人民出版社 1979 年版,第 50—51 页。
② 《艺术与现实的美学关系》,《车尔尼雪夫斯基选集》(上卷),生活·读书·新知三联书店 1958 年版,第 99 页。

文艺评论的简单与复杂

多年来,人们对文艺评论的探讨连篇累牍,关于加强文艺评论的呼声连绵起伏。究竟应该如何开展文艺评论?如何把握文艺评论的规律?这问题说复杂也复杂,说简单也简单。

一 讲真话是判断文艺评论价值的关键指标,也是辨别评论家人格境界的重要尺度

简单说,文艺评论不外乎是对文艺作品和创作现象进行赏析与评价,其最基本的要求就是"讲真话"。

真话是实话,实实在在,有一说一,有二说二,不乔装打扮,不涂脂抹粉,不贴金也不抹黑,不拔高也不护短。真话是中肯之语,诚诚恳恳,直言相告,可能不中听,甚至还刺耳,但古人早说过:良药苦口利于病,忠言逆耳利于行。真话是有物之言,言之凿凿,信而有征,与大话、空话、套话、戏说、炒作等泾渭分明,判然有别。真话是家常话,平平常常,普普通通,不像"场面上话",时常装腔作势、拿腔拿调,或言不由衷、虚与委蛇。

巴金《真话集》有言:说真话不应当是艰难的事情,但要做到"说真话并不容易"①。20世纪中期极左思潮一度横行,包括巴金在内的不少知识分子及党政干部等都说过一些违心的假话。在《二十年前》这篇短文里,对自己曾随波逐流批判叶以群、冯雪峰等文艺家,巴金沉痛反省和自责:"那些年我口口声声'改造自己',究竟想把自己改造成什么呢?我不用自己脑筋思考,只是跟着人举手放手,为了保全自己,哪管牺牲朋友?"②巴金晚年一再呼吁要"讲真话",看似极为质朴简单,却是他经历血与泪的磨难后获得的生命领悟,是他思考当代中国历史曲折进程而发出的理性呐喊,更是他希望重铸中国知识分子文化人格最为宝贵的临终箴言。

反观当今文坛,尽管巴金"讲真话"的告诫已过去三十多年,尽管威胁和干扰"讲真话"的极"左"路线早已改弦更张,尽管改革开放的时代精神已深入人心,尽管解除禁锢的文艺疆场已是各路好手策马扬鞭的广阔天地,但在文艺评论领域,"说真话,讲道理"醒人耳目的作品却凤毛麟角,各种各样"讲好话,唱赞歌"的评论则如过江之鲫,让人应接不暇。这类评论层出不穷,部分是"红包批评"泛滥,利益驱动使评论者往往难以坦陈直言,从而给予作品过多过高的评价;部分是"人情批评"弥漫,评论者碍于人际关系不敢或不愿批评,多半泛泛而谈奉献溢美之词;还有一些评论忽视作品的生活底蕴和艺术品质,片面夸大主题宏大、观念演绎的作用,并将其奉为文艺创作的捷径和法门;更有一些评论的评价标准混乱,在商业化语境下过分看重销售量、收视率以及版税、出场费等市场因素,丧失对低俗、媚俗、庸俗作品的批判立

---

① 巴金:《真话集·三论讲真话》,人民文学出版社1983年版,第105页。
② 巴金:《无题集·二十年前》,人民文学出版社1986年版,第158页。

场,把经济效益如何作为衡量作品是否优秀、文艺家是否成功的标杆。这种以利润价码和市场效益来评判文艺的风气,曾一度甚嚣尘上,对文艺创作造成很严重的内伤。我们的文艺之所以"存在着有数量缺质量、有'高原'缺'高峰'的现象,存在着抄袭模仿、千篇一律的问题,存在着机械化生产、快餐式消费的问题",①莫不与文艺价值观迷失导致批评标准紊乱密切相关。

如果说巴金晚年反复强调"讲真话",主要是对"文革"时期极左政治路线压迫的反思和批判,那么我们今天重申"讲真话",则更多是对文艺价值观扭曲和对市场经济认识偏颇的雾霾阻扰文艺批评视线的检查及校正。两者所处时代背景迥然相异,所针对的问题判然有别,但所谈话题却相同一致,这不仅说明"讲真话"是不同时代都应遵循的原则,也表明"讲真话"在现实生活中常常会遭遇各种干扰和扭曲。"讲真话"既是一个社会良性有序运行的客观要求,又是每个社会成员正直做人的内在需求。对于文艺评论工作者来说,能否不盲从、不跟风、不为各种利益所动,坚持实事求是讲真话,这不仅是判别其作品价值的内在指标,也是辨别其人格境界的重要尺度。

经过反复斟酌和推敲,巴金对"讲真话"做出这样的界定和解说:"所谓讲真话不过是把心交给读者,讲自己心里的话,讲自己相信的话,讲自己思考过的话。"这层层递进的关系告诉我们,"讲真话"关键是把赤诚的心交给读者,是与读者推心置腹、肝胆相照地坦率交流,它与任何应酬之语、敷衍之论无关,更与任何不实之词、不经之谈绝缘。同时,"讲真话"并不完全是童言无忌式的直感之言,也不是信口开河式的畅所欲言,它不仅应是自己所体会、所认识、所相信的话,还应该

---

① 习近平:《在文艺工作座谈会上的讲话》,载 2014 年 10 月 15 日《人民日报》。

具备独立思考的品质,是有见解、有思想、有价值的话。

做到这点,远非易事。文艺性表达与一般应用性表达有很大不同:应用性文字如请假条、通知告示、通讯报道及各类图谱等,含义一目了然,清澈见底;而文艺作品如诗歌、小说、绘画、舞蹈等,常常在字面或画面呈现的意思之外,还有潜藏的和隐喻的意义,有时甚至深藏若虚,难以探测。钱起的名句"曲终人不见,江上数峰青",似乎文字简明、含义明确,但其妙处在于,诗人主要想传达的凄凉惜别之情,竟然"不著一字,尽得风流"。陈子昂的《登幽州台歌》:"前不见古人,后不见来者。念天地之悠悠,独怆然而涕下。"这四句诗,感觉脱口而出,明白如话,多么朴素简洁,其饱含的意蕴却那样博大深远。陶渊明咏菊、周敦颐说莲、郑板桥写竹、徐悲鸿画马等,表现的绝不只是植物或动物本身,而是以借喻和象征的手法倾诉自己的情怀、思想、趣味和人格。至于毕加索的《格尔尼卡》、卡夫卡的《变形记》、海勒的《第二十二条军规》、马尔克斯的《百年孤独》之类的作品,要准确描述其创作心理和文本内涵及其来龙去脉,虽有多种套路和门径,却没有任何一种能够完全拨云见日,一眼窥明真相。我国的古代文学,从《诗经》、《楚辞》、汉赋,到唐诗、宋词、元曲及明清小说,尽管历代注家蜂起、评骘不断,研究成果汗牛充栋,却始终无法穷尽其意义,后人永远拥有再发现再阐释的空间。

评论的乐趣和学问在此,难处和魅力也在此。这就涉及下面所要谈的文艺评论的复杂了。

二 文艺评论不应止步于对作品做出"还原性的阐释"，还应致力于"批评性的建构"

文艺评论的复杂，首先在于它作为人类对文艺创作和文艺思潮等审美现象进行阐述和评价的一种理性认识，不仅其历史与人类审美活动一样漫长悠久，而且在长期发展中产生诸多理论、诸多学派，形成各式各样的评论视角和解析方法，积累了异常丰厚的学术遗产和思想成果。我们今天从事文艺评论工作，无疑要知晓乃至熟稔这些遗产和成果，包括各具特色的理论和学派、视角和方法，以便掌握更多"批判的武器"，对研究对象做出既实事求是又富有新意的解读，不断丰富对文艺创作和文艺评论规律的理解与认知。

以中国文论来说，从孔子的"兴观群怨"到孟子的"知人论世"，从老子的"大音希声"到庄子的"心斋坐忘"，从董仲舒的"诗无达诂"到刘勰的"操千曲而后晓声"，从韩愈的"文以明道"到司空图的"韵外之致"，从欧阳修的"穷而后工"到黄庭坚的"夺胎换骨"，等等，都从不同角度对如何看待和把握文艺现象提出自己的观点。还有严羽的"妙悟说"、李贽的"童心说"、王士祯的"神韵说"、沈德潜的"格调说"、袁枚的"性灵说"、翁方纲的"肌理说"、王国维的"境界说"等，也对文艺创作的特点及品藻视角各申己见，以别树一帜相标榜。五四新文化运动中兴起的"文学革命"和"革命文艺"等思潮、新中国成立以来社会主义文艺思想的发展演进等，更为当今开展文艺评论提供了切近的借鉴和价值坐标。

从西方文论来看，且不说从古希腊的柏拉图、亚里士多德，到德国古典美学代表人物康德、黑格尔等20世纪以前异彩纷呈的文论遗产，即以近百年西方文论的演进状态和变化速率而言,也是花样翻新,让人应接不暇:涌现出克罗齐的"直觉说"、胡塞尔的"现象学"、弗洛伊德的"精神分析学"、萨特的"存在主义"、兰塞姆的"新批评派"、拉美的"魔幻现实主义"等。除此之外,从索绪尔的"结构主义"到德里达的"解构主义",从伽达默尔"阐释学"到姚斯的"接受美学",从传统的"文本批评"到杰姆逊的"文化批评",以及花样繁多的现代主义和形形色色的后现代主义,等等,无不对文艺创作和文本解读提出自己的看法,为认识文艺现象的丰富性和复杂性做出种种尝试和探索。

文艺评论的复杂,还表现在古往今来的文艺创作是一个有机关联的系统,我们不能孤立地评价一部文艺作品或某种文艺现象,而要将其放在这个大系统的若干参照系中加以考察。因此,文艺评论不仅需要依据评论对象的特点,选取恰当的批评理论和介入视角深入阐发其特色和意义,还要以深邃的历史意识和宽阔的国际眼光准确把握其成就和价值。刘勰在《文心雕龙·时序》里早就谈道:"文变染乎世情,兴废系乎时序,原始以要终,虽百世可知也。"[1]英国作家艾略特在《传统与个人才能》中也说过:"诗人及任何艺术家,谁也不能单独地具有他完整的意义。他的重要性以及我们对他的鉴赏,就是品鉴他与已往诗人及艺术家的关系。你不能把他单独评价,你得把他放在前人之间来对照、来比较。我认为这不仅是一个历史的批评原则,也是一个美学的批评原则。"[2]在当今全球一体化、世界互联网化的背景下,我们评论一部文艺杰作或一个重要的文艺现象,既要把它放在纵向发展的

---

[1] 陆侃如、牟世金:《文心雕龙译注》(下册),齐鲁书社1982年版,第331页。

[2] 艾略特著,王恩衷译:《传统与个人才能》,《艾略特诗学文集》,国际文化出版公司1989年版,第2页。

历史进程中评判其品质和地位,也要把它置于横向发展的世界整体联系中比较其贡献和分量。①

当然,文艺评论本身并非只有一个模式,而是具有多种形态。中国的诗话词话、评点批注,西方的对话体、随笔体,都是曾经风行一时的批评样式。朱光潜先生曾把批评分为"判官式批评""诠释式批评""印象式批评""创造的批评"等不同类型,并对它们的特点做了分析。② 近几年报刊时常讨论"学院派批评"与"随感式批评""媒体批评"的区别联系及各自的优劣短长。在如今信息技术日新月异、互联网无孔不入的时代,文艺批评的舞台又被各种社交网络和自媒体平台所包围或者说所拓展,原有的主调旋律和话题范围被缺少规则的众声喧哗所干预和侵扰,某些娱乐领域甚至可说被蚕食、瓜分、重组,乃至被遮蔽。

文艺评论形态的多样性,以及它在风起云涌的新媒体平台裹挟下所遇到的挑战,让人惊呼我们已经迈入一个人人可以参与文艺批评的"人人时代"。谁都可以点赞或吐槽,谁都可以发表恰当或不当的议论,更重要的是,谁的言论都拥有在强大而便捷的网络渠道迅速传播的条件和可能。在"互联网+新媒体"时代,文艺评论似乎撤除了专业门槛,消弭了话语权限制,呈现前所未有的开放性和自由度。不过问题的另一面,即更为实质性的一面是,文艺评论也由此陷入了随意、芜杂,乃至导向迷失、价值紊乱的状态。

现实的未必都是合理的。上述情况的出现,并非表明文艺评论专

---

① 参见拙著《文学横向发展论》,上海文艺出版社1989年版。
② 朱光潜:《近代美学与文学批评》,《朱光潜全集》第3卷,安徽教育出版社1987年版,第401—424页。

业素养和学术精神的多余或可有可无。恰恰相反,这是在提醒和昭示我们:文艺评论的专业素养和学术精神亟待弥补和增强。文艺评论不仅需要直观感受,更需要理性分析;不仅是看热闹的吆喝,更是看门道的阐释;不仅包括碎片化的判断,更包括系统化的研究;不仅看重提炼醒人耳目的标题、警句和段子,更看重钻探作品的深度、广度和作家的独到追求。进而言之,文艺评论不仅要锁定作品的人物、情节、叙事等特点,回答作品"讲什么""是什么"的问题,还要探究这些作品构成要素的来源和文艺家如何咀嚼消化及孕沙成珠的妙处与缺陷,解答作品"为什么""应怎样"的问题。这就是说,我们的文艺评论不应止步于"还原性的阐释",还应致力于"批评性的建构"。如此等等,无不要求文艺评论在熟练掌握本学科的十八般武艺以外,还要综合应用哲学、美学、社会学、历史学、心理学等诸多学科的知识,通过对文艺作品或文艺思潮的具体评析,挖掘和揭橥审美现象"能指"与"所指"所包孕的多重意蕴。

三 文艺评论要把解读作品与解读生活融为一体,对文艺和生活进行整体透视和冷峻反思

　　文艺评论的复杂,还在于面对意义丰赡的鲜活文艺现象,优秀的评论必须突破学科内部的知识循环和规则边界,在严谨细致地梳理研究对象文本肌理和审美经验的同时,能够发现和解读文本背后社会生活的奥义及困惑,回应外部世界普遍关注或尚未引起关注却值得关注的问题。这就是说,文艺评论应该带着对社会生活和人生真谛的思考进入文本,通过对文本内涵与现实意蕴的深入挖掘和相互阐释,把解读文本与解读生活融为一体,力求对艺术、对社会、对人生做出富有启

迪意义的评述。做到这一点，评论家起码要从两个方面历练自己的"诗外功夫"。

其一，深入生活，琢磨生活。文艺创作与文艺评论虽然紧密关联，却也有各自特点和分道扬镳之处。如果说，创作主要用形象思维表现生活，那么，评论则多半以逻辑思维评析作品；如果说，创作直接面对和取材的是包罗万象的客观及主观世界，那么，评论直接面对和取材的则是以纸张、屏幕、舞台等为媒介的文本。由这种分野所决定，平常谈起深入生活，多以为是针对作家、画家、音乐家等文艺创作者而言，对评论家来说似乎没有多少关系，似乎可以"事不关己，高高挂起"。尤其是身处高等院校和科研院所的众多学者型评论家，他们在一定程度上代表着评论的学术水准和公允态度，却多埋首于书斋，沉浸于"躲进小楼成一统，管他冬夏与春秋"的状态，追求"板凳要坐十年冷，文章不写半句空"的境界。如此这般的好处是，由书本垒起的"知识高塔"可以赋予他们超越地域、阶层、性别等限制，能够比较超脱自由地以多元视角观察文本及其与社会的相互关系；而欠缺的一面是，由于对瞬息万变的现实生活接触不深、了解不透，引经据典和条分缕析的文字洋溢书卷之气，往往对文本牵扯的时代重大问题关注不够，缺乏洞见。

从根本上说，文艺家就是用心琢磨生活，并用心表现生活的人。[①]从表面看，评论家是针对文艺家创作的作品发言；实质上，他所探讨的是作品对社会生活做了怎样的筛选和独到呈现。如果评论家不深入生活、不琢磨生活，没有自己对生活的认识理解作为参照系，如何对文艺家表现生活的深度和广度做出富有说服力的精当评估呢？其实，不仅文艺创作的内容，即便作品的形式，包括叙述语言、情节结构、表现

---

① 参见拙文《从琢磨生活到表现生活》，载 2015 年 3 月 9 日《光明日报》。

手法等,都与现实生活有着千丝万缕或隐或显的联系。新时期文学发展,内容上所以经历伤痕文学、反思文学、改革文学、寻根文学等嬗变,形式上所以在传统现实主义小说以外,出现意识流小说、现代派小说、先锋小说、新写实小说等更迭,无不与当时疾速变化的社会生活休戚相关。有些评论佳作,所以能够揭示文艺家本人没有想到或没有明确意识到的问题,给作者和读者以醍醐灌顶、豁然开朗之颖悟,正在于评论者不仅对艺术,而且对生活有深刻的体察和睿识。

其二,张扬个性,提升境界。由于评论是对创作的识读和解码,人们往往把评论看作创作的附庸。许多大同小异、无关痛痒的评论,仿佛走进剧院大门时散发的节目说明书,并没有独立存在的价值。一些无原则"吹喇叭""抬轿子"的评论,则无异于打开电脑或手机时不断蹦出的五花八门的广告,多半让人心生厌烦而不屑一顾。这些等而下之者充斥评坛,无疑增添人们对评论价值的怀疑。其实,真正的评论绝不是创作的"婢女"或附属物,而是有着自己主体精神与鲜明个性的探索和创造。它一方面像精明细心的警察探案一样,用放大镜甚至显微镜透视作品内容对生活的陶冶和熔铸,考察作品形式对艺术史的承袭与开拓;另一方面又仿佛兼任哲学家、社会学家、心理学家等角色,对作品塑造的人物、营造的世界、表达的主题、潜在的意脉,以及这些对社会和人生的警示与启迪等,发表别具慧眼又富有积极意义的评说。文艺评论不仅担负着洞察与引领一个时代文艺创作实践及演进走势的责任,而且承担着化育和滋养一个民族审美趣味与道德风尚的使命。

文艺作品作为人类以审美方式把握世界的一种精神产品,与一般可供品尝的物质产品如食品大不一样。一个苹果或一碗面条,不同的人去品尝,基本是"口之于味,有同嗜焉",并且不同的人所得到的营养大体相同。一部文艺作品，不同的人去观赏品鉴，不说"一千个读者有一千个哈姆雷特"，起码也是"深者见其深，浅者见其浅"。评论家正是见其深的"深者"，优秀评论家与普通评论家的差距，也正在于两者所见的"深度"不同。这种差异的产生，除了两者的学问功底和专业素养颇有高低深浅的分别外，主要缘于普通者多半只在社会文化给定的位置上，对艺术和生活进行扫描编程，而优秀者则以渊博学识和锐利眼光超越社会文化给定位置的局限，在更广范围更深层次上对艺术和生活进行整体透视与冷峻反思。

我总觉得，文艺评论家一面要像学者一样学富五车、满腹经纶，一面又要像作家一样体察世态炎凉、洞悉世道人心；一面要钻入文艺创作者的大脑心脏，渗入作品艺术形式的毛细血管，一面又要扎根社会生活的肥沃土壤，吮吸天地万物的甘露营养。只有这样，我们的文艺评论才能切实参与并塑造时代的审美观念和文艺面貌，才能有力加入并呼应民族的文化建构和精神淬炼。当然，恪守独立品格和为文风骨、追求思想深邃和文采斐然，自是优秀评论的题中应有之义，不在话下。

2018 年 4 月 11 日完稿

4 月 16 日再改于合肥书香苑

原载于 2018 年 6 月 19 日《光明日报》

文学的俯察与仰观

"仰观宇宙之大,俯察品类之盛,所以游目骋怀,足以极视听之娱,信可乐也。"东晋大书法家、文学家王羲之《兰亭序》中的这一名句,描述的是当时文人雅集,流觞赋诗的欢愉情景,却涉及文学创作需要"俯察"和"仰观"的规律。

一 文学的俯察是沉入生活的底层,观察和领悟生活的丰厚意蕴,同时又明察秋毫,甄别处理基调与杂色、娱乐与颓废等种种矛盾和问题

作为社会的一员,作家与其他人一样,每天都过着一去而不复返的日子。作为一种特殊职业者,作家与其他人又不一样,他于每天过日子的同时,还在作品中对自己或别人所过的日子选择一番,重新再过一遍。作品中的日子与现实日子不同,它可以让时间停留或飞逝,让日子倒退或快进,让年迈者返回青春活力,让年轻者经历垂暮死亡。可是,不管作品中的日子如何演化嬗变,总是对现实生活直接或间接

的反映,一如孙大圣纵有七十二般变化也难以跳出如来佛的手掌。作家尽可以展开想象的翅膀,设置紧张离奇的情节和跌宕起伏的人生,但必须通过具体生动的形象描写,才能成为富有艺术感染力的文学作品。逼真细腻的形象描写从何而来?只能从生活中来,从对生活的"俯察"中得来,舍此别无他途。

文学的"俯察",是指作家要弯下腰,放下身段,以谦虚和虔诚之心,沉入生活的底层,仔细观察和领悟生活的丰厚意蕴,悉心感受和体验民众的酸甜苦辣。正如习近平《在文艺工作座谈会上的讲话》所说:"我们要走进生活深处,在人民中体悟生活本质、吃透生活底蕴。只有把生活咀嚼透了,完全消化了,才能变成深刻的情节和动人的形象,创作出来的作品才能激荡人心。"就此而言,"俯察"与"俯瞰"差异明显。"俯瞰"是居高临下地审视和瞭望,是对生活蜻蜓点水、浮光掠影式地走马看花。"俯察"不仅要以谦卑之心深入生活,扎根人民,还要在生活的厚土里旁搜远绍,爬罗剔抉,在研磨生活中发现孕沙成珠、点石成金的创作胚芽。

"俯察"不仅要"俯",即俯下身子,深入火热生活,感知百姓的甘苦冷暖和社会的世态炎凉,还要注重"察",即对五彩缤纷、斑驳陆离的现实生活明察秋毫,辨别和处理基调与杂色、亮点与疮疤、高雅与庸俗、娱乐与颓废等种种矛盾和问题。在这点上,"俯察"与"俯就"判然有别。"俯就"是简单地顺从和迁就,是在五味杂陈的生活海洋中失魂落魄,随波逐流、随俗沉浮。我们的一些文学创作,并非不接地气,其中也并非没有生活,而是在急剧变化、色彩斑斓的生活中目迷五色,是非不分、良莠不辨,乃至自甘沉沦。

市场经济体制的深入推行和现代商业社会的快速形成,已使我们生活里的许多细胞都沾染了利益的色素,我们社会的不少角落都飘浮着利益的尘埃。世俗生活的甜腻和功利主义的盛行,使部分创作陷入解构崇高、轻蔑英雄、调侃历史、讥讽道德的泥沼。热衷表现人物的欲望和隐私,热衷描写生活的庸常和无聊,甚至热衷展示人性的阴暗和龌龊,成为一些作品的家常便饭。与此同时,作家本身在商品经济浪潮和急功近利心态的裹挟下,往往被时尚潮流、市场效益、名气造势及声色享乐所诱惑和"收编",将文学的担当精神、个性追求、原创动力、语言魅力等搁在一边乃至抛诸脑后,或投机取巧、抄袭模仿,或胡编乱写、粗制滥造,或搜奇猎艳、一味媚俗,或炒作包装、招摇过市。凡此种种告诉我们,面对越来越物质化的社会生活,文艺创作中出现的诸多偏差和问题,既是当今物化社会"时代病"的一种反映,其本身也是这种"时代病"的一部分。

物质的充裕和富有,向来是人类社会的向往和追求。但对物质充裕和富有的过度企求与追寻,多半会带来不幸以至灾难。国家之间的争端和战争,常常由争夺资源或其他利益而引发。危害当代人健康的"富贵病"如高血脂、高血糖等,胡吃海喝摄入过多营养难辞其咎。因此,作为一种有文化的高级动物,人类离不开物质生活,也离不开精神生活,并且要以正确的精神观念和价值取向,指引和调控物质生活的适度与恰当,否则不知要惹出多少祸乱来。

文学作为人类精神生活的一种独特形态,其重要功能就是帮助人突破个体自身的局限,在更加深广的程度上感知生活的丰富多彩,认识生活的真谛所在。这种职责和使命,决定文学作品在给人审美愉悦的同时,必须担负起"寓教于乐""文以载道"的责任。正如习近平所说:"文艺是铸造灵魂的工程,文艺工作者是灵魂的工程师。好的文艺作品就应该像蓝天上的阳光、春季里的清风一样,能够启迪思想、温润心灵、陶冶人生,能够扫除颓废萎靡之风。"①

二 文学的仰观是以博大胸怀和深邃眼光,吸收中外经典精华,对描写对象进行大跨度的艺术超越和意蕴开掘

作为作家重新生活的一种方式,文学作品不管是捕捉现实人生的心灵律动和匆匆脚步,还是回忆童年岁月的故乡云霞和泥土芬芳,抑或是点燃悠远历史要塞隘口的烽火硝烟,它都不可能复现原来或峥嵘或平淡的生活,而是必然伴随对原有生活的修正乃至重铸。作家在作品中重新生活,实际上也是改造生活乃至再造生活。这是人类不屈服于生命的一次性和日子的即过即废,不屈服于自己的每一个尝试脚印就是无法更改的人生定案,希望对白驹过隙般的人生或历史的某段旅程,带着"过来人"的理解、感受和认识,重新编排游历和隆重演示一遍,以提醒自己和别人曾经有过的顺利与曲折、经验与教训。正是如此,文学既要扎根生活的沃土,挖掘生活的深井,又要攀登生活的高山,仰观生活的星空。

文学的"仰观",当然包括在绚丽多彩、众声喧哗的世界里,看清各种色调的光谱组合和多种声部的旋律变化;包括在纷繁复杂、氤氲模糊的生活杂色中,分辨旭日东升的曙光、夜幕降临的昏暗,以及酷暑烈日下的阴影和严寒冻土里的暖流。这就是说,作家不仅要走入生活的深处,穿越生活的大街小巷"埋头拉车",还要辨别生活的方位,在生活的迷宫中"抬头看路",以锐利铮亮的思想犁铧翻开和解读社会这部大书,让人生奥义的肥沃土壤滋养艺术形象的心灵和容光。这样才能做

---

① 习近平:《在文艺工作座谈会上的讲话》,载 2014 年 10 月 15 日《人民日报》。

到如车尔尼雪夫斯基所说:"文学是人的生活的教科书。"①

然而,文学的"仰观"还应有更高的境界。这就是王羲之所说的"仰观宇宙之大",就是站在人类历史和时代的高度,以博大的胸怀和深邃的眼光,对具体描写对象进行大跨度的艺术超越和意蕴开掘。文学以具体形象表现生活,但优秀作家必然要突破描写对象具体、表面、普通的意义,赋予其深邃丰厚的内涵,使作品在有限的感性具象中熔铸并彰显出动人的生活哲理和情感体验。杜甫《春望》中的名句"感时花溅泪,恨别鸟惊心",以花鸟拟人,写国家分裂、城池沦陷,花鸟为之伤心落泪,传达出深沉的亡国之悲和离别之叹。这两句诗,不仅在具体感性形象中注入了新颖独到的艺术发现,而且赋予这发现以广阔的社会容量和人生感慨。正是这种对描写对象进行大跨度的艺术超越和意蕴开掘,构成古今中外无数文学经典攀登艺术高峰的扶手和台阶。

文学的"仰观",不该遗漏的另一重要之点,就是仰观经典。作家的知识结构和审美趣味,常常直接决定其创作成果的高下优劣。如果一个人的文学膳食营养,长期依赖于吞食通俗小说、普及读物和民间文艺,他的创作大体总是在通俗文学的园囿里漫步。如果一个人的文学知识仓库里,储存的主要是各类中外文学经典及人文社会科学名著,他的作品就构筑在坚实的文化基础上,虽然不一定能够迈入经典佳作的行列,但其内容旨趣和语言格调大致不会太低。以敬畏、谦逊之心仰观和细读经典,深度揣摩和吮吸消化经典的乳汁营养,不仅是作家沉潜文学深海探骊得珠的必由路径,更是作家在当今疾速变幻、

---

① 周扬、缪灵珠、辛未艾译:《艺术与现实的美学关系》,《车尔尼雪夫斯基选集》(上卷),生活·读书·新知三联书店1958年版,第99页。

花样迭出的社会氛围里,保持平和心态和坚韧毅力的心理支撑。

  商业社会的逐利法则,与多媒体及互联网普及带来的信息裂变相结合,使包括文学创作在内的不少文艺活动甚至文化偶像,形式大于内容、炒作优于实干、迎合强于坚守、戏谑胜于教益、粗品多于力作、获利重于担当。面对容易让人焦灼、让人浮躁的现实,作家尤其需要从人类文化传统中、从前辈经典中汲取智慧和力量,开阔胸襟、砥砺思想、精研艺术、升华修养,以"不管风吹浪打,胜似闲庭信步"的从容和定力,潜心创作"传得开、留得下"的精品力作,担负起"举精神旗帜、立精神支柱、建精神家园"的使命和责任。

2015 年 11 月 4 日完稿于合肥书香苑

  原载于 2015 年 11 月 10 日《人民日报》,《红旗文摘》2016 年第 2 期全文转载。

从琢磨生活到表现生活

从根本上说,文艺家就是用心琢磨生活,并用心表现生活的人。作家、画家、音乐家、舞蹈家等都是在用心琢磨生活的基础上,分别琢磨如何用语言文字、画面形象、节奏旋律、身段造型等表现生活。可以说,文艺创作的前提是琢磨生活。只有先把生活琢磨深、琢磨透了,才能谈得上将生活的丰富性、复杂性和深刻性表现出来。

我们每个人本来就身处现实生活之中,每天的柴米油盐酱醋茶,每日所遭际的喜怒哀乐和酸甜苦辣,都是我们体验生活、感悟生活、琢磨生活取之不尽用之不竭的资源。因此,文艺家凭借自己惯常的生活感受及读书体悟等,也能创作出文艺作品,包括一些优秀作品。如钱锺书的长篇小说《围城》、张爱玲的小说集《传奇》,均堪称中国现代文学史上不可多得的富有独特魅力的作品。两者都是写作家所熟悉生活中的人和事,咀嚼的多是与作家身份相类似人物的悲欢离合,因而作品出版当时,就有学者在肯定其成绩时,又指出缺陷和不足。傅雷先生1944年以笔名"迅雨"发表的《论张爱玲的小说》一文,即指出张爱玲创作题材偏窄,局限于男女之间的事情,同时又有一种"淡漠的贫血的感伤情调"。①

由于社会不断发展而导致社会分工越来越细化,由于我们每个文艺家都生活于特定的时空之中,其个人生活圈之外还有无比广阔、无比丰富的各行各业千差万别的生活,如果我们不去接触、不去深入体验,就无法琢磨出它的复杂滋味,无法领悟它的丰厚意蕴。因此,学习和贯彻习近平总书记《在文艺工作座谈会上的讲话》精神,组织文艺家下基层,开展"深入生活,扎根人民"主题实践活动,是十分必要且重要的。文艺家必须走出个人的"小生活",走向社会的"大生活",在下基层乃至扎根基层的过程中,才能更加准确、更加真切地把握时代的脉搏,感受人民的快乐和疾苦,直至真正做到习近平总书记所要求的"欢乐着人民的欢乐,忧患着人民的忧患"。只有这样,我们的创作才易接地气、贴民心,才易产生激荡时代风云、散发泥土芳香的精品佳作。

2014年年底,我参加安徽省文联组织的文艺工作者下基层活动,与文联理论研究室主任史培刚等十余人到阜阳市颍泉区周棚镇深入生活,吃住在农家,生活在农村,创作在基层。在与当地村民及基层文艺工作者交往时,我不仅感受到基层群众对文艺和文化的喜爱与渴求,更感受和领悟到一些原先没有想到,甚至没有意识到的问题。到阜阳市颍泉区后,当晚我们住在周棚镇安郢村村民安超的家里。第二天早晨一起床,同行的省文联理论研究室的同志就问我:"钱老师,您睡得怎样?我被吵得一夜没睡着。"我还没来得及回答,《清明》杂志社原副主编倪和平接着就说:"这房子太靠近马路,吵死了,我也一夜没睡好。"确实,夜深人静之时,一辆辆大货车从公路上呼啸驶过,不仅

---

① 傅雷:《论张爱玲的小说》,见《张爱玲文集》第4卷《附录》部分,安徽文艺出版社1992年版,第416—432页。

声音较大,有时连房子都微微颤动,简直让人无法入睡。

在我原有的印象中,与喧嚣的城市相比,乡村是平静的、清朗的,许多农民是淳朴的、安贫乐道的。可是,为什么农民都争先恐后地选择把住宅建在公路旁边,而不愿意把住宅建在远离公路比较僻静的地方?为什么原来比较安宁温馨的村庄相距不远,却只剩下无力搬迁的贫困户而呈现萧条景象?为什么我们嫌公路边过于嘈杂、灰尘过大,不适合安家居住,而他们觉得适宜、觉得好?如果说是因为靠近公路出入便利,方便开个小店铺挣钱,那么沿公路两边排开的近百家农户,绝大多数并没有摆摊设点,为何还是把房子迁到吵闹的路边?这究竟是怕寂寞、凑热闹,还是随大流,希望通过靠近公路拉近与现代生活的距离?……

这一以往根本没有想到,更没有引起注意的现象,里面无疑饱含许多有意思并值得思考的问题,包括中国社会城乡二元体制所造成的深层矛盾,当代中国向现代化转型过程中农村变迁及农民心态变化的种种无奈的焦灼与祈盼、抗拒与适应。这次下基层我感触很多,收获很大,这只是举一个小例子谈谈下基层所受到的启发。我想,如果能以这一感受和启迪创作一篇小说,也许会有点特色。

假若我们想到这一层就动手写作,如构思一个在城市机关工作的长子为老家盖新房凑钱寄给父母兄弟,房子建好后他携妻女过节回乡却无法安静入睡,以致不得不回到原村庄破败的老屋里睡觉;如设想一家人辛辛苦苦建好房子后,开个杂货店憧憬不久还清欠债过上富裕生活,突然一辆卡车为避让对面占道行驶车辆而冲进店铺(媒体有多次此类报道);还可采用对比手法,这边农民纷纷搬出原来村庄到公路边甚至城市里安家,而那边城市里的大款和名人却盯上村里的宅基地和荒山土丘,要在那里盖高档别墅或度假村。如此等等,都可能写出一个短篇或中篇,甚至写成一部生动好读且有一定思想意义和价值的作品。

不过,如果我们琢磨生活到这一步即动手写作,似乎尚停留在新闻报道观察生活的层面(这里丝毫没有贬低新闻报道的意思,是其任务和职责限于此),而没有突破和超越生活材料表层的、普通的意义,赋予其深远博大的哲理意蕴乃至隐喻内涵,后者恰恰是优秀文学作品所应该具备的。换言之,在这一层面上动手写作,作家只是充当了社会事件的报道者和讲解员的角色,而没有担当起社会生活底蕴的发掘者和人类精神财富创造者的重任。鲁迅先生曾告诫小说家,不要随便抓到一个故事,看出这故事的一点琐屑的意义就匆忙下笔,而应注意"选材要严,开掘要深"[1]。列夫·托尔斯泰更是指出:"为了使艺术家知道他应该讲些什么,他就必须知道全人类所固有的,但同时又是他个人的,也就是人类所尚未知道的东西。"艺术家要"能够在感情的领域内体会到人类在他以前所体验的一切,能够体会同辈正在体验的感情和几千年前别人所体验过的感情,并且能把自己的感情传达给别人"[2]。这里强调的"开掘要深",发现"人类所尚未知道的东西","体会到人类在他以前所体验的一切",正是我们所理解的"琢磨生活"的核心内容。

就文学创作而言,如果说,琢磨生活是"炼意",那么,表现生活就是"炼句"。用《文学概论》里的公共话语表达,琢磨生活的"炼意",就

---

[1] 鲁迅:《二心集·关于小说题材的通信》,《鲁迅全集》第4卷,人民文学出版社1982年版,第368页。

[2] 列夫·托尔斯泰:《艺术论》(丰陈宝译),人民文学出版社1958年版,第48页。

是对思想性的深广开拓,而表现生活的"炼句",则是在艺术性上精益求精。

反观这些年来的文学创作,当然也有黄钟大吕、启人心智的绕梁之音,但瓦釜雷鸣、混淆视听的刺耳杂音,却时常摇唇鼓舌,招摇过市。在琢磨生活的"炼意"方面,不仅一些作品是非不分,良莠不辨,自觉或不自觉地摈弃和动摇主流价值观,解构崇高、颠覆忠诚、戏说历史、调侃现实,把文学降格为简单娱乐或传达消极颓废思想的工具,而且一些颇获佳评的上乘之作,也不同程度地存在缺乏思想对现实的穿透力,缺乏对历史的深刻反思,缺乏对人性的直面审视,缺乏对灵魂的严肃拷问等种种遗憾和不足。

在表现生活的"炼句"方面,等而下之者粗制滥造,胡编乱造,叙事上的漏洞、情节上的破绽、人物形象的扁平呆板、语言文字的直白浅陋等等,可谓比比皆是,数不胜数。至于等而上之者,虽然在结构技巧、叙述方式、语言锤炼等艺术追求上不乏可圈可点之处,但也照样存在不可忽视的弊端。如有的作家吸收外国文学影响没有很好咀嚼消化,作品明显留有福克纳、马尔克斯等叙述模式的痕迹;有的作家守不住创作应有的定力和追求,时常陷入简单重复自己乃至"炒冷饭"的泥沼等。

还值得一说的是,如今许多作家普遍采用间接叙述方法,即人物对话不用打引号的原话表达,而是改用作者叙述代替——这固然有助于加快叙述节奏,也便于作家轻松描述,却有损人物个性的刻画(对话是展示人物个性的重要环节),有损文本叙述的丰富多彩和语言的必要张力。可以说,这种讨巧叙述方式的流行和泛滥,凸显了我们作家拈轻怕重的叙事惰性。

习近平总书记在文艺工作座谈会上严肃指出:我们的文艺创作

"存在着有数量缺质量、有'高原'缺'高峰'的现象,存在着抄袭模仿、千篇一律的问题,存在着机械化生产、快餐式消费的问题"。这些弊病的产生,主要是我们既没有下功夫深入生活和琢磨生活,也没有在如何表现生活上锲而不舍地孜孜以求。正如登高才能望远一样,要在琢磨生活中独具慧眼地发掘出新意和深意,也与卑琐心灵、短浅眼光和浮躁心态无缘,它只青睐那些襟怀高远、思想深邃、目光敏锐者的探求和追寻。而要在如何表现生活上杜绝平庸,追求卓越,直至做到像杜甫那样"语不惊人死不休",则必须舍弃熙熙攘攘、平坦易行、轻车熟路的大道,踏上荒草没膝、陡峭险峻、崎岖坎坷的小路,在艺术的崇山峻岭和语言的密林深处探幽览胜,突围前行。这需要我们摈弃马虎草率、得过且过的敷衍成篇,像曹雪芹写《红楼梦》那样,"披阅十载,增删五次",殚精竭虑,字斟句酌,直至炼石成丹,孕沙成珠。

生活节奏的加快已将当今社会送入浮光掠影、行色匆匆的快车道。物质欲望的膨胀更把许多人引向心浮气躁、追名逐利的名利场。但文学艺术作为编织人类心灵五彩云霞的手工活,不宜抄袭模仿、千篇一律,不宜机械化生产、快餐式消费。它需要我们立足大地而仰望星空,正心笃志琢磨生活的奥义,匠心独运表现生活的斑斓,从而创作出真正"传得开、留得下"的精品力作。我相信,对于绝大多数优秀或期望成为优秀的文学家和艺术家来说,做到这一点只是"愿不愿"问题,而不是"能不能"问题。关键看你自己的选择!

2015年2月28日完稿于合肥书香苑

原载于2015年3月9日《光明日报》

时代精神图谱的当代亮色和历史底蕴

一

"描绘我们这个时代的精神图谱,为时代画像、为时代立传、为时代明德",这是广大文学艺术创作者与社会科学研究者的重要职责和使命。

所谓"时代的精神图谱",是指亿万中国人民在实现中华民族伟大复兴的征程中,不畏艰难困苦、勇于开拓前行而彰显出来的一种昂扬向上、气势磅礴的精神气象。作为一种超越于个人之上的民族集体精神风貌和气质品格,时代精神图谱体现在广袤农村脱贫致富的铿锵脚步和乡村振兴的壮丽图景里,辉耀在繁华都市日新月异的变化和车水马龙的街道之中;它在四通八达的高速公路和方便快捷的高铁上奔驰,在"嫦娥"系列探月工程和"神舟"系列载人飞船的太空翱翔;它洋溢在人民群众生活质量不断提高和对美好生活需要不断增长的笑靥上,更典型地表现在新时代涌现出的一个个"时代楷模""道德模范""中国好人"等先进人物不懈奋斗的光辉业绩和崇高品格里。

描绘我们这个时代的精神图谱,最直接最迫切的任务,当然是聚焦亿万中华儿女正在轰轰烈烈展开的建设中国特色社会主义的伟大实践,从当代中国所发生的历史巨变中把握时代脉搏、聆听时代声音,发现创作主题、捕捉创新灵感,记录新时代、书写新时代、讴歌新时代,讲好中国故事、展现中国形象。彭学明的长篇报告文学《人间正是艳阳天》,讲述湖南湘西土家族苗族自治州十八洞村在总书记的关怀下脱贫攻坚的感人事迹;滕贞甫的长篇小说《战国红》、忽培元的长篇小说《乡村第一书记》,描绘优秀党员干部扎根农村贫困地区,带领群众攻坚克难,守护绿水青山,实现新时代乡村振兴的生动故事。还有全景式表现"蛟龙号"深潜器进行海试的长篇报告文学《蛟龙逐梦》,反映国产大飞机研制和试飞过程的长篇报告文学《C919,飞向蓝天》,歌吟中国"天眼之父"南仁东的诗歌《中国的天眼开了》,刻画著名地球物理学家黄大年的电视剧《黄大年》、电影《黄大年》以及长篇报告文学《心有大我　至诚报国——黄大年》,等等,都是在深刻表现我们这个时代历史变迁的同时,"为时代画像、为时代立传、为时代明德"的一时之选,堪称翘楚。

我们时代的精神图谱,是中国特色社会主义步入新时代的主流精神价值彰显于社会生活方方面面的精彩写照。它产生于勤劳勇敢的中国人实现中华民族伟大复兴的生动实践中,又来伏源于近百年中国革命和建设艰苦卓绝的峥嵘岁月里,更扎根在中华民族厚重历史和优秀传统文化肥沃土壤的深处。正如习近平总书记所说:"在5000多年文明发展中孕育的中华优秀传统文化,在党和人民伟大斗争中孕育的革命文化和社会主义先进文化,积淀着中华民族最深层的精神追求,代表着中华民族独特的精神标识。"①我们时代的精神图谱,夺人眼球的不仅是鲜明的当代造型和流行色泽,还有那透溢着坚忍勇毅格调的深沉历史底蕴和醇厚文化韵味。

二

当今一路高歌猛进气象万千的中国,是古老悠久历史中国的延续和发展;我们这个时代的精神图谱,也是中华民族数千年来形成的民族精神的继承和弘扬。

巡视新中国成立70年来产生广泛而积极影响的"精神图谱",从20世纪50年代的"抗美援朝精神""铁人精神",60年代的"雷锋精神""焦裕禄精神",70年代的"红旗渠精神""小岗精神",80年代的"改革精神""女排精神",90年代的"孔繁森精神""抗洪精神"等,到新世纪以来众多"时代楷模""道德模范""中国好人"所张扬的精神,我们会发现,尽管这些精神光耀于不同时期不同发展阶段,闪烁在不同行业不同职业的人身上,但许多内容在精神实质上却是一脉相承、彼此重合的。赤胆忠诚的爱国情怀、坚毅顽强的奋斗意志、精益求精的钻研品格、敢闯敢试的革新追求、爱岗敬业的挚诚奉献、助人为乐的古道热肠等等,无不自始至终充盈弥漫于新中国成立70年来我们精神图谱的每个画面,在时代风轮的快速旋转中呈现并绽放出缤纷的色彩和耀眼的光芒。

放眼古往今来,君子作为中华民族千锤百炼的人格基因,是数千

---

① 习近平:《在庆祝中国共产党成立95周年大会上的讲话》,载2016年7月2日《人民日报》。

年中国人推崇的正面人格形象;时代新人作为党的十九大报告对培养什么样人提出的新要求,是新时代中国特色社会主义塑造人才的新目标——表面看,君子人格与时代新人似乎相隔遥远、差距较大,实质上,两者的基本精神和内在要求也是高度契合、颇为一致的。

综合时下权威解释,"时代新人"主要涉及五项标准,即有理想、明大德、强本领、勇担当、重实干。其实,这五个方面要求,古代先哲谈论君子人格特点时早有涉猎,并且不是浅尝辄止,泛泛而谈,而是响鼓重槌,反复申论。"君子谋道不谋食"[1]"君子学以致其道"[2]"君子之志于道也"[3],这不是强调君子要有理想有抱负吗?"君子以厚德载物"[4]"君子怀德"[5]"君子见善则迁,有过则改"[6],这不是把明大德作为成就君子的必备条件吗?"君子博学于文"[7]"君子病无能焉,不病人之不己知也"[8],这不是将本领和能力看作君子的基本素质吗?"君子忧道不忧贫"[9]"君子之守,修其身而天下平"[10],这不是肯定君子要有担

---

[1] 《论语·卫灵公》。
[2] 《论语·子张》。
[3] 《孟子·尽心上》。
[4] 《周易·坤·象传》。
[5] 《论语·里仁》。
[6] 《周易·益·象传》。
[7] 《论语·雍也》。
[8] 《论语·卫灵公》。
[9] 《论语·卫灵公》。
[10] 《孟子·尽心下》。

当精神和忧患意识吗？"君子以自强不息"①"君子耻其言而过其行"②"君子欲讷于言而敏于行"③，这不是推崇君子要有奋发有为的实干精神吗？

当然，古代君子与今天新人所处时空不同，各自面对不同的生存条件和发展问题，需要以不同思路、不同方法回应和解答不同的时代课题，这是显而易见无须赘述的。但两者在面对和处理不同时代矛盾乃至云泥之别的时代难题时，具有大致相同的内在精神气质，即孔子所说的"吾道一以贯之"的伟大中华民族精神的支撑，这也是昭然若揭毋庸置疑的。

三

如此突出君子人格与时代新人的内在联系，自然涉及对文学艺术和人文思想领域里继承与创新关系的认识及解读。"周虽旧邦，其命维新"，这句出自《诗经·大雅·文王》中的名句，多被解释为"周虽旧的邦国，其使命在革新"。作为"四书"之一的《大学》早就指出：此句意义与汤之《盘铭》"苟日新，日日新，又日新"、与《尚书·康诰》"作新民"相联系。"苟日新，日日新，又日新"镂刻于商朝开国君主成汤的浴盆之上，意为每天沐浴洗澡去除污垢，才能保持洁净清新；引申意为每日以德净心和润身，才能保持思想、言行、人生的纯洁、健康和兴旺。"作新民"是指使人每日反省，悔过自新。因此，"周虽旧邦，其命维

---

① 《周易·乾·象传》。
② 《论语·宪问》。
③ 《论语·里仁》。

新",并非说周朝脱胎换骨,革故鼎新,变成一个新的邦国,而是指"周朝虽为旧邦,命运却呈现新的气象"。宋代理学家程颐曾说:"君子之学必日新,日新者日进也。"①这里所说的"新",并不是对原有学问的抛弃和否定,而是指在旧有学术基础上的不断进步,有所拓展和深化。

纵观中国学术史,人文社会科学里谈论治国理政和思想道德的许多概念,虽然在不同时代有不同表述,并且每个时代常常强调和宣扬自己与既往不同及相异的一面,但实质上,不同词语和说法不仅意蕴一脉相承,而且内涵大同小异,并行不悖。譬如,我们今天所说的"以人民为中心"执政理念,就有着源远流长的深厚传统。它与古代"民为邦本,本固邦宁"②"民为贵,社稷次之,君为轻"③"先天下之忧而忧,后天下之乐而乐"④等民本思想,不仅意脉相互贯通,精神也高度吻合。其他如崇尚清廉为政、勤勉奉公,倡导严于修身、俭约自守等等,莫不如是。为什么唐太宗怀念魏徵时说"夫以铜为镜,可以正衣冠;以史为镜,可以知兴替;以人为镜,可以明得失"⑤?为什么在社会生活疾速演进,今非昔比乃至发生沧海桑田之变的当下,我们仍强调继承传扬中华优秀传统文化的重要性?其原因就在于:现代由古代延伸而来,现代只是历史长河中的一瞬,而漫长的古代不仅在时间上是千百个既往现代的累积,并且在知识文化上拥有无数既往经验和智慧的积淀。

---

① 《二程集·河南程氏遗书卷·第二十五》。
② 《尚书·五子之歌》。
③ 《孟子·尽心下》。
④ 范仲淹《岳阳楼记》。
⑤ 《旧唐书·魏徵传》。

人类社会发展,除自然科学及工程技术领域会发生彻底否定和颠覆既往理论及产品的状况外,文学艺术和社会科学领域许多反映社会人生基本生存规律的理念及思想,往往并不会随着时代变迁或朝代更迭而失去意义,反而会伴随时间推移和历史检验透溢出更加夺目的光彩。我们之所以能够从古代经典如《诗经》、《楚辞》、唐诗、宋词等等中获得怡情明智、温润心灵的审美感受,其原因正在于此。人们之所以经常说鉴往知来、借古开今,也在于历史和传统中饱蕴着大量处理今天繁难事务的睿识和启示。

四

基于以上理解,描绘时代的精神图谱似应注意三个问题。

其一,不论是"记录新时代、书写新时代、讴歌新时代",还是"为时代画像、为时代立传、为时代明德",都不应只是走马观花浮光掠影地摄取时代表象,照葫芦画瓢式地描摹时代的五光十色和繁华喧嚣,而应真正走进生活这本大书的字里行间,在把握其宏大叙事的整体结构及情节走向的同时,透彻了解每个精彩片段和闪光字句的来龙去脉,既体察生活表层的显凸意义,又触摸生活深层的潜在意脉,写出时代华彩乐章的激昂旋律和动人曲调,及其内里所拥有和饱蕴的强大历史文化支撑力量。这就是说,我们刻画新时代的壮丽景观和时代新人的典型形象,应有深厚的历史意识、文化底蕴和艺术价值,在浓墨重彩地表现民族新史诗和塑造人物新形象时,要让作品跻身文学史或艺术史佳作的行列而并无愧色。这当然是一个很高的标准和要求,但作为本应坚持以精品奉献人民的文艺工作者,自当取法乎上,心向往之。

其二,描绘时代的精神图谱,主要是立足中国现实、植根中国大地,把当代中国的发展进步和中国人民的出彩生活表现好,把中国精神、中国价值、中国力量阐释好,但这并不意味着排斥和否定文学艺术反映生活的广阔性和多样性。那些精彩呈现我们民族灿烂历史和英雄人物的作品,那些出色展示中华儿女走出国门为人类和平和国家发展拼搏奋斗的作品等,同样可以突显我们时代精神图谱的光彩和色调。二月河的历史小说三部曲《康熙大帝》《雍正皇帝》《乾隆皇帝》,在追寻康乾盛世的由来和发展演变的过程中,以曲折情节和生动细节表现主人公励精图治、反腐肃贪等故事,传达的正是我们时代所需要和肯定的价值追求。至于新时期以来大量描写中国人闯荡海外,包括表现"一带一路"历史和现实的作品,由于呈露当代中国人在异域生存发展状况的同时,刻画了中华儿女讲仁爱、守诚信、崇正义、尚和合的民族性格,自然也是我们时代精神图谱里不可或缺的生花之笔。

其三,时代精神图谱展现的是一种超脱于个人精神状态之上的集体意识和价值认同,是我们时代普遍推崇的向上向善的精神追求和气象品质。由此所决定,当代社会生活中的某些精神现象,如消极厌世、悲观颓废等精神状态,不应在我们的精神图谱里不同程度地"霸屏",成为推介和玩赏的对象。这不是说我们不能触及和描写客观存在的负面灰暗生活,而是强调文艺家要坚守辩证唯物主义观点和正确的价值观、人生观,即便披露和表现生活中的负面因素,如尔虞我诈、沉沦堕落等等,也要高吟真诚善良、勤勉进取的可贵,写出世道人心的向背和人间正义的力量。这是生活本身呈现的客观事实,也是社会演进的客观逻辑和客观规律。翻开二十四史,虽然间或总能看到阴谋不轨和冤屈血泪,但中华民族能够跋涉千难万险而生机勃勃地走到今天,最根本最重要的原因乃在于:在真与假、善与恶、美与丑的对垒中,真善美必能战胜假恶丑。这是我们伟大民族能够不断凤凰涅槃历久弥新的大道至理,当然也是文艺家体验生活、琢磨生活、表现生活,描绘我们时代的精神图谱不应违忤的天地良心。

2019年4月19日完稿于合肥书香苑

原载于2019年4月22日《文艺报》

文艺家的创作心态与精神追求

社会生活纷繁复杂,文艺创作千变万化,文艺工作千头万绪,文艺呈现方式千差万别,说一千道一万,繁荣文艺归根结底是要拿出精品力作。正如习近平总书记所说:"衡量一个时代的文艺成就最终要看作品。推动文艺繁荣发展,最根本的是要创作生产出无愧于我们这个伟大民族、伟大时代的优秀作品。没有优秀作品,其他事情搞得再热闹、再花哨,那也只是表面文章,是不能真正深入人民精神世界的,是不能触及人的灵魂、引起人民思想共鸣的。文艺工作者应该牢记,创作是自己的中心任务,作品是自己的立身之本,要静下心来、精益求精搞创作,把最好的精神食粮奉献给人民。"[①]

如何创造精品力作?这当然是一个需要从文艺创作的内部规律和外部条件等多方面深入探讨的课题。就文艺创作的主体而言,文艺家能否端正创作心态、能否确立高远的精神追求,无疑是不可忽视的重要方面。任何一位致力于打造传世经典的文艺家,面对当下社会突飞猛进、生活日新月异的现实,在创作心态和精神追求上似应注意四

---

① 习近平:《在文艺工作座谈会上的讲话》,载2014年10月15日《人民日报》。

点,即清心、明志、崇德、弘艺。

一 删除心灵里的垃圾文件

"清心"即清除私心杂念,这是防治和抵挡时下社会大环境与文坛小环境对文艺家诱惑和干扰的良方。

时代车轮的飞速旋转和生活方式的疾速更新,已使原来可以优哉游哉,甚至停车小憩的老旧公路,被当今社会发展所冷落或舍弃,取而代之的是人们多争先恐后地驶入不容停车,甚至不容慢速的高速公路。市场经济法则的普及与深化,物质欲望的膨胀与蔓延,更把许多人引向心浮气躁却精于算计、行色匆匆而追名逐利的名利场。文艺界受此风影响,也颇有随波逐流甚至推波助澜之势:一些作家公开宣称每天一万字,三个月出一部长篇小说;一些书画家参加半天笔会,竟能比刷墙还快地"创作"十来幅甚至数十幅"大作"。如此以浮躁之心奋笔疾书的浮躁之文字、以功利之手泼墨挥洒的功利之画卷,如时下阵阵凉风吹下的飘洒落叶一样,已经让人见多不怪,习以为常。

然而,真正的文艺创作向来是编织人类心灵五彩云霞的手工细活。这不仅由于文艺所反映的社会生活本身纷繁复杂、瞬息万变,更在于文艺家的个性特点也五光十色、各呈异彩,他对社会生活的感知和呈现不仅应是匠心独运、新颖别致的,还应富有独到观察和精彩表现。真正的文艺创作与一些文化工作室(或曰文化工厂)根据题材和主题选择一定模式填充式制作,与人工智能推演写作和计算机生成的书画作品等,岂止表面貌合神离,内里更有霄壤之别。文艺创作必须摈弃急功近利的浮躁做法,不能也不应机械化生产。它不仅杜绝如法炮制,千人一面,甚至忌讳照猫画虎,大同小异,乃至小同大异。刘勰

《文心雕龙·养气》告诫我们:"率志委和,则理融而情畅;钻砺过分,则神疲而气衰,此性情之数也。……是以吐纳文艺,务在节宣,清和其心,调畅其气,烦而即舍,勿使壅滞。"①任何一位想要有所作为、有大作为的文艺家,要像清理手机和电脑里储存太多的垃圾文件和扰人心烦的广告那样,删除内心里怦怦跳动着的各种急功近利的诱惑和欲望,以淡泊、宁静、轻松、专注的心态和情绪,以任凭潮起潮落、坐观云卷云舒的从容和定力,绕开人头攒动的喧嚣闹市和人多拥挤的坦途大道,踏上真正属于艺术的可能发现无限风光的寂寞、崎岖之路。

二 注重数量更要看重质量

"明志"即树立高远志向,这是文艺家在日常生活审美化的"泛艺术"海洋里破浪前行的导航和灯塔。

在互联网无孔不入地对人类生活的大街小巷以至旮旯缝隙实施全覆盖的今天,风起云涌的各种新媒体平台已经把我们带入一个人人可以参与文艺创作的"全民文艺"时代。谁都可以充当尽职或不尽职的《文艺家》,发表让人称道或令人反胃的或小说,或散文,或诗歌,或所谓"段子"的微博与微信;谁都可以上传让人捧腹或令人生厌的或影视片段,或自制短片,或书画作品,或吹拉弹唱才艺表演,或千奇百怪搞笑逗乐的视频及照片。面对这让人目不暇接乃至眼花缭乱的海量作品,谁都可以充任称职或不称职的评论家,给予郑重或随意的点赞与吐槽,散布恰当或不当的议论,并且这一切通过魔力无边的互联网

---

① 陆侃如、牟世金:《文心雕龙译注》(下册),齐鲁书社1982年版,第278、283页。

可以迅速便捷地跨越千山万水,传遍天涯海角。原有那些似乎无法替代并各霸一方的文艺码头,被仿佛一夜间突然冒出的一个个神气活现、装备优良的网络文艺港口所包围,老码头不仅在货物(作品)吞吐量上与新港口相比汗颜得无地自容,而且其原班人马也有不少"人在曹营心在汉",或公开或暗里为新港口打工,并忙得热火朝天,不亦乐乎。

文艺的原有堡垒似乎不只是被一块砖一片瓦地撤除,而多半是大面积地破损和坍塌。文艺似乎废除了专业门槛,取消了话语权和发表权的限制,呈露出前所未有的开放性和自由度。这不啻向我们宣告:文艺的专业素养和专业精神虽非多余,却近乎大年三十除夕盛宴上的一碟小菜,有它不多,无它不少。不过,与之伴随并不可忽视的是,文坛敞开大门乃至降低或移除围墙,各色人等蜂拥而入过招比试或热闹围观,虽然带来前所未有的生机与活力,但也不免陷入随意、庞杂、无序、纷乱,乃至导向迷失、价值紊乱的状态。这又提醒和昭示我们:由网络文艺新军加入而带来的队伍迅猛扩张、作品数量急剧攀升,绝非表明文艺的专业素养和专业精神可有可无,而是亟待弥补和增强。

文艺创作不仅是欲望的挑逗和热闹的展示,更是思想的启迪和审美的探索;不仅看重醒人耳目的标题、警句、段子和故事,更看重作品的深度、广度和文艺家的独到追求。在文艺创作领域,人们不只是考究作品数量的多少,更在意作品质量的高低;不仅看重文艺家队伍是否人多势众,更看重是否拥有名家大师。因为只有精品力作才是登上艺术高峰的阶梯,也是体现艺术高峰的标杆;而名家大师不仅是文艺家的代表,更是精品力作的创造主体。一个不甘平庸而祈望有所建树的文艺家,自当不忘初心,牢记使命,远离低俗、庸俗、媚俗的江湖卖场,走出碎片化、浅表化、泛娱乐化的沼泽泥潭,扬理想之帆、树高远之志,以严肃、严格、严谨的专业精神,不懈锤炼精品、矢志打造经典,迈步高原,勇攀高峰。

三 点燃"明德"的激情和勇气

"崇德"即崇尚道德,这是文艺家立身处世和畅行艺林保持身正影正的精神支架和思想砝码。

如果说,道德素养的高下优劣,是一个人能否很好待人接物以至立足社会的根基,那么,崇德向善则不仅是文艺家做人不可偏离的正道,更是其作品"为时代画像、为时代立传、为时代明德"无法或缺的精神营养。我们的文坛艺苑,当然不乏黄钟大吕、启人心智的雄浑旋律和绕梁之音,但瓦釜雷鸣、混淆视听的刺耳杂音,也时常摇唇鼓舌招摇过市。一些作品在解构崇高、讥讽道德、戏说历史、调侃英雄的同时,去思想化、去价值化、去中国化、去主流化,沉迷于展示人性的虚假卑劣和阴暗龌龊,或醉心于生活的鸡毛蒜皮与情感的一己之私等,其玩世的态度、轻佻的笔墨,多是胸中戾气的无度宣泄,缺乏对人生、对社会、对历史的起码尊重和敬畏。这些匍匐爬行、无法挺立的精神侏儒类作品,无论其艺术形式技巧如何精巧,都无法掩盖其华丽盛装之下心灵的荒秽、荒诞与荒凉。

"文艺是铸造灵魂的工程,文艺工作者是灵魂的工程师。好的文艺作品就应该像蓝天上的阳光、春季里的清风一样,能够启迪思想、温润心灵、陶冶人生,能够扫除颓废萎靡之风。"这一精辟之论,不应引起这样的误解,即文艺家面对五彩缤纷、斑驳陆离的社会现实,只能粉饰生活、歌颂光明,而对矛盾和问题即社会阴暗一面,只能闭起双眼或视若无睹。其实,直面人生不仅是文艺家应有的创作状态和宝贵品质,也是作品准确把握时代脉搏、深广反映社会生活的基本保证。文艺家在描绘生活美好和幸福的同时,当然可以反映生活的矛盾和苦难,表现生活中隐含的欺诈和无情等,但应该在揭示矛盾和刻画苦难时,看到人们为解决矛盾和摆脱苦难所做的艰苦卓绝的努力,在呈现阴谋欺诈和背叛无情时,表现真诚善良的可贵和世道人心的向背。

鲁迅在《论睁了眼看》中说:"文艺是国民精神所发的火光,同时也是引导国民精神的前途的灯火。"① 文艺家作为文艺火把的点火人,应用自己心中永不熄灭的"明德"火焰,将生活的背阴处和黑暗处照亮,点燃其摆脱阴暗、迈向光明的激情和勇气。面对生活中种种信仰缺失、道德滑坡的现象,文艺家尤其需要高扬"为天地立心,为生民立命,为往圣继绝学,为万世开太平"的使命担当,挺起腰板、慷慨放歌,传颂真善美、贬责假丑恶,真正做到德润身心、艺扬品格。

四 用审美的方式把握世界

"弘艺"即弘扬艺术精神,这是文艺家爱岗敬业做好本职工作的立身之基和职责所在。

文艺行当与其他行当的主要不同之处,就在于它是用审美的、艺术的方式把握世界。一部佳作的丰富蕴涵和美好情感,必须找到恰当的艺术形式富有魅力地呈现其直指意义和联想意脉,必须在表现手段和技巧上高招频出而引人入胜以至令人啧啧赞叹。这一方面需要文艺家对古今中外长期积累的各种艺术表现手法和技巧勤学苦练,稔熟

---

① 鲁迅:《论睁了眼看》,《鲁迅全集》第 1 卷,人民文学出版社 1982 年版,第 240 页。

于心，乃至了如指掌，如十八般武艺样样精通的武林高手，能够随时使用多种套路和手段应对立体塑造表现对象的需求；另一方面还要求文艺家别具只眼，以敏慧的艺术心灵不断摸索、尝试，发明和创造新的表现手法与技巧，在有力刻画对象的同时，为人类按照"美的规律"构造世界开拓新途径和新空间。

即以文学创作上遣词造句这一最细小、最微末、最基础的工序而言，古代许多文豪巨匠都曾为之殚精竭虑、煞费苦心，直至炼石成丹、孕沙成珠。广为流传的诸如"为人性僻耽佳句，语不惊人死不休""吟安一个字，捻断数茎须"的文坛佳话，既体现文艺先贤咬文嚼字、锱铢必较的"穷讲究"精神，也说明打造艺术经典需要呕心沥血、千锤百炼，方能收获"千淘万漉虽辛苦，吹尽狂沙始到金"的成果和喜悦。

弘扬艺术精神，就是保持对艺术的虔诚、敬重和挚爱，保持"衣带渐宽终不悔，为伊消得人憔悴"的不懈寻觅和探求。文艺之于文艺家，不应只是职业和饭碗，还应是乐此不疲、近乎痴迷的爱好，甚至是常人难以理解、很难用利益和价值衡量判断的癖好。曹雪芹创作《红楼梦》的自供状"满纸荒唐言，一把辛酸泪。都云作者痴，谁解其中味"，就是这种痴迷和癖好的注脚。在文学艺术领域，永远没有最好，只有更好；文艺创作之路，永远没有尽头，只有需要跋涉行进的前方。文艺家对文艺，要有"独上高楼，望尽天涯路"的气魄和眼光，矢志不渝、笃行不倦，潜心创作、追求卓越，这样才有可能创造出"传得开、留得下"的经典佳作，为文艺的大繁荣大发展奉献自己的绵薄之力。

2019 年 10 月 19 日完稿于合肥书香苑

原载于 2020 年 2 月 19 日《光明日报》

提升文学的精神高度和情义浓度

一

孟繁华先生的《写出人类情感深处的善与爱——关于文学"情义危机"的再思考》[①],指出近年来文学创作中一个带有倾向性的问题,即我们的文学作品在描写五光十色的社会生活时,往往更热衷于刻画和展示人性猥琐与卑劣的一面,而对人性之善和人间大爱相对重视不够,缺乏酣畅淋漓浓墨重彩的表现。

应该说,这确实点击到文学的痛处。当前文学创作确有不少作品尽管主题不同、人物各异,但落墨重点常常离不开虚假、欺骗、猜疑、嫉妒、冷漠、嫌弃、算计、报复等情感倾向。刘庆邦的短篇《杏花雨》构思巧妙,写一对已经离婚的青年男女,签订一份奔丧协议后,女方来到男方家为"丈夫"的父亲奔丧。一场撕心裂肺、轰轰烈烈的号哭,表面是为父亲和"公公"撒手人寰而悲痛欲绝,其实哭丧者所思所想以及那响

---

① 该文原载于2019年3月27日《光明日报》。

彻四方的哭声却与死者无关。许春樵的中篇《麦子熟了》广受好评,俊俏的麦叶跟随堂姐麦穗走出大山进城打工,在都市欲望和金钱的双重煎熬下未失良知和本分,却被堂姐猜忌她与老耿"闲扯"的风言风语所击倒,憨厚老实的丈夫桂生因嫉恨和复仇心理作祟,偷车撞死老耿而入狱,善良的麦叶跌入家破人亡的深渊而无法自拔。诸如此类的小说,在琢磨生活和表现生活上均有自己的思考,在体察社会风气走向和世态人情冷暖上也颇具匠心,对于读者认识社会、理解人生具有可贵意义和价值。

不过,如果众多作家都趋之若鹜地追逐这种创作路数,出现如孟繁华所说的"无论是乡土文学还是城市文学,人性之'恶'无处不在弥漫四方"现象,那就值得我们警惕和检讨了。

二

社会生活本身丰富多彩,既有风和日丽的春光,也有天寒地冻的严冬;既有酷暑烈日的灼烤,也有夜幕降临的阴暗。文学表现生活,担负着"描绘我们这个时代的精神图谱,为时代画像、为时代立传、为时代明德"的使命。这就需要作家对五彩缤纷、斑驳陆离的现实生活明察秋毫,辨别和处理基调与杂色、亮点与疮疤、高雅与庸俗、娱乐与颓废等种种复杂问题。作家当然可以写生活的矛盾和苦难,表现生活中隐含的欺诈和无情,等等,但应该在揭示矛盾和刻画苦难时,看到人们为解决矛盾和摆脱苦难所做的艰苦卓绝的努力;在呈现阴谋欺诈和背叛无情时,表现真诚善良的可贵和世道人心的向背。

这不是笔者个人的主观臆断,而是生活本身呈现的客观事实,或者说是社会演进的客观逻辑和客观规律。翻开厚重的中国历史,每一页都书写着中华儿女不惧艰难困苦、勇对屈辱欺凌的奋斗精神。这种向上向善的不懈奋斗精神,是中华民族历经千难万险而不断开拓前行的不竭动力,也是我们能够以国际第二大经济体的矫健身姿屹立于世界民族之林的内在原因。

历史发展到千古未有之大变局的今天,伴随我国改革开放逐步迈入深水区,伴随市场经济体制的深入推行和商品经济浪潮席卷社会的每个角落,我们生活肌体的每个感知器官都或多或少地飘落着利益的尘埃。功利主义的雾霾一度不仅在日常世俗生活的上空乌云滚滚,而且作为"潜规则"在官场及上层社会中畅行无阻,至今仍然没有烟消云散。

这使我们的作家一方面自觉不自觉地更多看到生活的不堪、龌龊、肮脏和罪孽,另一方面自身也不同程度地陷入市场化、工具化写作的浪涛中随波逐流。于是,解构崇高、轻蔑英雄、调侃历史、讥讽道德一度成为时尚,热衷表现人物的欲望和隐私、热衷描写生活的庸常和无聊、热衷展示人性的阴暗和卑劣,成为一些作品的家常便饭。我们的文学之所以出现"情义危机"的病变,缺乏源自情感深处的善与爱,作家在实用主义流感和功利化病毒的侵染下,主体人格萎缩和精神高度下滑是不可忽视的重要因素。

三

文学"情义危机"病菌的滋长和流行,还与长期以来我们对现实主义创作方法的片面理解不无关联。

不论是以巴尔扎克小说为代表的 19 世纪欧洲文学,还是以鲁迅作品为先导的中国现代文学,其主要作家多半高擎现实主义大旗开垦生活,塑造典型。新时期以来的文学创作,包括陈忠实、贾平凹、莫言、韩少功等人的作品,基本都坚守现实主义立场,比较善于打捞、刻画、揭露、针砭生活中的负面客观真实,具有较强的披露矛盾、批判现实的能力,这是完全必要且非常宝贵的。相对而言,作为人类精神的创造性产品,我们的小说创作比较缺乏对生活中正面因素、正面形象的塑造能力,缺少对正面价值、正面思想和情感呼吁、呐喊、倾诉的声音。其实,现实主义创作方法以人道主义思想为武器,不仅注重揭示和剖析社会的阴暗面,也注重挖掘和展示生活的亮点和希望;不仅看重批判社会阴暗面的准确性和深刻性,更看重作家对人物命运前途的深切关怀和真切同情。

雷达先生曾一针见血地批评有些作家沉湎于对负面生活的描写,如莫言的《檀香刑》对死亡、虐杀、屠戮的极致化表现,"似乎是为了写恶而写恶,作者陷入了对'杀人艺术'的赏玩趣味,作者陶醉在自己布置的千刀万剐的酷刑中,在施虐式的快感中不能自拔,有时情不自禁地为人类制造灾难的残暴而歌唱。这就足以见出我们的文化和文学精神力量的薄弱面来了"[①]。

其实,这种现象并非个案,而是具有一定的普遍性。雷达指出:"在当代中国文学的相当一些作品中,一个明显的共同特点,就是只有揭示负面现实的能力,只有吐苦水的能力,或者只有在文本上与污垢同在的能力,这往往被誉为直面现实的勇气,或被认为忠于真实。而实际情形却是,没有呼吁爱、引向善、看取光明与希望的能力,甚至没有辨别是非善恶的能力。这与作家拥有的文化资源、思想资源、精神资源有极大关系。由于没有永恒的人文关怀,没有相对准则之外的长

---

① 雷达:《长篇小说是否遭遇瓶颈——谈新世纪长篇小说的精神能力问题》,载《南方文坛》2006年第6期。

远道德理想,人的灵魂总是飘浮和挤压在暂时的处境之中,像风中的浮尘一样飘荡无依。对当今的文学来说,最迫切的也许莫过于精神资源问题。"①

这里所谈文学创作"精神资源"匮乏现象,完全可以涵盖和包括我们所讨论的"情义危机"问题,也说明"情义危机"并非文坛初犯或突发之病,而是在不同程度上时有发作、久拖未能根治的顽症。

四

如何治愈这一顽症?文学创作的主体是作家,关键在于作家要全面提升自己的内在素质,尤其是创作的精神高度和情义浓度等,此外还要在创作观念上消除一个误区,即描写生活中的正面因素、正面形象往往难以产生震撼人心佳作的误区,这样才能更多更好地关注和开掘生活中的真善美,打造无愧于时代和人民的精品力作。

这里不妨品味一下法国诺贝尔文学奖获得者阿尔贝·加缪的名作《鼠疫》,以纠正我们对问题的偏见和认识。当北非一个叫奥兰的城市突发无药可治的鼠疫时,为防止猖獗鼠疫向外传染,人们不得不把所有城门封闭,城中人被彻底孤立囚禁,陷入焦虑、恐怖、绝望的挣扎之中。奥兰城虽然堕入走投无路的绝境,也有人无耻诿过、贪婪欺诈等等,写这些容易引起牵肠挂肚乃至惊心动魄的阅读效果,但作品的主脉并没有放在对罪恶肆虐的描写上,而是淋漓尽致地表现以里厄医生为代表的一组正面人物,在荒谬中奋起反抗、在绝望中坚持道义,以

---

① 雷达:《重建文学的审美精神》(下卷),北京师范大学出版社2010年版,第167—168页。

"知其不可而为之"的大无畏精神英勇抗争并渡过灾难的故事。加缪笔下奥兰城面对突如其来的猖狂鼠疫,虽然深陷社会失控和集体沉沦的阴森环境之中,作家所倾心描绘和铺展的,却是坚守善良与正义、歌吟大爱与奉献的感人画卷。可以说,塑造生活中的正面形象并没有降低和损害,而是提升和增加了作品的思想和艺术价值。

最近读到人民文学出版社新出版的长篇小说《刀兵过》①,对其有情有义地感知和表现生活、雕塑正面人物形象留下深刻印象。作品以晚清至民国的中国民间生存状况为历史底色,写王克笙、王鸣鹤父子于辽河湿地深处创建"九里"村及其所经历的一次次"刀兵过",在呈现百年风云激荡历史和各种刀兵之劫给民众生活带来灾难的同时,展示底层百姓应对各种劫难的生存智慧和道义追求,高歌象征民族文化精魂的主人公的坚强信念、担当精神和博爱情怀,突出彰显中华优秀传统文化铸造的君子人格及乡贤形象,对于营建良好道德风尚、维护社会行稳致远具有独特作用和深远影响。

孟繁华、贺绍俊等在追踪文学创作整体面貌和新近动向时,也以数量可观的作品说明,文学的"情义危机"目前已有改观,这是一个让人欣喜的走势。当下文坛着力表现人间美好情愫、讴歌美好心灵的作品草长莺飞,春意盎然,相信在文艺的百花园里这类作品会以沁人肺腑的芬芳,为实现中华民族伟大复兴营造良好氛围,凝聚强大正能量。

2019 年 3 月 31 日完稿于合肥书香苑

原载于 2019 年 4 月 3 日《光明日报》

---

① 滕贞甫:《刀兵过》,人民文学出版社 2018 年版。

经典作品的意蕴开掘和艺术超越

"改革开放以来,我国文艺创作迎来了新的春天,产生了大量脍炙人口的优秀作品。同时,也不能否认,在文艺创作方面,也存在着有数量缺质量、有'高原'缺'高峰'的现象。"[①]习近平同志五年前在文艺工作座谈会上所说的这段话,是对我们文艺创作状况的准确判断,也饱含着对广大文艺工作者勇攀艺术高峰的殷切期盼。

如何攀登艺术高峰? 关键是要创作出思想精深、艺术精湛的经典佳作。经典是攀缘艺术高峰的阶梯,也是体现艺术高峰的标杆。一个时代的文艺成就,不仅以是否出现繁花似锦、灿若星汉的作品数量为标志,还以是否涌现深刻反映社会生活的高质量精品力作为代表。正如习近平总书记所言:"推动文艺繁荣发展,最根本的是要创作生产出无愧于我们这个伟大民族、伟大时代的优秀作品。没有优秀作品,其他事情搞得再热闹、再花哨,那也只是表面文章,是不能真正深入人民精神世界的,是不能触及人的灵魂、引起人民思想共鸣的。文艺工作者应该牢记,创作是自己的中心任务,作品是自己的立身之本,要静下

---

① 习近平:《在文艺工作座谈会上的讲话》,载 2014 年 10 月 15 日《人民日报》。

心来、精益求精搞创作,把最好的精神食粮奉献给人民。"①

怎样才能锻造经典,或者说,怎样才能创造伟大作品?这当然是一个涉及诸多方面的复杂问题,仅从创作主体看,文艺家对表现对象即所反映的社会生活,能否进行大跨度的意蕴开掘和艺术超越,乃是不可忽视的重要之点。

从根本上说,文艺家就是用心琢磨生活,并用心表现生活的人。作家、画家、音乐家、舞蹈家等都是在用心琢磨生活的基础上,分别琢磨如何用语言文字、画面形象、节奏旋律、身段造型等表现生活。文艺作品中呈现的每一个具体形象,一般都不仅显示一种存在,同时也传达某种意义。落叶意味着事业的衰败或人生的挫折,暴风雨象征着社会的震荡或情感的宣泄,荷塘月色映衬着生活的平静或心境的幽雅,车水马龙代表着城市的繁华或时光的流逝,如此等等,莫不如是。同样,文艺作品所讲述的每个故事、描绘的每个画面等,也不只是陈说一个完整的生活事件或难忘的生活场景,而是必然包含着文艺家对生活的理解和想要表达的意思。描写一场残酷的战争,让人诅咒侵略并祈望和平;描写一个贪污受贿的窝案,让人感到反腐倡廉的必要性与紧迫性;描写一家单位绝处逢生、逆袭崛起的过程,让人意识到与时俱进、改革创新的艰辛和重要;描写一位知识分子忘我工作、报效祖国的事迹,让人激发出拼搏奉献、勇于担当的家国情怀……所有这些,虽然都能从作品表现的生活事件中看出或透显出某种意蕴,但它们远不属于我们所说的"意蕴开掘"的范畴。尽管这些意蕴本身并无任何不妥之处,其所传播的思想也很有意义和价值,但毕竟过于表面化、简单化和通用化了。在这个层面上进行创作,文艺家只是一些社会事件的报

---

① 习近平:《在文艺工作座谈会上的讲话》,载 2014 年 10 月 15 日《人民日报》。

道者和讲解员,而不是生活底蕴的发现者和人类精神财富的创造者。这两者之间的差异,正是一切庸常文艺家与杰出文艺家的区别,也是一般作品与经典佳作的差距所在。

  我向来认为,文艺家也应是思想家,起码要具备思想家的素质。他不仅要写出世态炎凉,更要洞悉世道人心,还要为揭示生活奥秘、发现人生真谛,提供自己的观察和睿识,给人以新的感悟和启迪。他深入生活,扎根人民,所要做的除了与对象交朋友、收集生活素材、发现感人事迹和动人故事以外,还要对生活沃土深度勘探和不懈挖掘,对社会人生的奥义扫描捕捉和透视剖析。文艺家的角色仿佛社会生活的体检师,在通过"望闻问切"乃至心电图、脑电波等多种路径诊断其肌体优异功能和突出表现的同时,也要注意检查和诊治其不良症候与潜在病灶,开出祛邪扶正、补气固本的良方。所以,鲁迅告诫小说家,不要随便抓到一个故事就匆匆动笔,而应注意"选材要严,开掘要深,不可将一点琐屑的没有意见的故事,便填成一篇,以创作丰宣自乐"[①]。列夫·托尔斯泰更是指出:"为了使艺术家知道他应该讲些什么,他就必须知道全人类所固有的,但同时又是他的,也就是人类所尚未知道的东西。"[②]这就是说,我们所谈的"意蕴开掘",并不是指那种从具体生活事件中随便引申出一些普通道理和一般意念,而是指那种对生活的意义上下求索,在作品感性形象中熔铸了作家超尘拔俗的独特发现,而这种发现又具有深广的社会容量和人生哲

---

① 鲁迅:《二心集·关于小说题材的通信》,《鲁迅全集》第4卷,人民文学出版社1982年版,第368页。

② 赫拉普钦科:《作家的创作个性和文学的发展》,上海人民出版社1982年版,第402页。

理蕴蓄。

鲁迅的一系列小说在现代文学的长廊里出类拔萃，不只是塑造了阿Q、祥林嫂等众多鲜活的人物形象，更在于他对产生人物形象的社会土壤和时代风云进行独到思考，赋予艺术形象揭橥"国民性"的丰赡内涵，文本深处激荡着"立人"的深沉呐喊，其"精神界之战士"的身影显得那样高大伟岸。茅盾的"农村三部曲"《春蚕》《秋收》《残冬》，通过描写老通宝及其儿子阿多无论怎样艰辛劳作，虽然获得蚕茧丰收、稻谷盈仓的好收成等，却因丝业萧条和米价飞跌而欠债破产，最终自发走上武装抗争道路的故事，反映20世纪二三十年代旧中国农村变迁和农民觉醒的整体过程。这里留给我们的，不仅是一幅人物栩栩如生、时代风雷震荡的历史画卷，而且其所包孕和透露的多方面信息，近乎如恩格斯谈巴尔扎克小说所言，"比从当时所有职业的历史学家、经济学家和统计学家那里学到的全部东西还要多"。以两位大师笔名命名的"鲁迅文学奖""茅盾文学奖"，继承和弘扬先贤"究天人之际，通古今之变，成一家之言"的血脉传统，许多获奖作品在意蕴开掘上孜孜以求，于作品的感性形象中熔铸作家敏锐深邃的独特发现，而这发现又饱含深广博大的社会容量和酸甜苦辣的人生喟叹，为我们呈现了新的审美体验和艺术追求。

如果说，意蕴开掘更多侧重作品思想内容的建构，那么，艺术超越则比较偏向艺术形式品质的锻造。一部经典佳作的丰富蕴含，必须找到恰当的艺术形式富有魅力地呈现其直指意义和联想意脉，必须在表现手段和技巧上高招频出而引人入胜以至令人叹服。正如德国现代文化哲学家恩斯特·卡西尔所指出："对于一个伟大的画家、一个伟大的音乐家，或一个伟大的诗人来说，色彩、线条、韵律和词语不只是他技术手段的一部分,它们是创造过程本身的必要因素。"[1]

如何探寻艺术超越的途径?这一方面需要文艺家对古今中外长期积累的各种艺术表现手法和技巧勤学苦练,稔熟于心,乃至了如指掌,如十八般武艺样样精通的武林高手,能够随时使用多种套路和手段应对立体塑造表现对象的需求;另一方面还要求文艺家匠心独运,以敏慧的艺术心灵不断摸索、尝试、发明、创造新的表现手法和技巧,在有力刻画对象的同时,为人类以"美的规律"掌握世界开拓新的途径和新的空间。从谋篇布局、情节设置,到人物安排、细节镂刻,从如何开头别具一格、如何煞尾余音绕梁,到何处把握节奏蓄势待发、何处响鼓重槌掀起高潮,等等,都有说不尽道不完的机巧和门道。即以遣词造句这一最细小、最微末、最基础的工序而言,古代许多硕学鸿儒都曾为之殚精竭虑、煞费苦心,直至炼石成丹,孕沙成珠。广为流传的诸如"批阅十载,增删五次"、诸如"吟安一个字,捻断数茎须"的文坛佳话,既体现文艺名家咬文嚼字、斤斤计较的"穷讲究"精神,也说明打造艺术经典需要呕心沥血,千锤百炼,方能收获"千淘万漉虽辛苦,吹尽狂沙始到金"的成果和喜悦。

反观现实,时代的疾速前行和生活的繁复多变,已使当今社会发展步入浮光掠影、行色匆匆的快车道。市场法则的普及和物质欲望的膨胀,更把许多人引向心浮气躁、追名逐利的名利场。急功近利、粗制滥造,抄袭模仿、千篇一律,机械化生存、快餐式消费等文坛流行病症,近几年经过诊治虽有减轻和好转,但在不小范围内照样时常发作与蔓延。环顾文坛,形式大于内容、炒作优于实干、迎合胜于坚守、庸品多

---

[1] 恩斯特·卡西尔:《人论——人类文化哲学导引》,上海译文出版社1985年版,第180—181页。

于杰作的现象,仍如家常便饭,屡见不鲜。作为一位有信仰、有情怀、有担当的文艺家,面对滚滚红尘和喧嚣闹市,自当清心明志,瞩望高远,从历代传世名篇中汲取智慧和力量,开阔胸襟、砥砺思想、精研艺术、升华修养,以任凭潮起潮落、静观云卷云舒的从容和定力,潜心创作"传得开、留得下"的经典佳作,为"举精神旗帜、立精神支柱、建精神家园"的宏大工程尽心尽力。

2019 年 10 月 13 日完稿于合肥书香苑

原载于 2019 年 10 月 21 日《文艺报》

辑二

文学的浅涉与深耕

——对人工智能写作的认识与回应

人工智能作为新一轮科技革命的领头雁,已插上互联网的强劲翅膀,飞入和覆盖人类生产生活的诸多领域。机器人代替大量工人、支付宝取代部分银行职能、电子摄像头省去无数交警、智能医疗纠正医生误诊,如此等等,都以前所未有的方式改变了我们社会的运行轨迹和前行节奏。

人工智能闯入文学创作的疆场,已经呈现和将会展现怎样一番情景?讨论此问题,不仅有助于把握人工智能写作的特点和功能,更有助于从新的视角认识文学的价值与意义。

一 人工智能闯入文学原野"开疆拓土"的不同景观

人工智能写作目前已将蓝图变成现实,已把一篇篇,甚至一本本作品摆到读者和观众的面前。微软"小冰"2017年5月就出版第一部由人工智能创作的诗集《阳光失了玻璃窗》,其中部分诗作在《青年文学》等刊物发表或在互联网发布,几乎没有人发现破绽——这并非出自诗人之手,而是源于人工智能的"写作"。2019年3月,《华西都市报》旗下"封面新闻"数据研究公司的机器人开设《小封写诗》专栏,同年10月即由四川文艺出版社出版"小封"的诗集《万物都相爱》。其他如IBM公司的"偶得"、清华大学的"薇薇"、华为的"乐府"、携程的"小诗机"等等,都是只要给出标题或图片,瞬间即可成诗的作诗"快手"。有评论家断言:"人工智能写作是一面镜子,可以让人类更清晰地看到自己的写作已经穷途末路。人工智能写作在倒逼人类写作,人类除非写出更好更有原创性的作品,否则被取代和淘汰是迟早的事。"[1]

放眼未来,我相信伴随科学技术的飞速发展,人工智能将会取代人类一些中低端的文学写作,但从当下各类机器人出产的作品看,似乎离这一步尚有不小距离。人工智能进入文学原野开疆拓土,虽然在诗歌、小说、散文等领地都曾尝试播种育苗,但只是在诗歌的田间地头洋溢收获的笑语,小说、散文等大片土地多半苗而不秀或秀而不实,可谓基本欠产,乏善可陈。究其原因,主要是人工智能对于比较格式化的文本,如政务通知、商务材料、律师函件、新闻报道等能够手到擒来,或起码完成得八九不离十。像新闻报道输入"五要素"何时(when)、何地(where)、何人(who)、何事(what)、何因(why),智能机器人可以立马交稿。但面对小说、散文等无须也不应依据固定格式炮制的文本,人工智能往往顾此失彼,茫然无措,只能偃旗息鼓,期待往后东山再起。即便是颇有收获的诗歌"创作"领域,人工智能在现代诗与旧体诗的田垄,也是两种不同的长势和景致。

就现代诗而言,机器人"小封"诗集里有一首颇受关注和点赞的作

---

[1] 杨庆祥:《人工智能写作是一面镜子》,载2020年1月15日《光明日报》。

品《一只瘦弱的鸟》:"语言的小村庄/停留在上半部/那他们会怎么说呢/毛孩子的游戏/如果不懂/小小的烟告诉我/你的身体像鸟/一只瘦弱的鸟/回到自己的生活里/我要飞向春天。"有观点认为:"这首诗有意思的地方在于有着典型的后现代性",其"'诗眼'在于开篇的两个字——'语言'",小村庄、毛孩子、烟、瘦弱的鸟这些原本没有逻辑关系的事物,正是通过语言建构起了一种联系。"它具有元诗歌的气息,以一种反证的形式说明语言本身的不确定性。"[①]

在我看来,这样的评价体现了对新生事物开放、包容和推举的态度,却多少有些夸大其词、过度阐释的轻率与随意。客观地说,此诗虽然每一行能够连词成句表达复合词组的意思,但上下句之间基本是"前言不搭后语",不仅缺乏内在的逻辑关联,全篇也缺失有机整体感。若将这首诗删去结尾或中间两三句,或者将其中若干诗句任意对调,仍然不失诗作的原有形态和水准。这基本是人工智能写作现代诗的普遍状况,即利用一些现代派诗作的词语陌生化组合、意象跳跃性拼接、诗意朦胧晦涩等特点,掩饰其不同程度存在的词不达意、生拼硬凑、条理不清、散乱无章等弊病。

如果说,人工智能写作在现代诗园囿里的浇水和施肥,结出的果实多数还半生不熟,生涩难咽,那么,它在旧体诗花圃里的培植和耕耘,则相对柳暗花明,别有洞天。且看下面两首诗:

一夜秋凉雨湿衣,西窗独坐对夕晖。
湖波荡漾千山色,山鸟徘徊万籁微。

[①] 杨庆祥:《人工智能写作是一面镜子》,载 2020 年 1 月 15 日《光明日报》。

荻花风里桂花浮,恨竹生云翠欲流。
谁拂半湖新镜面,飞来烟雨暮天愁。

这两首诗的标题同为《秋夕湖上》,下面一首为宋代诗词名家葛绍体所作,上面一首若不点明,很难被人识破是清华大学语音与语言实验中心机器人"薇薇"的作品。当然,人工智能"创作"的旧体诗,未必都能达到同等较高的水准。随意从携程"小诗机"依据风景照片写成的诗作中抽出一首:

树荫扶疏绕水美,新桥小河归鸟飞。
未及草青且游戏,碧波吹绿又芳菲。

此诗粗看模样不错,细察病症显而易见:既然是"树荫扶疏"之时,又怎会是"未及草青"之际?"新桥小河""游戏"等词也过于浅俗,与旧体诗的用语习惯不相吻合。不过,尽管该诗存在语义自相矛盾及词语混搭等缺陷,但大体仍不失为一首能够读得通、能够基本传达完整意义的作品,更不用说勉强具备了旧体诗声律押韵的要求。

那么,同样是人工智能作诗,为什么写旧体诗比写现代诗更有模有样,或者说相对差强人意呢?这就关涉到人工智能写作的先天优势及难以克服的劣势等核心问题了。

二 人工智能写作每遇价值判断容易晕头转向

就其实质说,人工智能写作是一种基于庞大数据库和海量范式样本,依据人所给定的主题词汇或图片信息,进行文字重新拼接组合的寄生性繁衍和组装型生产。

人工智能无可比拟的优势在于,人类智商的峰值一般是200左右,而人工智能的智商可达到8000以上。这使它并不满足于在诸多简单劳动领域攻城拔寨,屡建奇功,还将三头六臂伸入文学创作的山野园林,试图在人类繁复多变、极富创造性的文字太极八卦阵中探囊取物,旗开得胜。各类人工智能写作软件,无一不是凭借其强大的"深度学习"能力,先分门别类地将所涉猎文体以往主要文本一网打尽。如"小封"写现代诗就把近百年来上千位诗人的十余万首现代诗收入囊中,"薇薇"写旧体诗也把唐朝以来的五言绝句和七言律诗应收尽收,再运用知识图谱、自然语言处理等技术每天24小时不间断地分析学习和迭代升级,直至能够"熟练"掌握该文体组词造句及连句成篇的大致规律。

具有如此本领,人工智能写作冲决和淹没文学山脚下的一些低洼营盘,可谓水到渠成之事。文学创作尽管具有"虽在父兄,不能以移子弟"[1]的一面,但前辈大师用众多经典名著垒筑而成的艺术殿堂,不论是整体框架设计、局部卯榫结构,还是细部雕梁画栋,都是有经验可以借鉴、有路径可以跟进、有方案可以效仿的。人工智能在大数据和云计算的支撑下,记忆、识别、检索、计算、权衡、优选等学习能力远超人类,凡是有一定规则,可重复、能复制的脑力劳动和智力游戏,均能够轻而易举地由其取而代之,并在准确性和持续性等方面,让人类望尘莫及、自叹弗如。因此,中、日、韩等国一个个拿过世界冠军的围棋选手吸取屡战屡败的惨痛教训,面对阿尔法狗常年摆设的"擂台",无不

---

[1] 曹丕:《典论·论文》,载郭绍虞主编:《中国历代文论选》(第一册),上海古籍出版社1979年版,第158—159页。

退避三舍高挂免战牌。也因此,一些不断重复"把美女比作鲜花"的写手,虽然眼下似乎还没有被无情排挤和淘汰,但从另一角度说,实质上不过是充当机器人的角色在打工忙活而已。

那些按套路生产、依模式组装的种种"大路货"以至"地摊货"作品,尽管长期混迹于文学阵营滥竽充数,甚或有时还能混淆视听以次充好,但在人工智能大步走进人类生活的今天,它们早晚难逃被一眼识破和无情抛弃的命运,正如知网学术论文"查重",让这样那样抄袭之作无处逃遁而遭人唾弃一样。

一些在人们看来颇为玄奥、颇有难度的文学创作,如五言、七言绝句和律诗的写作,因有固定的字数和格式,特别是颇为严格的声韵和格律要求,让不少文学圈内有头有脸的作家屡有闪失以致望而生畏。但对人工智能而言,旧体诗所有容易让人蒙圈、让人厌烦的条条框框及其限制,包括争奇斗艳的藏头诗、谜语诗、回文诗等等,因为有头绪、有准则、有规律可循,反而成为它可以轻巧掌握、稳妥"拿分"的亮点。机器人写出的绝句、律诗及藏头诗、谜语诗、回文诗等,可能在诗意表达、词组搭配与句式承接等方面多有瑕疵,但旧体诗的大体骨架和形貌基本能做到有鼻子有眼,像模像样,不会缺胳膊少腿,有碍观瞻。比较起来,现代诗由于没有固定字数和声韵格律的要求,对人来说似乎踏上简便易行的一马平川;可对机器人来说,恰恰是容易让其迷糊"乱码"的无形障碍。这就是人工智能写旧体诗比现代诗"完成度"更高的原因所在,也是人工智能与人类写作的重要差异之点。

透过这一差异的裂缝向纵深观察,人工智能写作的短板昭然若揭。从根本上说,人工智能无论怎样能说会道、能写会画、能掐会算,它毕竟只是被人使用的工具而不是主体。人机关系乃主从关系的基本格局与定位,起码在可见的未来难以改变。这不仅表现在人工智能写作行为本身离不开人的指令,无法自主产生创作冲动,更体现在它不具备创作的主导思想,其核心价值观只能依赖人的确定和指引。将北宋末年水泊梁山聚义故事作为内容或标题,让人工智能写一首诗或一篇短文,它究竟是像《水浒传》那样把梁山好汉看作"官逼民反"的豪杰,还是像《荡寇志》那样把他们写成"犯上作乱"的贼寇?这样一个任何作家都无法回避、必须做出的判断和选择,对机器人来说却力不从心,难以独立完成,因为它所安装的是"芯",缺少此项功能。这就是说,让人工智能做出人世间稍微复杂一些的观念权衡和价值取舍,不啻与夏虫说冰,对牛弹琴;而透析社会生活的世态炎凉和人心向背,恰恰是作家驾驭文学之舟破浪前行不可迷失的方向。

人工智能写作不仅每遇价值判断和选择的十字路口容易晕头转向,一筹莫展,而且对人类诸多感觉和行为如读天书,无法理解。孔子热心"积极济世",老庄沉迷"清净无为",两者相互矛盾,却并行不悖,在许多高士贤人那里,进能金刚怒目,退如菩萨低眉,亦儒亦道,皆神采奕然。世人赞美聪慧睿智、精明能干,却也欣赏难得糊涂,推崇大智若愚。为人处世强调是非分明、刚正不阿,却也提倡宽容大度、得饶人处且饶人。凡此种种,加上诸多说不清道不明的直觉判断、心有灵犀一点通的默契配合、只可意会不可言传的感受领悟、潜意识及下意识的情绪波动等等,对智能机器人来说,都是其超强智商难以理解的天方夜谭,自然更是其笔下所无的一片荒滩。

在这个意义上,人工智能写作仿佛一位身手矫健却天生恐高的登山者,只能在文学巍峨雄峰的山脚或半坡东游西逛,山顶上的无限风光永远是它仰之弥高、无法企及的胜境和梦想。

三 让文学真正成为人类审美的风向标和芳草地

智能机器人闯入文学创作高手如林的艺坛,尽管只能在队伍的下半段"跟后",而不能"跑前",更无法"领先",但这位陌生对手的强势插队和高调亮相,还是引起文学阵营的喧哗与骚动。

中央电视台与中国科学院在央视联合主办谈论人工智能的节目《机智过人》,曾向上海诗词学会理事刘鲁宁发出邀约,请他作为选手与智能机器人同台比试作诗。他反复斟酌后委婉谢绝说:"与电脑比赛,同样花一分钟写诗,估计它比我好。但我花一天时间写一首诗,它再写一千首也比不过我。"这句话言简意丰:既充分肯定智能机器人才思敏捷,作诗速度很快,自愿甘拜下风,又含蓄批评人工智能写作不过是粗制滥造,有速度缺质量,文学佳作只能由作家孕育和分娩。这事实似乎也包含告诫和提醒,即面对人工智能跑进文学原野策马扬鞭,我们的文学创作必须扬长避短,进行结构调整,必须理智规避人工智能善于高效模仿组合、快速寄生繁殖的特长,压缩和摈弃种种改头换面的套路化、模式化、程式化写作,而将创作的主攻方向集中到对思想和艺术的深度开掘与不懈探索上,让文学真正成为人类审美的风向标和芳草地。

朝这个方向努力,首先要在文学的思想内核即价值观建构上下功夫。文学与一般娱乐,如下棋、打牌、猜谜语、玩游戏等不同,它在给人精神愉悦的同时,总能或隐或显地传达某种价值观。优秀作品与庸常之作的重要区别在于,前者总能在人类精神的瞭望塔上更上层楼,突破常规视野发现和拓展真善美的内涵,为世道人心即价值观的建构做出贡献。一部《论语》,对奠定中华民族文化传统的基本格调,或者说塑造民族文化的心理结构,发挥了难以估量的作用。孔子所说的许多箴言,如"岁寒,然后知松柏之后凋也"①,如"芝兰生于深林,不以无人而不芳;君子修道立德,不为穷困而改节"②,不仅是中华儿女不畏困难、坚忍不拔品格的象征和写照,而且堪称中国文化"托物言志"审美传统的范例和标杆。杜甫的名句"朱门酒肉臭,路有冻死骨",不仅在安史之乱前夕敏锐洞察出唐朝社会动乱的端倪及原因,更以凝练的语言对贫富悬殊的社会现象做了有力揭示和鞭笞。鲁迅塑造的阿Q、祥林嫂、孔乙己等艺术形象,不仅寄寓他"哀其不幸,怒其不争"的深刻同情和痛切哀婉,还从"画出国民的魂灵"即写出"国民性"的高度,让我们看到"精神胜利法"的可悲和社会麻木不仁的病态。

古今中外的文学大师,向来忌讳和鄙夷对别人的词曲老调重弹或翻新演绎,而是以雄浑激昂或哀婉悲怆的笔调,倾诉自己对宇宙万物和人生百态的独到观察与理解。他要穿过历史文化的幽深隧道,站到时代精神的前沿,迎着每天从地平线上喷薄而出的朝阳和变幻莫测的风云,扫描捕捉社会人生的真谛与奥秘,为人类更好生活提供足资参考的教训与反思、方案与愿景。

文学创作除了要为国民培根铸魂、构建价值观不负使命和担当,还要为人类用审美的方式把握世界探寻新的经验和路径。人与动物的不同,就在于动物只是狭隘地按照自己"物种的尺度"进行生产,肉体本能需要是其全部活动目的;而人类则懂得"按照任何物种的尺度进行生产",因而能够依照"美的规律"来构造世界。③ 中国文学在用

---

① 《论语·子罕》。
② 《孔子家语·在厄》。
③ 马克思:《1844年经济学—哲学手稿》,人民出版社1979年版,第50—51页。

审美方式把握世界的演进发展中,不仅《诗经》、《楚辞》、汉赋、魏晋诗文、唐诗、宋词、元曲、明清小说等峰峦叠出,代有高峰,而且风骚之声、雅颂之音,建安风骨、盛唐气象,豪放派、婉约派,性灵说、格调说等百花争艳,异彩缤纷。其所探寻的艺术形式和表现方法博大精深,奥妙无穷,如一些上品佳作的意旨表达,或者说价值观与审美趣味的表露,并非直白说教或生搬硬套,而是具有"大音希声,大象无形""不著一字,尽得风流"的蕴藉和神采。中华美学饱蕴的"言有尽而意无穷""此处无声胜有声"等风雅异韵,人工智能可能越是精于数字计算和逻辑推演,越是丈二和尚摸不着头脑,何谈领会和掌握?

文学是语言的艺术。文学的风姿绰约、仪态万方,离不开语言的蛾眉杏眼、顾盼神飞。语言本身魔力巨大,它是让世间万物名实相称、插翅难逃的天罗地网,也是让人类社会彼此沟通、打破隔绝的纽带桥梁。如果说,日常语言仿佛漫山遍野、触目皆是的迷眼乱花,那么,文学语言则是文人庭院里精心培植的异卉奇葩。法国作家莫泊桑说:"不论一个作家所要描写的东西是什么,实际上只有一个词可供他使用,用一个动词要使对象生动,一个形容词使对象的性质鲜明。因此就得去寻找,哪怕追得满世界无处藏身,他也要找到这个精确的词语。"[1]我国古代文学里,"吟安一个字,捻断数茎须""两句三年得,一吟双泪流"等佳话,与莫泊桑的观点遥相呼应。推敲和淬炼语言,费尽心思地找到每个恰当的词语,表面看来是在咬文嚼字斤斤计较,实际上是不断聚焦和深化对描写对象的认识与感悟,以精彩呈现与词语相称的那一部分世界。

---

[1] 莫泊桑:《小说》,载《文艺理论译丛》第3册,人民文学出版社1962年版,第175页。

一部优秀作品犹如一颗晶莹剔透的钻石,而语言则是被用心切割和打磨的无数棱面,每个棱面既彼此独立又紧密关联,棱面与棱面相互折射辉映,最终将光一览收尽达到饱和,从而璀璨夺目。不应忽略的是,不同棱面收光或放光并非全是直截了当,有直射、有闪烁、有曲光、有斜波,正如文学话语常常幽默调侃、正话反说,怪诞变形、隐喻比附等,可谓千变万化,奥妙无穷。李白的"云想衣裳花想容"、杜甫的"感时花溅泪,恨别鸟惊心",表面是在写云写花写鸟,实质是在写人写泪写心。如此,"别材""别趣",非关书也,非涉理也,是文学语言超越日常话语的可圈可点之处,却是人工智能如堕雾里云中的迷离恍惚之点。

对语言艺术精益求精,杜绝陈词滥调,耻于鹦鹉学舌,像海明威那样不懈"寻找属于自己的句子",这不仅是文学创作推出精品力作的基础工程,也是文学应对人工智能挑战一招制胜的看家法宝。

2020年5月21日完稿于合肥书香苑

原载于2021年1月9日《光明日报》,刊载时标题为《就像一个登山者,身手矫健却天生恐高——我看人工智能写作》。

文学的自省与自强
——人工智能时代的文学观察和思考

时代的呼啸前行，尤其是科学技术的迅猛发展，使我们的生活处于日新月异的变化之中，也不断动摇乃至颠覆人们以为牢不可破的常识与逻辑。著名相机制造企业尼康，曾因产品质量优异而备受市场追捧，却不得不在中国关闭工厂。打败它的不是索尼或佳能等同行业竞争对手，而是几乎与它不相干的另一行业产品——智能手机。零售业的传奇商场大润发，连锁店开遍大江南北，号称十九年来不曾关闭一家店铺，商场巨头沃尔玛、家乐福等没有击败它，但在"网购"如火如荼的今天，也只能被阿里巴巴收购。大润发创始人抱憾出局时说：我赢了所有对手，却输给了时代。类似这样被时代淘汰和抛弃的事例，似乎每天都有一些在人们不知不觉或习以为常中悄悄发生。

那么，身处"数千年未有之大变局"的当今时代，在互联网无孔不入地覆盖社会生活的每个角落，人工智能见缝就钻地渗入各行各业的形势下，文学创作领域又是怎样一番情景呢？

文学遭遇"陌生对手"

最近,首部由机器人"小封"写作的诗歌集《万物都相爱》,在四川文艺出版社出版。"小封"是《华西都市报》旗下"封面新闻"数据研究公司开发的最初用于新闻互动聊天的机器人,经过不断迭代升级,通过每天24小时不间断学习数百位诗人写作手法和数十万首现代诗,运用知识图谱、自然语言处理等技术,已能够熟练进行现代诗和古体诗的写作。2019年3月5日,"封面新闻"正式开设《小封写诗》专栏,迄今已发表诗作200余首。请看这首《爱情》:"用一种意志把自己拿开/我将在静默中得到你/你不能逃离我的凝视/来吧我给你看/嚼食沙漠的仙人掌/爱情深藏的枯地。"诗作只有短短的六行,富有层次和节奏感,语言流畅而不失张力,尤其是将爱情比作荒凉沙漠中绿色诱人却又浑身带刺的仙人掌,堪称意蕴丰赡、极富阐释空间的精彩暗喻。评论家杨庆祥在该书序文中断言:作为一首命题诗作,相关工作人员输入"爱情"题目,让小封进行写作,"这是一首完成度很高且不乏创造力的爱情诗,甚至放到人类创作的爱情诗的谱系中去,也可以得到一个很好的位置"。

自2016年智能机器人阿尔法狗战胜多位围棋世界冠军震惊人类以来,人工智能在诸多领域抢关夺寨旌旗招展。就文学创作而言,机器人"小封"写诗远非个案和偶然,不仅微软"小冰"的诗作早已在传统纸媒发表,AI(人工智能)"李白"创作的诗歌也不乏可观之处。人工智能超越人类无可比拟的优势在于,它具有强大的"深度学习"能力,可以多层次运用人工神经网络轻松地处理海量数据及事例,一层神经网络把大量矩阵数字输入,通过非线性激活方法取得历史数据的规律权重,再产生另一个集合数据,获得相对恰当的结果。文学创作固然有"虽在父兄,不能以移子弟"的一面,但总体而言,前辈大师用心血构筑的大量经典名篇,仍然是有经验可以参考、有方法可以掌握、有路径可以遵循并逐步登堂入室的。完全可以预测,人工智能以其超强的学习、吸收和整合大数据的本领,除了能够创作一首首诗歌以外,推出中下等水准的探案故事或武侠小说,写出勉强可读的游记小品或记人叙事散文,对它并非高不可攀、难以胜任之事,何况网络文学中早已有电脑小说《背叛》流行呢。

在《万物都相爱》的序中,杨庆祥曾明确判断:"人工智能写作是一面镜子,可以让人类更清晰地看到自己的写作已经穷途末路。"这里"穷途末路"四字虽然有些耸人听闻,但在一定意义上说并非毫无根据地夸大其词,足以让我们注意和反省。

网络新锐生机勃勃

如果说,人工智能写作在文学创作的百花园里只是"小荷才露尖尖角",那么,网络文学作为文坛后起之秀则展现出"八月遍地桂花开"的繁盛景象,令人不得不刮目相看。

以 1998 年蔡智恒的网络小说《第一次的亲密接触》为起步标志,中国网络文学刚刚走过二十年的生命旅程。然而,正如互联网以前所未有的速度进入千家万户一样,网络文学也以难以抵挡的魅力吸引无数读者。不久前在北京发布的《2018 中国网络文学发展报告》显示,2018 年我国网络文学用户量高达 4.3 亿,国内主要文学网站驻站写手达 1755 万人,其中签约作者 61 万人,创作各类作品 2442 万部,网文整体阅读时长约 30 亿小时,越来越多的人用整块或碎片的时间、沉迷或随意的方式浏览网络作品。① 许多由出版社出版的畅销并获奖的纸质书籍,常常是先以"网文"的身份在网络上受到追捧,才被出版社编辑关注和青睐。如长篇历史小说《芈月传》即是先在网络连载走红后,被拍成电视连续剧在北京卫视和东方卫视首播,并由浙江文艺出版社同步推出180万字六卷本的图书。该书除入选原国家新闻出版广电总局颁布的"2015年优秀网络文学原创作品"外,还由中国作家协会网络文学委员会等在中国现代文学馆举行作品研讨会,在"第十届作家榜全民阅读节"上荣登作家榜金榜。

网络文学与纸媒文学在诸多方面泾渭分明,差异显著:纸媒文学更多由专业或准专业作家创作,在报刊或出版社以纸质形式刊发、出版;而网络文学则主要由非专业写手甚至是青年学生写作(《2018中国网络文学发展报告》统计,网络文学作者中90后占比高达50.6%),作品一概首先在网络发表、储存和呈示。纸媒文学需由报刊或出版社编辑多轮把关,经过选优汰劣、校对完善才能走向社会和读者;而网络文学则无须通过烦琐的审读检验,直接上传到文学网站乃至个人微博、微信即可广为流传,表现出极大的开放性、包容性和自由度。纸媒文学多半是全本一次性刊出,且白纸黑字固化面世后难以改动;而网络文学则基本是边写边发连载于网络上,作者可根据网友评论及参与创作的跟帖留言等随时修改、调整并不断更新作品。这也是有些网络小说起初表现并不出色,后来却不断改进完善,越写越精彩的原因所

---

① 《2018中国网络文学发展报告》于2019年8月9日在国家新闻出版署、北京市人民政府指导,中共北京市委宣传部、中共北京市委网络安全和信息化委员会办公室等共同主办的第三届中国"网络文学+"大会上发布。见人民网、中国作家网2019年8月10日报道。

在。纸媒文学更多注重作品的思想内涵和艺术精湛,表现主题相对严肃、品格相对高雅;而网络文学则更多看重作品的受众面和点击率,传达内容偏向世俗娱乐和煽情猎奇,格调倾向通俗乃至低俗的大众趣味。

当然,以上只是大而言之、概而论之,网络文学中不乏精品力作,纸媒文学里也有滥竽充数者,自是不言而喻。值得重视的是,网络文学作为时代的宠儿,不论是从创作队伍的数量、作品的海量规模、让人惊叹的庞大读者群,还是从其对影视、出版、游戏、动漫等各类文化产业的影响看,它与其说是一种不可忽视的文学现象,不如说已成为当代社会一种生机勃勃且有广泛覆盖面的文化形态。它撤除了文学的专业围栏和门槛,使文学创作不再是少数作家的垄断职业,让数以千万计的各类写手浩浩荡荡地加入创作队伍之中,有力推动了新时代以文学为母体的各类文艺的大发展大繁荣。这一点,仅从 2018 年由网络文学转换出版成纸质图书 1193 部,新增改编电影 203 部、电视剧 239 部、动漫 569 部、游戏 96 款,向海外输出作品 11168 部等累累硕果上,即可一目了然。[①]

文学功能逐渐衰变

文学作为一种古老而悠久的语言艺术,步入当今"知识爆炸""信息裂变"的"互联网+人工智能"时代,其原有的多项功能似乎正发生年迈体衰的变化。

文学的认识功能已大为消减。由于文学能够深广反映社会生活,

---

① 参见《2018 中国网络文学发展报告》。

能够在生动形象的描绘中呈现时代风云和人生百态,"文学是生活的教科书"一直是各类文学理论教材津津乐道的论点。这在没有网络、缺少电脑,尤其是影视、广播、报纸等资讯不发达的时代,确可谓难以更改的事实。恩格斯说从巴尔扎克小说中得到的社会认知,"比从当时所有职业的历史学家、经济学家和统计学家那里学到的全部东西还要多"①,正是对这种现象的有力注释。那时作家就是时代风云和社会万象的侦察员和报告人,如果他有敏锐独到的眼光和直面人生的勇气,能言人之所未言和怯言,便可成为时代风气的先觉者和一呼百应的民意代表,足以改变社会认知的陈规陋识。如今,不仅兴旺昌隆的新闻业早已替代作家充当社会舆论代言人的角色,而且互联网的异军突起和多种新兴传播平台对世间每个中心或边缘正在发生及历史上曾发生的大事小事,几乎都有或详或略的报道与记载,或深或浅的分析与探究。如此等等巨量信息,在贴身手机及布满各种场所的大小视频上饱和推送与便捷搜索,使得再像以往那样从文学作品中扩展见闻和获取知识,明显过于迟缓、低效和落伍了。

文学的娱乐功能也大为削弱。作为一种以语言塑造形象和表达情感的审美活动,文学显然具有愉悦身心的作用。这在流行音乐、电子游戏、旅游观光、T台选秀等尚未普及的时代,效果尤其突出。笔者曾经历文化匮乏的岁月,诵读诗歌如酒徒畅饮醇香美酒,阅读小说散文如饥汉享受饕餮盛宴,观看电影戏剧如孩童欢喜过大年,文学艺术对心理及生理的娱乐作用确实占有相当优势。可是,伴随经济持续发展和社会不断进步,伴随人民对美好生活的需求日益增长和日常生活

---

① 恩格斯:《致玛·哈克奈斯》,《马克思主义文艺论著选讲》(纪怀民、陆贵山、周忠厚、蒋培坤编著),中国人民大学出版社1982年版,第269页。

审美化趋势日益增强,人们娱乐的途径和方式越来越多,文学这一娱乐功能自然随之分流和降低。特别是众多互联网文化娱乐企业把各种轻松幽默、探奇访胜,乃至偷窥隐私、感官刺激的节目视频和诱人文字,通过五花八门的渠道整天围绕人狂轰滥炸,让人唾手可得以至应接不暇时,谁还会沉湎或流连于文学的娱乐方式呢?即便作家操弄讲故事、抖包袱,个性化、细节化等吸引眼球的祖传手段,不说实力强大的影视公司出产的精彩大片,就是源于民间的某些搞笑段子和抖音视频,其让人惊诧、亢奋、咀嚼的滋味,也往往让文学作品相形见绌。

当下时代与以往时代相比,最基本最重大的区别在于:以互联网和数字化为特征的新兴传播与互动手段,使诸多行业从一个有核心、有级差、有组织的塔状结构,逐步让位给一个无核心、无级差、无组织的扁平格局,即美国学者托马斯·弗里德曼所说的"扁平世界"。[①] 在一个"扁平世界"里,每一个 IP 地址或者说每一个人的自由发声,都有可能成为人声鼎沸、众声喧哗社会里的有力声部,而文学功能的衰变正是被这喧嚣声浪阻遏和遮蔽的结果。

文学自强路在脚下

面对互联网和人工智能的强势挤压,文学的出路和前景在哪里?21 世纪初,解构主义文艺理论家 J. 希利斯·米勒预言"文学要走向终

[①] 托马斯·弗里德曼:《世界是平的——21 世纪简史》,湖南科学技术出版社 2006 年版。

结和消亡"①,而事实上不仅纸媒文学照样发展,网络文学更是别开生面繁花似锦。文学遇到人工智能和互联网的挑战,虽然某些方面确实存在危机、陷入困境,但正如人类社会发展绝不会因遭遇坎坷曲折而停止跋涉前行的脚步,更不会坐以待毙走向灭亡一样,文学也会在自我反省、调整、改进中适应时代变化,实现凤凰涅槃。

社会生活丰富多彩,文学需求多种多样。主要满足大众娱乐的通俗文学、适应快餐式消费的网络文学,当然可以承袭千百年来积累的文学写作的种种套路和招数,甚至合理借助人工智能写作的手段和成果,继续在塑造抓人形象、编织紧张故事上轻车熟路地吸引粉丝招摇过市。但正如鲁迅所说:"文艺是国民精神所发的火光,同时也是引导国民精神的前途的灯火。"②文学作为一项铸造国民灵魂的工程,无疑不应落入陈陈相因、故步自封的窠臼之中,而应与时俱进,探寻超越突破、开拓创新的良方与途径,以在科技改变世界越演越烈的变局和趋势中,绽放人类深广智慧和博大情怀的夺目光彩。这,对于矢志打造精品、决意攀登高峰的文学家来说,尤其应成为"吾将上下而求索"的目标。

追求独到发现是跨越和摈弃格式化、套路化写作的高招,也是作品拥有独特魅力和顽强生命力的不二法门。这里所说的"独到发现",

---

① J.希利斯·米勒于2000年在北京举办的"文学理论的未来:中国与世界"国际学术研讨会上,发表关于"文学终结论"的观点,《文学评论》2001年第1期以《全球化时代文学研究还会继续存在吗?》为题,将其观点刊登,一时引发中国文学界的热烈讨论。

② 鲁迅:《论睁了眼看》,《鲁迅全集》第1卷,人民文学出版社1982年版,第240页。

并非指在大千世界和芸芸众生中找到一个没有或较少被人描写的地方、行业、人物及故事,如古老偏僻山村里某个传奇老汉的人生沉浮、城市里某个新兴金融公司云谲波诡的商战硝烟等等。身处当今信息社会,每天捧着手机和点击鼠标,大量新闻、掌故、倾诉、点评及花样百出的广告等,一浪接一浪无休止地滚滚而来,人们对信息不是知道太少,而是苦于涌现太多、太杂、太繁。文学当然还要以自己的优势提供信息的增量,即以具象化、个性化、细节化的叙事,成为信息产能中不可或缺的部分。但不容忽视的是,如今这种叙事方式已并非文学的专利,各种段子、微博、视频,以至通讯报道等,往往都不乏形象化的细节刻画和叙事。今天的文学,在生动描绘社会万象的同时,更应饱含作家对错综复杂的社会生活的深度勘探和深邃理解,在茫然无序以致让人无所适从的"乱码"表象中,梳理出生活的头绪和走势,破译人生的奥秘与真谛,辨别现象背后的真伪及价值,揭示社会演进的本质与规律,以让读者不仅获得审美的愉悦,更得到思想的启迪。文学当然需要形式技巧来完美呈现,但各种形式技巧包括情节结构、人物安排等都有文学史的浩瀚谱牒可以借鉴,真正具有创新意义并能够打动人心的只能是独到的发现,尤其是凝聚着智慧和见识的灵魂透视与思想探险。这是他人和人工智能无从模仿和替代的,也是作品跻身经典行列必备的品质。

　　写好每个句子是创作始终不应放松的关节点,也是文学应对各种挑战一招制胜的撒手锏。海明威谈自己的创作体会时说,关键是要"寻找属于自己的句子"。陈忠实认为,"作家倾其一生的创作探索,其实说白了,就是海明威这句话所作的准确而又形象化的概括"[①]。

[①] 陈忠实:《寻找属于自己的句子》,上海文艺出版社2009年版,第177页。

文学是语言的艺术。只有把每句话每个字锤炼推敲到位并安放妥帖吻合，整个作品才能熠熠生辉。一些作品写人绘景如雾里看花，不够鲜活生动，主要是遣词造句马虎草率，敷衍了事，根子是对表现对象没有透彻了解，思想和情感没有升华提炼，以及缺乏"语不惊人死不休"的刻苦自励精神。

写好每个句子，表面上看是在斤斤计较、咬文嚼字，实际上就是深化对描写对象的认识和体悟，淬炼和提升自己的思想与情感。更何况写好句子的关键还在于寻找"属于自己的句子"，这自然涉及上面所说的"追求独到发现"，即作家对历史和现实的扫描与透析，既应是独特的个性化的体验和感发，同时又应蕴蓄深厚的文化底蕴和人类普遍的心理情境，从而更好彰显文学以具相反映共相、以个别体现一般的特征。桐城派散文大家姚鼐曾说："文章之精妙，不出字句声色之间，舍此便无可窥寻矣。"这说明了写好每个句子对创作的无比重要性，也是文学在新时代破除各种纷扰，自立自强、永不言败的制胜法宝。

2019 年 11 月 11 日初稿
2020 年 1 月 15 日改于书香苑

原载于 2020 年 2 月 7 日《文艺报》

论日记和日记体文学

日记是一种非常普及的文体,不论作家还是一般民众,不论古代还是今天,都有许多人写日记。近现代以来,更有一些作家采用日记体的形式进行创作,写出了不少著名的日记体散文和小说。然而,由于受以往文学理论思维定式的束缚,很少有人从文体学的角度,对日记及日记体文学进行专门研究。本文尝试探讨日记的渊源、特点、价值及日记体文学的种类和特征,意在抛砖引玉,并请专家指正。

一

日记可说脱胎于编年纪事体史书[①],这在中国和西方都不例外。

中国古代有专门官员负责史事。郑玄便有"太史记言,内史记行"之说。他们记史的方法,大半是遇到一件事发生,随时据实直录,一事

[①] 这一观点笔者从朱光潜先生文章《日记——小品文略谈之一》中受到启发。该文初载于1948年3月1日《天津民国日报》,后收入《朱光潜全集》第9卷,安徽教育出版社1993年版,第358—362页。

一条,如登流水账,次第依年、月、日时间顺序安排,这就是编年纪事。正如刘知几论述编年纪事的特点所说:"系日月而为次,列时岁以相续,中国外夷,同年共世,莫不备载其事,形于目前。"①经孔子删订的《春秋》,是中国保存下来的最早的编年纪事体史书。随后的《左传》《竹书纪年》《汉纪》《后汉纪》《资治通鉴》等,均是这种体裁的典范。至于唐代温大雅撰《大唐创业起居注》、韩愈撰《顺宗实录》,以及后来的《明实录》《清实录》等,由于也是按年、月、日时间次第记载人物言行和历史事件,这种"起居注"和"实录"实际上也属编年纪事体史书。与中国最早的史乘是编年纪事一样,西方各国的历史著述也多起于"chronicles"(即编年纪事)。如著名的《盎格鲁-撒克逊编年史》(Anglo-Saxon Chronicle),从公元7世纪直至1154年,逐年逐月逐日记载了英国中世纪的历史,就是英国现存的最早的史书。不过,这部史书与中国古代史著出于朝廷史官不同,它主要成于中世纪寺院的僧侣之手,作者不是以官方身份,而是以私人资格记录国家大事的。

如果说,以官方身份写成的编年纪事可名为"国家日记",那么,以私人资格写成的编年纪事则几乎可说就是"日记"。但是,它和我们现在通常所说的日记又有一个重要区别:编年纪事以一个国家为中心,如《春秋》中的"我"实际上是指鲁国;而日记以作者个人为中心,其中的"我"只是作者自己。这种"中心"的不同,会给史事的记载带来或大或小的差异,因为不同的记录者必然自觉或不自觉地赋予史事不同的色彩。这一点,现代语言符号学理论和接受美学理论已做了透彻的研究和阐释。当然,日记作者记自己每日所见所闻所感所思,可能是私人琐事,也可能是国家大事,但即便这样,仍与编年纪事存在明

---

① 刘知几:《史通·二体第二》。

显的差异。编年纪事由于以国家为中心,一般不记私人琐事,纵或偶然破例,也必因为私人琐事有关国家大事;而日记由于以个人为中心,一般主要不记国家大事,倘若记到国家大事,也是以个人的眼光去看,或者事件直接间接地与自己有关。这与编年纪事体史书专注记载国家大事,终究是楚河汉界,颇有分别。

编年纪事产生很早,但日记兴起较晚。在中国,就笔者所知,南宋大诗人陆游所撰《老学庵笔记》,可能最早使用"日记"一词,其句云:"黄鲁直有日记,谓之家乘,至宜州犹不辍书。"[1]随后罗大经在《鹤林玉露》中也说:"山谷晚年作日录,题曰'家乘'。"[2]由此可知,北宋著名诗人和书法家黄庭坚曾长期坚持写日记,并名之为"家乘",这可能是见诸记载的中国私人日记之始。可惜遍查《豫章黄先生文集》30卷,未见其家乘只言片语。想来黄庭坚及其文集编者,均以为日记不属正儿八经的著述,不值得收入文集。这种状况,直到清朝中叶都没有改变。当时编修规模庞大的《四库全书》,将前人各种著述分门别类尽量收录,堪称历代著作的总汇集。但笔者搜查日记可能隶属的类别,如子部杂家类、史部杂史和传记类、集部别集类等,都没有"日记"一目,可见直到清朝乾隆晚期,人们仍然不重视日记,认为日记没有什么流传价值。日记在中国被印行,比较为人们知道的大概要算陆清献公(陇其)日记、钱大昕(竹汀居士)日记(其实这几种实在是论学笔记,与寻常日记有别)、曾文正公(国藩)日记、李文忠公(鸿章)日记、李滋铭《越缦堂日记》等,这些都已经是清朝中后期的事了。

在西方,"日记"一词虽然出现较早,但如希腊的"ephemeris"(日

---

[1] 陆游:《老学庵笔记》卷三。
[2] 罗大经:《鹤林玉露》卷十。

记),主要是官员记载军队行动和国王起居,罗马的"diarium"(日记),只是记录奴仆的配给账目,它们都与后来的日记(diary)相去甚远,没有直接的渊源。西方纯粹由个人写的日记,最早大概起源于文艺复兴时期,法国流传下来的两部最早的日记就是当时的产物。这两部日记都不知道作者姓名,一部的作者是一位牧师,另一部的题名是《一位巴黎市民的日记》。写日记的风气,直到17世纪才在英国及其他西方国家逐渐兴盛起来。① 英国两位极著名的"日记家"——约翰·伊夫林(John Evelyn)和塞缪尔·佩皮斯(Samuel Pepys),都生活在这个时期。

为什么日记及回忆录等记载个人真实生活的著述,在17世纪英国及其他西方国家如雨后春笋般地突然冒出一批,并从此延续不断?有的学者解释说:这是因为人们"想把自己一生的事迹告诉别人,想记录下时代变化多端的特色,在这个时代,个人抛掉了以往约束着自己的枷锁,因而产生了大量回忆录及日记,以致成为此后文学创作中的一个永久性的特点"②。还有的学者说:"这种新的、不受抑制的(uninhibited)表现力,产生了17世纪中末叶的大量的日志、杂记和私人日记。"③这表明,正是经过文艺复兴的思想文化解放运动,人们摆脱了种种禁锢和束缚,思想活跃,个性伸展,日记及回忆录才得以大量涌

---

① 据 Oxford English Dictionary(《牛津大词典》),英文里"日记"(diary,daybook)这个词的最早例句是在16世纪末,但寥寥无几,到17世纪,尤其是17世纪中后期,才大量出现。

② Emile Legouis and Louis Cazamian, *A History of English Literature*(Eng. tr.), Dent,1971,p.680.

③ C. V. Wedgwood, *Seventeenth Century English Literature*, Oxford University Press, 1956,p.105.

现。在中国,日记直至清朝中后期才引起人们重视,作为一种新的图书品类被选刊印行,这是否与当时国门逐渐打开,受到西方风气的影响有关呢?这是一个很好的比较文学研究的课题,深入探究,也许确实能发现两者之间"事实的联系"。

从文体变迁的角度看,在编年纪事之后和日记起来之前,还有一种过渡的体裁,那就是笔记。"笔记"两字,本指执笔记叙而言。在中国,许多零星琐碎的私家著述,大约都可以归到笔记一类。早期的像《论语》、《韩诗外传》、刘向的《说苑》、刘义庆的《世说新语》等,唐朝以后的像孙光宪的《北梦琐言》、苏轼的《东坡志林》、叶梦得的《石林燕语》、张岱的《陶庵梦忆》、王士禛的《池北偶谈》、俞樾的《春在堂随笔》之类,都是随时记载,日积月累,是笔记而又近于日记的著述。西方的情形也大体如此。日常记事多起于"memoirs"(这个英文词可译为备忘录,也可译为回忆录、自传),如古罗马大将军恺撒(Caesar)的《备忘录》(*Commentaries*),记叙他自己所经历的战争情况,可算是最早的例子。16 世纪以后,西方写备忘录或随感录的风气较盛。许多政治家或文艺家等,为了以后写自传式的回忆录,都于平日坚持写备忘录。还有一些文人学者等经常写些随感录、谈话录,如本·琼森(Ben Jonson)的《发现录》(*Discoveries*)、威廉·布莱克(William Blake)的《笔记》(*Note-Book*)、爱克曼(Eckermann)的《歌德谈话录》(*Gespräche mit Goethe*)等,就是其中的代表。这些备忘录、随感录、谈话录,实际上也是近于日记的著述。

然而,这些作品近于日记却毕竟不是日记。其原因在于:一、它们多数不标明年、月、日,少了日记的一个要素。二、即便有的标了日期(如爱克曼的《歌德谈话录》),它们也多半是作者的存心著述,是有意写给别人看的;而日记则是个人秘密的保存,是自己与自己灵魂的对话,是自己隐秘情感的宣泄,许多时候绝不愿意让别人窥视。这是日记与一般备忘录、随感录之类作品最重要的区别,也是日记的本质特征所在。

二

日记的主要特点就是面向自己进行写作,它是一种最纯粹、最隐秘的私人著述,其本意不仅无心传世,而且担心别人窥探。正因为日记只是面对自己的灵魂说话,所以能毫无顾忌,畅所欲言,赤裸裸地写出事情的真相和表达真实的情感。近代以来,前人日记之所以被人们重视,关键在于它往往比其他流传下来的文字资料"率真",能够更真实、更鲜活地反映事物或人物的原貌。

英国17世纪的塞缪尔·佩皮斯(Samuel Pepys),从1660年1月1日开始,到1669年5月底因目力衰退而停止,共记了十年日记。为了保密,他不仅从来没有向任何人说过自己记日记,一直很谨慎地把日记作为绝密文件收藏,而且运用当时人很陌生、后人须经一番研究才能认出的速记符号写日记,仿佛生怕人知道其中写了什么拿出去公布。佩皮斯1703年去世后,他的家人将其书籍等遗物赠给了他的母校莫特林学院(Motely College),其中也包括他的六本日记。直到一百多年后,人们在莫特林学院图书馆才注意到佩皮斯的日记本,由当时一位大学生约翰·史密斯(John Smyth)花了三年时间才将近乎密码式的速记符号翻译出来,于1825年印行问世。

请看佩皮斯的下面一篇日记:

(1666年12月)31日,结账,最后发现账目清楚无误。最令我不满的是，今年收入比去年少573镑，今年总收入仅为3560镑；而今年开支比去年多644镑，去年全年开支不过509镑，可今年开支看来是1154镑。按我现在财产说，似乎一年不应开支这么多。但上帝万福！我祈求上帝让我感恩吧，因为我的实际存款已超过6200镑，比去年增加了1800镑。国家多灾多难的一年①总算结束了，举国上下都希望它结束。我及全家都安好，家中有四个女仆，秘书一人汤姆，弟弟也寄居家里等候差使。一家人身体极好，国家事务却极糟……人们定居他处，贸易得不到鼓励。朝廷可悲、邪恶、玩忽职守，朝廷中一切头脑清醒的人都担心明年整个王国将要毁灭，上帝拯救我们吧！就我个人情况而言，有件事值得一提，我现已有大批上好餐具，以后请客可以全部用银餐盘，现共有两打半。②

作为一位政府官吏，佩皮斯并不是一个死硬的保王派，他批评朝廷，也关心国家命运，但他更关心自己的钱财，权衡出入，斤斤计较。最后一句话可谓于无意中画龙点睛，使他作为一个活生生的有血有肉的人跃然纸上：在朝廷腐败透顶，国家岌岌可危之时，他却为自己弄到一批好餐具而沾沾自喜，还想到要设宴请客以炫耀自己的银餐盘，这至少可说把他的小家子气和虚荣心刻画得淋漓尽致了。这种在日记中不自觉的自我暴露，比小说家笔下刻画的同类官吏形象，往往更加真实有力，打动人心。在1667年8月18日这篇日记里，佩皮斯写道：

---

① 指1665至1666年英国与荷兰之间的战争、1966年9月的伦敦大火及其他事件。

② 据Braybrooke编订版：*Samuel Pepys' Diary*, London, 1825, p.846.

> 今早我去了礼拜堂。牧师演讲甚好,但前一排一位漂亮小姐的背影惹得我心慌意乱。我拿一本诵圣诗给她,好使她回过头来。不想照面看去颇让人失望,她像很不高兴。收捐款用盘不用劝施囊,真讨厌！要给半皇冠币(注:值两先令六便士)。以后要记住放些六便士小银币在口袋里。①

如此真实而坦率地暴露自我,寥寥数语就让我们立刻见出他的心理和性情,这在一般著述,哪怕是自传中都不易看到。在1666年11月1日的日记里,他甚至记有自己诅咒当时皇帝的话,这话如果让别人知道,就会有生命危险,但他居然记在日记里了。可见他的日记真正能够直面自己的灵魂,完全是为自己而写,绝不想让别人知道其内容。他为什么要用当时刚刚发明不久,很少有人辨识的速记符号写日记,其原因可能也在这里。

由此,我觉得现在流传的许多中国近代、现代和当代人的名人日记,几乎都没有达到真正直面自己的灵魂,完全为自己而写的境界,几乎都不同程度地含有"立此存照"让人看的目的。譬如,现代文学史上著名的周氏兄弟的日记,向来被认为是相当真实客观的了,其实中间仍有许多有意讳言,甚至有意掩盖事实真相之处。这当中最典型的,莫过于周氏兄弟分家和绝交的记载了。鲁迅和周作人兄弟俩一直关系很融洽,但在1923年7月14日这天突然决裂,并从此"老死不相往来"。究竟为什么？这两位向来习惯记日记的作家,平日连收到一封信,到哪儿逛了一趟街,在哪儿吃了一顿饭,几人在座等小事都乐于记

---

① *Samuel Pepys' Diary*, London, 1825, p.1682.

上日记,对于骨肉兄弟"失和"这样的大事却讳莫如深。鲁迅在该年7月14日这天的日记里,关于此事仅有一句非常含蓄的话:"是夜始改在自家吃饭,自具一肴,此可记也。"①周作人这天的日记则干脆不着一字,过了三天,他虽然在7月17日这天的日记里记载了此事,却又被他"用剪刀剪去了"。② 由此可见,他们的日记并不能对自己(当然更别说对别人)"肝胆相照",即西方人所说的"confidential"。而之所以如此,也许正在于他们心里对日记存有"立此存照"让人看的目的。

日记是否可能被别人看,对于写日记者来说关系极大:若无别人看,写作者可以毫无拘束、毫无隐瞒、毫无避讳地与自己的灵魂说话,真正做到为自己而写作。若写日记时知道所写内容会被别人看到,这个无形在场的读者便会不可避免地改变写作者的心态,使他自觉或不自觉地用这个读者的眼光来审视自己写下的文字,与自己灵魂的密谈随之蜕变为向他人的倾诉和表白,社会关系就会闯进日记这一个人的最后的精神密室,使它成为谈心的客厅,甚至演讲的广场和表演的戏院。对此,俄国19世纪大作家列夫·托尔斯泰曾有切身体会。

1862年9月16日,托尔斯泰向他钟爱的18岁姑娘索菲娅求婚成功,他一面沉浸在兴奋和喜悦之中,一面又为自己的日记将无法守秘而焦虑和不安。他在这天的日记里写道:"我不能为自己一个人写日记了。我觉得、我相信,不久我就会不再会有属于一个人的秘密,她将看我写的一切。"③他的这种焦虑和不安很快得到了证实。九个月后,他在日记里写下了这样一段饱含痛苦和悔恨的话:

---

① 《鲁迅全集》第14卷,人民文学出版社1982年版,第460页。
② 周作人:《知堂回想录·141,不辩解说(下)》。
③ 《托尔斯泰全集》第48卷,苏联国家文学出版社1958年版,第164页。

我自己喜欢并且了解的我,那个有时完整地显身、叫我高兴也叫我害怕的我,如今在哪里?我成了一个渺小的微不足道的人。自从我娶了我所喜爱的女人以来,我就是这样一个人。这个簿子里写的几乎全是谎言——虚伪。一想到她此刻就在我身后看我写的东西,或者她可能趁我不在时看我的东西,就减少了、破坏了我的真实性。①

为了有一份只为自己写的日记,托尔斯泰可谓绞尽脑汁,费尽心思。这位举世闻名的大文豪竟然有一段时间把日记藏在靴筒里,后来又把最后十年的日记存进一家银行的保险柜中,连他自己都觉得滑稽可笑、烦恼不堪。索菲娅怎么也想不通:做妻子的为什么不能看丈夫的日记?为此她不断大哭大闹,以至于托尔斯泰一次忍无可忍,向她叫嚷道:"我把一切都交出来了:财产、作品,只把日记留给了自己,现在要我把这些日记也交出去?……如果你还要折磨我,我就出走,我就出走!"②就在这次发火的三个月后的一天深夜,82岁的托尔斯泰在又一次发现妻子偷偷翻寻他的文件后,终于离家出走,途中病逝在一个小火车站上。对于托尔斯泰来说,死后日记落到谁的手里他管不着也无法管,但生前他为捍卫只为自己写日记并使其得到保密的权利,进行了不屈不挠、旷日持久的"斗争"。这位以《战争与和平》《安娜·卡列尼娜》和《复活》等名著在公共写作领域巍然屹立的巨人,也是一

---

① 《托尔斯泰全集》第48卷,苏联国家文学出版社1958年版,第242页。
② 转引自《托尔斯泰夫人日记》(下卷),蔡时济、晨曦译,中国社会科学出版社1984年版,第185页。

位为争取只为自己写作的权利而不懈奋斗的勇士。

　　写日记的本意虽然并非拿出来发表,但发表出来却很有价值。首先,它可以弥补官修正史只记国家大事和难免有所偏袒忌讳的不足,增添对社会世态人情的细致情况和观察社会的另种眼光。前面介绍的佩皮斯日记,对英国 17 世纪 60 年代发生的许多重大事件,如查理二世加冕、伦敦瘟疫和大火、英荷战争及革命内战等等,都有十分详细的报道和记载,并且这报道和记载带有强烈的个人色彩,被公认为了解当时社会政治状况和人情心态的第一手资料。[①] 其次,日记还是研究一个人物(写传记或编年谱)的难得的证据,是透视个人内心生活的可靠文献。英国浪漫派诗歌的代表人物华兹华斯(William Wordsworth),其妹妹多萝西(William Dorothy)终身未嫁,一直与他做伴。遇到一个新鲜有趣的境界或人物,华兹华斯多半写成诗歌,而妹妹多萝西则记在日记里。借助她的日记,后人不仅知道了华兹华斯的许多生平逸事,而且对他许多诗歌的灵感来源及写作境况也有了清晰的了解。至于托尔斯泰和托尔斯泰夫人的日记、鲁迅和周作人的日记等,是把握他们生平创作和文坛状况的重要史料,自然更不待言。

　　日记是面对自己灵魂的密谈,它的好处和魅力在于暴露真实的自我,泄露自己内心的秘密。怕暴露自我,怕泄露秘密,那就失去了日记的好处和魅力。唯其如此,不仅作者本人,就是他的亲戚朋友,也往往不愿轻易公开出版日记:一来担心作者不甚体面的一面让人知道现

[①] 几乎所有研究英国 17 世纪历史、政治、社会、文化的著述,都提到并使用佩皮斯日记的资料。参见 G. M. Trevelyan, *English Social History*, London, 1964; Basl Willey, *The Seventeenth Century Background*, London, 1946; H. J. G. Grierson, *Cross Currents in English Literature of the XVIIth Century*, London, 1948。

丑;二来担心其中涉及的人和事犯了别人的忌讳,惹来麻烦。这样做本无可厚非,因为公民享有出版或不出版自己作品的自由,更何况法律上还有保护自己和别人隐私权及名誉权的条款呢!

大概正因如此,近年我国出版的一些当代名人日记,都不免做了这样或那样的删节。张光年先生的《文坛回春纪事》,是他1977年至1985年九年日记的汇集,对了解"文革"后文坛从复苏到趋向繁荣的那段历史颇有价值。但这本日记不仅经过了他自己的"选编",而且"承蒙京中几位友人挤出宝贵时间审读复印件,对内容的或选或删或注或加按语提供宝贵意见"[①]。常任侠先生的《战云纪事》,是他从1937年到1945年抗战时期的日记选辑,选编者在序中明确说"日记的内容侧重于反映作者学术活动和交流,对涉及作者本人隐私和不宜公开的人事、生活琐记,适当做了删节"[②]。笔者认为,这种作者的谨慎态度或选编者对作者的关爱心情,虽然完全可以理解并足堪敬佩,但毕竟改变了日记的真面目,终究让人感到有些遗憾。

当然,也有些日记写时就准备拿出去发表,或者发表前对它进行了较大的再创作,这已不是原来意义上的日记,而是涉及日记体文学了。

三

日记体文学大致可为两类:一类是日记体散文,一类是日记体小说。

[①] 张光年:《文坛回春纪事》"小引",海天出版社1998年版,第1—2页。
[②] 常任侠:《战云纪事》,海天出版社1999年版,第5页。

散文的概念很宽泛,通常我们所说的日记也可包括在散文中。这里的日记体散文与通常所说的日记不同,最大的差异就在于:一般日记仅为自己而写,并不准备拿出去发表传之后世;而日记体散文则不仅为自己而写,也为读者而写,是作者采用日记的形式有意进行的文学写作。如法国作家龚古尔兄弟(Los Goncourts)的《日记》、纪德(André Gide)的《纪德日记》、英国女作家曼斯菲尔德(K. Mansfield)的《日记》、美国散文家和思想家爱默生(R. W. Emerson)以及美裔法国作家格林(Julien Green)的《日记》等,都是西方著名的日记体散文。它们或表露对人生、自然和社会的深刻理解,或描述当时各种思想政治事件和文艺界活动情况,或记录自己的见闻和剖析自己的思想及情感矛盾,往往文笔优美,启人心智,既是了解作家及其时代的极为重要的资料,又是颇有欣赏价值的好文章。

在日本文学中,日记体散文一直占有重要位置。早在平安时期的公元10世纪,《古今和歌集》的编选者纪贯之就写有《土佐日记》。该日记是第一部使用纯粹日文(假名)写成的作品,记录一位在土佐这个地方担任"国守"(地方长官)的老者及其妻子,任职期满后乘船归京途中的艰难航海历程。作品虽然采用日记的形式逐日记叙,却假托一个妇女的口吻,将老国守(即作者本人)作为客观对象来加以表现和刻画,这说明作者在动笔之初即有意识地将其作为文学作品而不是作为个人日记来写作。这部作品表达了一对饱尝忧患的老年人的人生智慧和超脱的生活态度,语言质朴洒脱,富有幽默意味,是日本古典文学中的经典名著。随后,日本出现了大量的日记体散文,藤原道纲母的《蜻蛉日记》、和泉式部的《和泉式部日记》、紫式部的《紫式部日记》、菅原孝标女的《更级日记》等,便是其中的代表性作品。其中《和泉式部日记》也是假托第三人称的口吻,以110首爱情赠答歌为中心,毫无顾忌地倾诉了作者与一名天皇的皇子敦道亲王之间感情奔放的爱情生活,从一个侧面反映当时贵族妇女的生活情趣。而《紫式部日记》则是日本最著名作品《源氏物语》的作者所写,它记录了作者作为一条天皇皇后的侍从女官时期的见闻和思考,既反映了宫廷生活的豪华奢侈,又对这种生活感到空虚和怀疑,表现了作者对贵族生活的批判态度。日本文学中的日记体散文,基本特点在于记录和表现个人生活及作者感怀,是日本文学中富有民族特色的体裁之一,对日本文学具有深远的影响。日本近现代文学中大量产生的"私小说",就与日记体散文一脉相承,是其在新时代的变体和发展。

在中国,最早的日记体散文大概要推南宋诗人陆游的《入蜀记》六卷。乾道六年(公元1170年),陆游从家乡越州山阴(今浙江绍兴)赴蜀中夔州(今重庆奉节)任通判。他沿长江西上,经过今天的江苏、安徽、江西、湖北、湖南,穿过三峡进入夔州,真是"道路半年行不到,江山万里看无穷"[1]。他沿途逐日记录所见所闻,或考订文物古迹和地理沿革,或描述异域他乡的民情风俗和生活状况,笔致简洁而宛然如绘,淡雅隽永而富有情感。许多治宋代文学史的专家誉之为"优美的散文,读后使人回味无穷"[2]。《徐霞客游记》是中国文学史上另一部著名的日记体散文。明代散文家和地理学家徐霞客从22岁起,毕生游览祖国的名山大川。他采用日记形式,逐日记录自己的游历遭际和观

---

[1] 陆游:《水亭有怀》。其全诗为:"渔村把酒对丹枫,水驿凭轩送去鸿。道路半年行不到,江山万里看无穷。故人草诏九天上,老子题诗三峡中。笑谓毛锥可无恨,书生处处与卿同。"

[2] 参见吴组缃、沈天佑:《宋元文学史稿》,北京大学出版社1989年版,第135—136页;程千帆、吴新雷:《两宋文学史》,上海古籍出版社1991年版,第321页。

察所得,著成 60 余万字的《徐霞客游记》。该游记不仅是卓越的地理学著作,而且因文笔优美,记叙生动,也是杰出的文学作品。如《滇游日记六》中的一节:

> 盖兰宗所结庐之东,有石崖傍峡而起,高数十丈,其下嵌壁而入,水自崖外飞悬,垂空洒壁,历乱纵横,皆如明珠贯索。余因排帘入嵌壁中,外望兰宗诸人,如隔雾牵绡,其前树影花枝,俱飞魂濯魄,极晃映之妙。崖之西畔,有绿苔上翳,若绚彩铺绒,翠色欲滴,此又化工之点染,非石非岚,另成幻相者也。①

这段文字,不仅写景状物栩栩如生,如在目前,而且情景交融,富有意境,确有很高的艺术性。类似的精彩描写,全书俯拾即是,因而这部日记体游记在中国古代文学史上被公认为优秀的散文作品。②

在中国现代文学史上,日记体散文也不乏佳作名篇。如郁达夫的《日记九种》和《郁达夫日记》、胡适的《胡适留学日记》③、徐志摩的《志摩日记》、陆小曼的《小曼日记》等等。作家日记和日记体散文之间的不同,不仅在于记事的详略和文字的精粗,更主要的差异在于:作家是为了自己记事备忘或自察内省呢,还是有意示之于人而从事文学写作?正是在这一分野上,《鲁迅日记》、《周作人日记》、浦江清的《清

---

① 《徐霞客游记·滇游日记六》,上海古籍出版社 1982 年版,第 839 页。
② 《中国大百科全书·中国文学Ⅱ》,中国大百科全书出版社 1988 年版,第 1116—1117 页。
③ 《胡适留学日记》共 17 卷,首版以《藏晖室札记》为题,由上海亚东图书馆 1939 年出版;后改称《胡适留学日记》,由上海商务印书馆 1947 年出版。

华园日记 西行日记》等明显属于前者,仅仅是日记;而上面列举的郁达夫等人的日记则属于后者,是日记体散文。请看郁达夫《日记九种》里的《病闲日记》1926年12月3日中的一段:

> 天清云薄,江水不波,西北望白云山,只见一座紫金堆,横躺在阳光里……一路上听风看水,摇出白鹅潭,横斜叉到了荔枝湾里,到荔枝园上岸,看了凋零的残景,衰败的亭台,颇动着张翰秋风之念。

如此简洁而动人地写景,语言之锤炼、情景之刻画,显然已超过个人记事备忘的需要,而是有意为之的文学创作。郁达夫生前曾在多种文学报刊发表自己的日记,并在辑集出版后"风靡一时,脍炙人口"①,原因乃在于他的日记写得率真而优美,富有艺术魅力。

日记体散文有写作之初就存心创作的,也有为了发表而对原日记进行修改加工,使之成为艺术性散文的。如当代作家沙叶新出版自己的日记《精神家园》时,不仅为每篇日记都精心起了富有文学色彩的吸引人的题目,而且在很大程度上对日记内容进行了再创作。对此,他在《自序》中坦诚地说:

> 我认为日记是给自己看的,如果公开出版,给别人看,那必须在日记的主人公去世之后。如果在生前就出版日记,我以为其内容不可能完全是真实的,必有许多虚假和矫情。……当然我不可能将我日记中所有的内容全部、毫无保留地发表出来,这既无必

---

① 许子东:《郁达夫新论》,浙江文艺出版社1984年版,第127页。

要,我也不会这么傻。我像任何人一样也有不愿公之于众的隐私,也需要将一些"真事隐去"。所以从这一点来说,我如今发表的日记不是全部的真实,只是部分的真实。此外在文字上也已经过加工和修饰,甚至是很大的加工和修饰。某些内容为了集中等原因也重新做了编排,做了某些技术性的处理,因而它们已经不像随笔式的日记,而更像是日记式的随笔了。①

这里,沙叶新将自己如何把日记"加工和修饰"成日记体散文的过程,交代得很清楚。它再次表明,对于作家日记来说,是仅为自己而写,还是也为公众而写,将导致不同的结果:前者是原本意义上的日记,而后者则是日记体文学的一种,即日记体散文。

日记体文学的另一形态是日记体小说。它与日记体散文的最大区别在于:日记体散文所记的人是确有其人,所记的事确曾发生,所表达的思想感情多为真情实感,只不过进行了文学的选择提炼和描写润色;而日记体小说所写的人和事及其表达的思想感情,却完全可以跳出事实的框框,进行创造性的虚构,塑造出全新的艺术形象。无论在西方还是在中国,日记体小说的诞生都相对较晚,均在日记流行之后。但日记体小说出现后,却常常是不鸣则已,一鸣惊人,在西方和中国都产生了一些震古烁今的名作。

欧洲文学史上许多著名的作品,如英国作家格罗史密斯(J. Grossmith)的《小人物日记》(*The Diary of a Nobody*)、意大利作家亚米契斯(E. Amicis)的《心》(*Cuore*,夏丏尊译为《爱的教育》)、爱尔兰作家乔伊斯(James Joyce)的《尤利西斯》(*Ulysses*)、英国作家伍尔夫(Virginia

---

① 沙叶新:《精神家园》,上海人民出版社1995年版,第3页。

Woolf)的《黛洛维夫人》(Mrs Dalloway)等,都是采用日记形式创作的小说。尤其是后两部划时代的作品,整本书就是一天的日记,把主人公一昼夜里对外界的见闻和内心的活动极细腻地描写出来,篇幅达到数百页之多,可说是日记体小说的登峰造极之作。

我国现当代文学中也有许多日记体小说,最著名的当然是现代白话文学的开山之作——鲁迅的《狂人日记》。这部在形式上直接受到俄国作家果戈理同名小说影响的作品,"撮录"精神病者"狂人"的13篇日记,"暴露家族制度和礼教的弊害"[①],猛烈抨击封建制度的"吃人"本质,是中国现代文学史上最具思想和艺术冲击力的小说杰作。其后的日记体小说,如丁玲的成名作《莎菲女士的日记》,塑造了五四以后一个大胆反叛旧礼教、热烈追求爱情生活的新女性形象。而茅盾的长篇作品《腐蚀》,通过披露一个失足女特务赵惠明的日记,揭露抗战大后方国民党特务政治的黑幕及其对青年一代精神和肉体的摧残与毒害,在当时产生较大的社会反响。

与一般小说相比,日记体小说在艺术表现上明显有着自己的特色。其一,由于采用日记的形式,日记体小说的结构多是直述的散记体的形态。它一般不以曲折的故事情节和具体的环境描写见长,而是以主题为中心,运用朴素的直线起伏的布局,通过主人公直白的倾诉、尽情的呐喊、深刻的内省,形成情节峰峦,透彻表达主题思想和塑造人物形象。其二,由于日记是与自己灵魂的对话,具有很强的秘密性,因而采用第一人称自我剖白形式的日记体小说,在叙述语言上有力地增强了艺术的真实感和亲历感,更易于把作为"旁观者"的读者拉到作品

---

① 鲁迅:《〈中国新文学大系〉小说二集序》,《鲁迅全集》第6卷,人民文学出版社1982年版,第239页。

主人公的叙述情境之中。其三,由于日记在许多时候是作者的自言自语和内心独白,日记体小说尤为擅长揭示和表现作品主人公的主观感觉和心理活动。乔伊斯的《尤利西斯》和伍尔夫的《黛洛维夫人》,之所以能够那样充分地展示人物丰富而复杂的内心世界,开创意识流小说的先河并成为其典范性作品,与它们采用了日记体这种更便于表现心理活动的文学形式密切相关。

  关于日记体文学的艺术特征,这里只是浅尝辄止地提出问题,笔者将有另文对它进行较深入的探讨。

  原载于《学术界》2002年第3期,《新华文摘》2003年第2期全文转载。

文艺创作要提升文化品位

谈这个题目是有感而发,源于近一段时期接触文艺作品的直接感受。

前不久一家出版社给我推荐一位少儿作家的作品,说这位作家现在比较受小朋友欢迎,市场反应颇好。其实,这位作家我认识,以前翻过她的作品,觉得不过尔尔。怎么会一下成为少儿书畅销作家呢?带着这疑问翻看其作品,写的都是什么呀?主要是写小学生如何想点子跟班主任或老师斗,或戏谑调侃,或起哄恶搞,想出各种办法对付班主任和老师,以让班主任和老师出洋相,甚至以气哭老师为乐事。作品写这样的东西,迎合少年儿童喜欢调皮捣蛋的心理,所以受到一部分少儿读者的欢迎。

另一次是今年3月在北京参加全国人代会期间,一位在京城北漂的朋友向我推荐一位画家,说他的人物画画得如何如何好,尤其在部队非常受青睐,不少将军都向他定画,让我一定去看看。在朋友的陪同下来到这位画家的画室,一进门见到其挂在墙上的作品,顿时哑口无言,几乎就是上当受骗的感觉。他画了诸多国家领导人及部队将军的油画像,完全是依照片用九宫格给人画像的路子,匠气十足,充其量只能算低端文化商品,与真正的油画肖像艺术品毫不相干。可就是这样一位"画家",递上来的宣传小册子上却赫然标有吓人的名头:亚洲××艺术创作研究院院长、当代卓有成就的人物画大师等等。

现在我们谈文艺创作,多强调深入生活扎根人民,强调现实主义创作方法对表现生活的作用。接触这两件事,当然无法代表我们文艺创作的整体状貌,却能反映当下文艺创作的某些乱象。我深感当前文艺创作出现的许多弊病,远不只是文艺家生活积累薄弱问题,不只是脱离生活拼凑编造问题,还有很重要的一点,即文艺家对生活的认知、选择和把握,对艺术的感悟、理解和呈现问题。简言之,也就是文艺创作中的文化品位问题。

所谓文艺创作的文化品位,是指作品的内在品质和趣味风貌所呈现的格调与境界。它既有内容方面的蕴涵,也有形式方面的要求,是对文艺作品整体质量的一种把握和评价。

从内容方面看,我觉得文艺家首先要明确创作到底是为了什么。当然,文艺作品有娱乐的功能、认识的功能、审美的功能等,不可否认也有教育功能。这几种功能,理论上可分开来探讨,实践中可以有所偏重,但几者实际上常常相互渗透包容,难以截然剥离。尤其面向青少年的作品,即便偏向娱乐功能,教育功能也不应淡化和忽视,因为青少年缺乏成年人的鉴别力,对作品表露的思想观念和审美趣味很容易照单全收。如果我们的少儿文学热衷宣扬小孩如何与老师周旋,以突破纪律界限、不服老师管束为荣;宣扬同学之间斗智斗勇,简单灌输"胜者为王,败者为寇"的观念,他们将来怎么能够成为遵纪守法的合格公民?怎么能够成为乐于助人的心地善良之人?

当下的文艺创作,确实严重感染了简单追逐市场追逐金钱的顽症。一些创作者为提高发行量、收视率和票房收入,将人类精神食粮应有的宝贵品质,如崇高、正义、敬业、勤劳、坚韧、友善、乐观、宽容等等抛到脑后,为了吸引眼球赢得市场,一味在逗乐、调侃、刺激、色情、猎奇、悬疑、好看上花工夫,哪怕陷入低俗、媚俗、庸俗的泥沼也在所不惜。不可否认,文艺作品一方面是精神产品,另一方面也具有商品属性。它可以创造票房收入、销售码洋、收视率、点击率等等,可以给文艺家带来版税、片酬、出场费等不菲的报酬。但是,文艺作品绝不能等同于一般商品,因为两者的使用功能迥然不同:人们消费使用一般商品时,满足的主要是物质的或生理的需求;而消费使用文艺产品时,满足的主要是精神的和情感的需求。

由这种差异所决定,文艺作品是给人真善美的滋养,还是假丑恶的危害,或是低俗媚俗的麻醉,就不得不成为文艺创作者必须面对和考虑的问题。正是在这一点上,不同文艺作品呈现不同的文化品位和格调,有的洋溢向上向善的正能量,有的充溢低级庸俗的负能量;有的倾向高雅高尚的积极意义,有的偏向戏谑颓唐的消极意义;当然,还有不少正面价值并不突出,但也无明显害处的作品。不管怎样,肯定和推崇文艺创作弘扬正面精神价值,强调文艺创作内容的文化品位和格调,对于医治当下文艺领域理想信念滑坡、精神价值缺失等病症,无疑具有驱邪扶正的作用。

从形式方面看,我们的文艺创作要提升文化品位,关键要充分挖掘和发挥各艺术门类表现手段的传统底蕴和呈现魅力。上面提到的那位少儿文学作家,不仅内容意趣的着眼点出现偏差,作品语言也过于浅露直白,像白开水一样清淡寡味,缺乏文学作品应有的语言意蕴和美感。文学作为运用语言来表现生活和塑造形象的艺术,在中国已有近三千年的悠久历史,许多经典名著至今熠熠生辉。我国古典文学的语言之美,每个掌握和应用汉语的人都会由衷赞叹。"大漠孤烟直,长河落日圆""星垂平野阔,月涌大江流",这两句诗,每句寥寥十字,就以鲜明的形象描绘出壮阔的场景,意境深远,脍炙人口。"漠漠水田飞白鹭,阴阴夏木啭黄鹂""碧云天,黄花地,西风紧。北雁南飞。晓来谁染霜林醉? 总是离人泪",如此佳句,不仅声律谐和,富有节奏,而且饱含色彩和声音,读来朗朗上口,韵味无穷。我们用汉语进行文学创作,是否讲究文字之美,是区分作家与一般写作者、创作与一般写日记或便条的重要分水岭,也是判断作品是否具有文化品位的重要标杆。我国古典文学语言简洁凝练,含蓄隽永,注重"言有尽而意无穷",积累了异彩纷呈的成语典故和名句佳话,更创造了丰富多样的修辞和表现手法,值得每个创作者认真学习,仔细体味。

正如文学家要不断提高文字语言的表达水准一样,画家应注重对绘画语言(造型和色彩)的追求,书法家应注重对书写语言(结构与线条)的锤炼,戏剧家应注重戏剧语言(戏剧性和唱词)的魅力,音乐家应注重音乐语言(旋律和节奏)的美感等等。文艺家应透辟认识自己所从事艺术门类的特点和奥妙,熟稔掌握其基本功并不断探索开拓,而绝不能为了迎合少部分读者的低俗口味或追逐市场效益,降低作品的艺术质量和文化品位。当然,粗制滥造,摹仿剽窃,以及前面提到的"伟人艺术创作"等用"伪艺术"手段混迹于艺术市场,以艺术垃圾欺世盗名者,更是等而下之,不足挂齿了。

王蒙曾呼吁"作家要学者化"[①]。陈振濂曾提出书法不仅是"书写

[①] 王蒙:《一个值得探讨的问题——谈我国作家的非学者化》,载1982年第11期《读书》。

技术"的比拼,还要做到"书写内容"的切己,应做到两者水乳交融①。中国艺术传统历来强调"诗外功""画外功""书外功""戏外功"等等。这些都意在表明:真正的文艺家一方面要对艺术技巧勤学苦练,精益求精;另一方面也要拓宽眼界,博览群书,增加自己的多方面素养,尤其是文化修养。只有这样,我们的文艺创作才能摆脱"有文艺,缺文化""有作品,缺品位"的浮躁的窘境,才能更多推出扎根中华文化沃土、吸收他方雨露滋养,吐纳时代风云、熔铸社会良心,彰显文化品位的精品力作。

此文根据 2016 年 8 月在"中国文艺西安论坛"上的发言整理

2016 年 9 月 6 日完稿于合肥

原载于 2016 年 9 月 21 日《中国艺术报》

---

① 陈振濂访谈录:《当代书法的文化传承与艺术使命》,载 2017 年第 5 期《艺术品》。

树立文艺评论的浩然正气

习近平总书记在最近举行的文艺工作座谈会上一针见血地指出："文艺批评褒贬针砭功能弱化，缺乏战斗力说服力，不利于文艺的健康发展。"他还说，"要高度重视和切实加强文艺评论工作，运用历史的、人民的、艺术的、美学的观点评判和鉴赏作品，倡导说真话、讲道理，营造开展文艺批评的良好氛围。"总书记所言，既严肃地点出了当前文艺批评存在的问题，又对文艺批评如何健康发展提出了殷切期望。

近一段时期以来的文艺批评，当然也有黄钟大吕、启人心智的绕梁之音，但瓦釜雷鸣、混淆视听的刺耳杂音，却时常摇唇鼓舌，招摇过市。某些文艺批评担负的不是褒优贬劣、"剜烂苹果"的工作，而是在利益驱动或恶俗趣味的摆布下，不分是非，胡吹乱侃，以次充好，以俗为尚，乃至指鹿为马，弄得文坛雾霾重重。粗略检点，以下数端尤为令人揪心。

其一，在市场经济大潮中迷失方向。伴随着我国社会由计划经济向市场经济的转型，文艺创作市场化、产业化的呼声不绝于耳。一些文艺批评把思想性、艺术性等重要评判标准抛到脑后，而是以销售量、收视率、点击数、票房收入为依据，分辨和判断作品的优劣。一些新闻

树立文艺评论的浩然正气

媒体也乐于炒作作家、演员的版税、片酬和出场费,甚至不断推出作家和艺术家的收入排行榜,使文艺领域不同程度地陷入"以财富论英雄"的泥沼。其实,文艺作品虽然具有商品属性,但绝不能等同于一般商品。它在被人消费使用时,主要是满足人的精神需求,与一般商品主要满足人的物质需求迥然不同。因此,它是给人真善美的滋养,还是假丑恶的危害,或是低俗媚俗的麻醉,就不得不成为文艺批评工作者必须首先面对和考虑的问题。如果我们在这一点上丧失正确立场,不仅是文艺批评自身的沉沦堕落,还会对市场"异化"文艺创作的品质起到推波助澜的作用。

记得曾读过一篇评价获得茅盾文学奖的长篇历史小说《张居正》的评论,通篇对小说赞赏有加之外,还谈了一点不足或者说建议,即万历皇帝的母亲李太后对张居正的新政改革比较支持,书中对此有精彩描写,但如果将李太后与张居正这条线加以扩充,进一步写出两人男女关系的私情及纠葛,小说肯定会更加吸引读者眼球云云。实际上,不论是明代正史还是张居正同时代人的笔记等,都没有张居正与李太后两人私情的任何记载,为了迎合部分读者的低俗阅读趣味而"戏说"历史,编造名人本来没有的"艳情",这就是佛头着粪,亵渎先贤。这样的评论观点,不是在正确引导创作,而是将创作引入歧途,其根源就是当市场经济的洪流席卷文坛艺苑时,我们中的一些人确实产生了信仰缺失和导向迷失的问题。习近平总书记告诫我们:文艺不能在市场经济大潮中迷失方向,不能当市场的奴隶,可谓对上述不良倾向的当头棒喝,给人醍醐灌顶、甘露洒心之警策。

其二,生搬硬套西方文艺批评理论。改革开放的宏伟历史进程,使中国社会和中国文艺从困顿煎熬中跃然而起,同时也敞开锁闭的心扉迎接世界八面来风。面对繁星闪烁、波诡云谲的西方批评理论,我们的文艺评论界一度严重感染了"民族虚无主义"的病毒,其病症至今仍未痊愈。这就是轻视、怠慢乃至丢弃祖国丰厚的古典文论遗产,漠视和冷落革命文艺传统,唯西方批评理论马首是瞻,以其为模型和尺度衡量中国文艺作品、解说中国文艺现象、裁剪中国审美经验。从新批评到意识流、从现代派到后现代主义、从接受美学到大众文化批评、从结构主义到解构主义等等,诸如此类的西方批评理论,及其所携带和兜售的大量新名词新概念充斥评论文章,曾让许多批评业内人士惊呼"名词概念大轰炸"。其流弊所及,正如有的识者所描述:中国现当代文艺理论批评基本上是借用西方的一整套话语,我们自己的文论话语表达长期处于"失语"状态,可以说我们的文艺理论批评患了"失语症"[①]。

问题的关键不仅在于将西方理论密集运用于当代文艺批评,还在于简单地套用这种理论解读中国文艺实践时,使我们的文艺评论经常落入削足适履或隔靴搔痒的境地,而评论者却自以为是,以标新立异和与世界接轨相标榜。其实,我们的文艺创作表现的是中国人和中华民族的喜怒哀乐,它来源于建设中国特色社会主义的火热生活之中,又积淀和饱蕴着中华传统文化的基因和气质,远非移植和套用西方理论能够解释清楚。习近平总书记在文艺座谈会上强调:"中华优秀传统文化是中华民族的精神命脉,是涵养社会主义核心价值观的重要源泉,也是我们在世界文化激荡中站稳脚跟的坚实根基。要结合新的时代条件传承和弘扬中华优秀传统文化,传承和弘扬中华美学精神。"这就要求我们脚踏祖国大地,更多地从中华优秀传统文化中吸收营养,更多地反映现实生活的鲜活艺术形象中发掘和提炼中国人的精气神,

---

[①] 曹顺庆:《文论失语与文化病态》,载1996年第2期《文艺争鸣》。

在"讲好中国故事"的同时阐释好中国故事的丰厚内涵,从而更好地张扬中华美学精神,为催生更多具有中国作风和中国气派的优秀创作与评论作品发挥积极作用。

其三,在人情和利益面前放弃价值坚守。文艺批评是对文艺创作、文艺思潮等各种文艺现象所进行的理性分析和价值评判。它的角色仿佛文艺创作的体检师和保健员,通过"望、闻、问、切"诊断其肌体优异功能和成长状况的同时,更要注意检查、透视和诊治其不良症候与潜在病灶。这就是说,文艺批评需要秉持严肃科学、理性公正的艺术良心,坚守正确的价值判断,甄别良莠,明辨是非,激浊扬清,如此才能形成有利于文艺健康发展的良好环境和氛围。可是,反观这些年来的文艺批评,面对繁复多变和取向多元的社会生活与文艺创作,不仅明显呈露出批评精神淡化、批评锋芒消退的现象,而且出现了招致普遍反感的批评庸俗化、工具化的流弊。我们的文艺批评,一方面常常在低级趣味、低俗思潮、错误思想面前噤若寒蝉,不敢或不愿发声,另一方面"人情批评""圈子批评""红包批评"川流不息,层出不穷,喧闹不止,可说到了泛滥成灾的地步。后者多半挂"批评"之名,行"表扬"之实,阿谀奉承、溜须拍马,好话唯恐没说足,吹捧唯恐不到位。批评沦落到这般境地,几乎成为眩人耳目却令人厌烦、夸大其词而虚张声势的广告。

让人叹息的是,人情和利益(市场)这只看不见的手,除了能对"批评者"乃至"批评家"招兵买马、调兵遣将外,还能对许多文艺报刊和出版单位攻城略地,使那些吹捧文章时常占领显要版面,以至连篇累牍,整版整版地昭示天下。习近平总书记指出:"文艺批评褒贬针砭功能弱化,缺乏战斗力说服力,不利于文艺的健康发展",并要求"运用历史的、人民的、艺术的、美学的观点评判和鉴赏作品,倡导说真话,讲道理"。这对当前文艺批评界存在的乱象,实在是一语中的、拨云见日之论,值得我们悉心领会,起而整改。

  文艺批评是对作品和作家的深度勘探,是对世界和人生奥义的扫描捕捉。它在思想的崇山峻岭和艺术的密林深处里跋山涉水,突围前行,中间会遇到种种迷人的诱惑和貌似易行的歧路,最为重要的是保持明辨方向的能力、坚守宝贵的"独立"品格、坚持"说真话"的操守和定力。孟子有言:"富贵不能淫,贫贱不能移,威武不能屈,此之谓大丈夫。"当今文艺批评界,特别需要培养和树立这种大丈夫的浩然正气。

2014 年 10 月 29 日于合肥

原载于 2014 年 11 月 21 日《中国艺术报》

大众文艺的内涵和走势

20世纪90年代以来,中国文坛一个最显著的变化,就是大众文艺扯下"犹抱琵琶半遮面"的面纱,以"大风起兮云飞扬"的浩荡强劲之势,全方位地侵入了人们的日常生活。对于这一变故,不少人文知识分子忧心忡忡,起而抗争。关于人文精神的大讨论、关于作家责任感和使命感的反复申辩、关于精英文艺和大众文艺的剖析考察等等,都是这种抗争的具体表现。

然而,尽管批评和反对之声不绝于耳,大众文艺仍然以锐不可当之势抢关夺寨,几乎在各个文艺领域都占据了大块地盘。在影视剧领域,生活言情片、历史戏说片、黑幕暴力片充斥屏幕。在舞台表演领域,流行歌曲、搞笑性节目、挑逗性舞蹈遍地开花。在文学创作领域,武侠言情小说、惊险黑幕小说、明星秘闻传记,乃至"身体写作"等大行其道。这种种现象表明,如今的文坛,精英文艺的生存空间已越来越小,而大众文艺的领地则扩张迅猛,几乎可说颇有傲视天下之势。

今天流行的大众文艺,与我们原来所说的大众文艺,内涵颇有差异。原来的"大众文艺"概念主要有两层含义:其一,指人民大众自己创作,并经过群众集体修改或文人加工完善的作品。历史上,人民大众创作了大量反映他们愿望、要求和理想的传说故事、歌谣童话、说唱戏曲等,都属这类作品。其二,指文艺家深入大众生活、体验大众情感,以大众喜闻乐见的形式创作出表现他们生活的作品。20世纪40年代初,毛泽东在革命圣地发表了经典的《在延安文艺座谈会上的讲话》。他指出"我们的文学艺术都是为人民大众的",因而要尽量做到"大众化"。"什么叫作大众化呢?就是我们的文艺工作者的思想感情和工农兵大众的思想感情打成一片。而要打成一片,就应当认真学习群众的语言。"[1]在这份权威文献的指导下,诞生了以赵树理为代表的一大批"革命的大众文艺"作家,出现了《小二黑结婚》《李有才板话》《白毛女》《王贵与李香香》《新儿女英雄传》等一大批"革命的大众文艺"作品。新中国成立后,这种大众文艺的传统得到进一步发扬,《三里湾》《铁道游击队》《敌后武工队》《林海雪原》《李双双》等一批产生巨大反响的作品,便是这类大众文艺的翘楚。

  今天文坛盛行的"大众文艺",与上述"大众文艺"的表现形式和内在蕴涵都大不一样。现今的大众文艺,更多更主要的是指商业社会中作为一种消费品的文艺类型。随着我国市场经济体制的逐步确立和市场化程度的迅速提高,随着科技发展带来文化产品制作和传播手段的日新月异,大众文艺已越来越陷入一种"高度市场化"的生存环境之中。文艺作品生产目的的"营利性"(经济效益至上)、操作手段的"资本性"(资本运作操控)、生产方式的"规模性"(机械复制、批量生产)、传播推广的"营销性"(广告策略、媒体炒作)等,已使大众文艺逐渐和平演变为畅销文化商品的同义语,或者说,大众文艺产品已经堂而皇之地成为以营利为目的的商品。正是如此,眼下的"大众文化"概

---

[1] 《毛泽东选集》第3卷,人民出版社1991年版,第851页。

念,远非指"民间文化"(folk culture),也不等同于"群众文化"(mass culture),而更主要的是指"流行文化"(popular culture),甚至就是"文化商品"(culture goods)的代称。

强大的市场经济体系深刻地改造着我们社会的各种生产关系,也有力地改变了我们文艺的生产关系。以往,作者和读者、表演者和观众之间,主要是启蒙和被启蒙的关系。作家和艺术家在物欲膨胀的世俗社会中,多半被尊奉为"人性"的守护神。可是,在市场经济体制主宰的商业社会中,人们越来越倾向于把作家和读者、表演者和观众的关系,认定为生产者和消费者的关系。当印数和版税比例规定了作家与出版商的利润分成之后,当播映场次和票房价值直接与影视剧投资盈亏和演员收入多少挂钩之后,在文艺作品生产和销售的整个环节中,读者和观众就由配角上升为主角了。在商品营销领域,"顾客就是上帝"几乎是颠扑不破的真理;而在大众文艺生产者和消费者之间,"读者(观众)就是上帝"也是理所当然的原则。因为读者拒绝购买和观众拒绝观看是一种带根本性的否决,它直接决定作品生产者能否生存及生存状态的好坏。这样一种生产者和消费者的关系模式,无情而又必然地转变了文艺的功能。文艺已无法像其在以往峥嵘岁月中所发挥的作用那样,担负着启蒙、呐喊、批判或开启一扇理想天窗的任务——大众文艺主要充当了商业社会里为大众娱乐性消费服务的文艺俳优的角色。

这种角色定位,很大程度上决定了大众文艺的产品构成和生产方式。如果说,精英文艺更多地注重作品的思想蕴涵、美学格调和作家的社会责任;那么,大众文艺则更多地看重作品的娱乐作用及发行码洋,至于社会效果和作家使命等,似乎是与己无关的分外事。如果说,精英文艺创作更多地企求突破原有的文艺套路,探索新的表现领域和表现方法;那么,大众文艺则更多地遵循和利用原有的文艺模式,将人们所关注的材料组合成老套而诱人的故事。大众文艺要吸引大众,关键是做到有趣好看。紧张的情节、曲折的故事、精致动人的画面、感伤优美的曲调、阅读或观赏后洞悉谜底的快感,以及迎合大众心理的价值判断,如此等等均是大众文艺生产的基本框架。而在这个框架之中,填塞的总是情爱、美色、权力、金钱、侦探、惊险、黑幕、秘闻等引人好奇、让人艳羡的货色。有人说,这些年文坛的一个重要动向,就是"欲望化描写"十分突出。大量作品中,围绕各种欲望展开的矛盾错综复杂,光怪陆离。权欲、钱欲、情欲、占有欲、支配欲、暴发欲、破坏欲等等,成了很多作品中最习见的场景。这种"欲望化描写"的普遍问题在于,它过于热衷展示物欲渴求、感官体验和时尚追逐,以满足商业社会里大众追求物质化、刺激性和感官欲的世俗文化趣味,而背后达到的则是不言自明的商业目的,即可观的市场利润。

  面对这种市场经济中文艺与商业共谋的状况,不少人文知识分子表示强烈不满。法兰克福学派的代表人物如阿多诺、霍克海默、马尔库塞等,都曾对大众文艺做出猛烈的抨击。他们认为:大众文艺实质上是依照商品经济原则批量生产、以赢利为主要动机的文化工业,因而它只能像生产者迎合消费者一样取悦于读者和观众。在这种情况下,大众文艺不仅本身丧失了自律和个性,而且有力地影响了大众趋向时尚失去自我,这种文化快餐只能将一代人喂养成缺少文化个性、缺少思想深度的存在。[①] 正是如此,市场经济社会中的大众文艺虽然口口声声关注和服务"大众",但它惦记大众的出发点和落脚点却与以往大众文艺迥然有别。以赵树理创作为代表的大众文艺,扎根大众生

---

① 转引自曹而云:《大众文化的生态》,2001年第3期《文艺理论研究》。

活、表现大众的思想感情和理想愿望,具有浓郁的生活气息和积极的思想意义。眼下的大众文艺并非深入体验大众生活,而主要着力表现人的本能欲望如性、暴力等等,以世俗趣味迎合和取悦大众。实质上,从商业的角度看,当下大众文艺念念不忘的"大众",不过是大众的腰包及财务进账单上的数字而已。

当然,也有另一些人文知识分子认为,法兰克福学派对于大众文艺的否定显然过于绝对、过于悲观了。因为大众文化的兴起和扩张,在某种意义上是现代社会和市场经济演进的必然产物。如果我们不否定中国的改革开放与现代化运动具有不可否认的历史合理性与进步性,那么,我们就必须承认:当今社会的世俗化过程及其文化伴生物——世俗文化也具有正面的历史意义,因为它是中国现代化与社会转型的必要前提和自然结果。另外,作为欣赏主体的大众,也并不会俯首帖耳、无所作为地任凭大众文艺的诱惑和摆布。大众是一个活跃的具有自主意识的群体,他们完全可能享受了大众文艺的娱乐和消遣,又防范和杜绝了其中包含的消极因素。更何况大众文艺也不是铁板一块,而是一个泥沙俱下、鱼龙混杂的复合体,大众可以自辨良莠、明辨是非,从中吸收自己所需的有益营养呢!因此,像法兰克福学派那样激烈地全盘否定大众文艺,像国内有些学者那样,仅从道德批判角度贬斥大众文艺,显然是站在精英主义的立场上,以一种佛祖俯视芸芸众生的态度来看待大众和大众文艺。

既然大众文艺的勃兴并非误入歧途的表现,而是有其生存发展的必然性和合理性,既然随着我国社会市场化程度的提高和大众传媒的飞速发展,大众文艺还有更为广阔的发展空间,那么,处变不惊乃至宽容大度地接纳大众文艺,冷静客观地分析其利弊短长,引导其更加健康地繁荣发展,无疑是我们应该采取的态度。如何引导?不少学者以坚守和张扬人文精神为己任,对大众文艺的种种弊端做出严厉的批判,这当然不失为一种方法。因为正如有的学者所说:"现在有一些人站出来喊一喊、说一说,指出大众文化有很多毛病、有很多坏处,就很有意义。必须有这么一种批判的声音,有这么一支制衡的力量,大众文化才不会滑得太远。"

可是,尽管呵护人文精神或者说呵护精英文艺体制的学者,对大众文艺颇有微词乃至嗤之以鼻,但大众文艺却以市场宠儿的大亨气派和妩媚身姿,招摇过市以至出尽风头占尽风光。市场这只看不见却魔法无边的手,深刻地改变了我们的国家和我们的生活,也深刻地改变了长期形成的文艺体制和文艺家的生存方式。除了图书馆、博物馆等少数文化单位保留事业性体制外,原来的绝大部分文化事业都被划作文化产业并推向市场,这是经济体制改革在文化领域引起的强烈地震。而作家的作品必须有读者、演员的演出必须有观众、荧屏的节目必须有收视率,则是文艺市场对每个文艺家提出的不可讨价还价的要求;否则,你的作品将无人出版,你的表演将无人提供舞台,你的频道将因无人收看而被关闭。这是市场的无情,也是精英文艺为什么落入少人问津的尴尬境地、大众文艺为什么越来越大受追捧的根本缘由。

于是,市场以诱人的魅力兼强大的压力,勾引或迫使包括不少精英文艺家在内的各路人马,或深或浅地跨入了大众文艺这条横无际涯的大河。这倒对大众文艺改善思想蕴涵、提高艺术品位,发生了至关重要的决定性的影响。贾平凹的、陈忠实的《白鹿原》等小说,以前所未有的直白乃至夸张描述了男女两性之间的身体搏斗,并曾引起大规模的关于"作家如何表现性问题"的论争。表面看来,那场论争主要在道德层面掀起了狂涛巨澜,而实质上,那波澜翻卷的底层却是市场潜流的涌动。当时即有人指出,《废都》尚未面世,贾平凹就对媒体大谈特谈书中有多少处多少字用方框表示,均是删去的性描写等等,其实是有意的市场炒作。这或多或少表明,贾平凹之所以在《废都》中改变原来的写作路数,在一定程度上带有向市场(大众文艺)靠拢的意图。而这种靠拢或者说加入,无疑提升了大众文艺的档次和形象。不管怎样,《白鹿原》《废都》可说明确无误地透露了精英文艺与大众文艺合作的动态。

如果说,这种动态在《白鹿原》和《废都》里尚属悄悄"偷情",作家并没有公开声称自己走向大众文艺;那么,在此前后兴起的"新写实主义"小说,则可说多少显豁表露了反思精英文化立场,向大众文化移位的态度。池莉曾思考自己以前的创作说:"世界文学艺术的潮流已经是深入浅出,我们在这里搞的是浅入深出。""我发现了不对劲的地方,发现自己已经陷入中国文人的模式之中。中国文人是有模式的,他不像画家那样着意外形上的突出,长披发大胡子什么的,他重在精神,自感是名士是精英,双脚离地向上升腾,所思所虑直指人类永恒归宿,现实感觉常常错位。我以为这便是成为匠人的精神基础,可我是绝对不愿做匠人的。"于是她"努力使用新眼睛"看身边无所不在的生活,写出了《烦恼人生》《不谈爱情》《太阳出世》《紫陌红尘》等一系列让人刮目相看的作品。① 这种移位,实际上就是摆脱精英文艺追求崇高、追求本质、追求深刻的老路,而是走向世俗、走向对庸常、庸碌以至庸俗生活的描写,当然,同时也走向了大众,受到广大读者的青睐,因而也走向了市场,获得很好的经济效益。

这种精英走向大众,与大众文艺握手言欢的情形,越来越成为各

---

① 池莉:《写作的意义》,《池莉文集》第4卷,江苏文艺出版社1995年版,第243—244页。

个文艺领域的重要景观。从刘震云的《一地鸡毛》、苏童的《离婚指南》到莫言的《丰乳肥臀》和池莉的《有了快感你就喊》;从冯小刚的《不见不散》《手机》到张艺谋的《英雄》和《十面埋伏》,无不显示出精英文艺与大众文艺的边界已模糊难辨,以至水乳交融、难分彼此了。李欧梵先生曾说:香港的一些流行歌曲和电影,历史感非常强,背后影射的问题非常严肃,并不是随意的插科打诨,其中商业化和精英化的界限已不存在了。这种精英文艺融入大众文艺、大众文艺在接纳精英文艺中提升自己的格调和品位,不是向我们展示了大众文艺的未来走向吗?

也许,在一定意义上,这也是我国文艺目前和未来一段时间的演进趋势。

原载于 2005 年 1 月 21 日《光明日报》

收录于《2004 年当代文艺论坛论文集》,中国文联理论研究室编,中国文联出版社 2005 年 7 月版,第 54—59 页。

貌合神离:消费时代文艺与和谐社会建设

构建和谐社会是我国近年来提出的一项事关全局的新的治国方略和执政理念。它既为我们现代化事业发展和小康社会建设添加了新的内涵,也充分反映社会各阶层民众的普遍愿望和共同诉求。构建和谐社会目标的提出,对新时期文艺的发展提出了新的要求。如何适应这一要求,考察目前文艺演进态势并探讨进一步发展的途径,使文艺在构建和谐社会中发挥应有的功能和作用,无疑是时代摆在文艺工作者面前的重要课题。

一

我国当下的文艺发展,显然呈现出多元共存的状态。体现国家意识形态的主旋律文艺,在许多重要舞台、频道或出版物中不断地推陈出新,隆重登场。表现人文知识分子责任感、使命感和独立思考精神的精英文艺及其思想,在一些试验剧场、探索电影或文艺刊物中不时发出虽显微弱却令人警策的声音。反映普通百姓庸常生活和情感纠葛,为广大民众消遣娱乐服务的大众文艺,裹挟市场经济的雷霆之力,在各种演展场所、影视屏幕和纸质媒体铺天盖地,扑面而来。凡此种种文艺现象,虽然各有自己的定位和追求,但它们在社会生活中的实际影响,却远非鼎足而立、平分秋色,而是互有差异、强弱分明的。

主旋律文艺由于有国家权力推动和政策及经费扶持,显然雄踞主导平台地位并发出洪亮声响;但这只是就文艺意识形态的符码化而言,从实际受众数量和社会接受效果上看,其信息发送和信息接收之间显然产生了许多信息损耗,存在着不小的信息落差。精英文艺由于曲高和寡,既难以得到主流意识形态的推崇,又难以获得文化市场的认同,因而在我们的社会中常常处于受冷落的边缘化位置。大众文艺以通俗化、娱乐化、时尚化的方式,表达普通百姓的情感意愿和世俗生活,在被千千万万大众接受的过程中创造了丰厚的经济效益;而这种经济效益又诱使文化市场采用各种强有力的营销手段,把大众文艺推向更加流行、更加繁盛的境地。因此,虽然从意识形态的角度来看,大众文艺不被视作主流文艺或中心文艺,但实际上它却是当代社会文化的最大文本,成为我国多元共存的文艺舞台上具有无可争议地位的强势话语。

这种局面的形成,是中国在建立市场经济体制的过程中,逐渐走向和步入消费时代的结果。消费时代文艺的最大特征,就是文艺的创作、演播(出版)和观赏,基本按经济学中商品生产—流通—消费的模式来运行。以往,作家和读者、艺术家和观众之间,主要是启蒙和被启蒙的关系;而在市场经济体制条件下的消费时代里,作家和读者、艺术家和观众之间,已越来越实实在在地演变成生产者和消费者的关系。这种角色转换,对文艺生产的影响至关重要:在前者关系里,创作什么和怎样创作一般都取决于作家和艺术家的主体追求;而在后者关系中,创作什么和怎样创作则更多地取决于读者与观众的消费需求。由此,创作主体的独立思考和艺术探索,必然甚至必须在很大程度上让位于迎合读者口味和取悦观众兴趣。因为对于消费时代的文艺创作者来说,读者拒绝购买和观众拒绝观看无异于一种生死判决,它直接决定作品生产者能否生存及生存状态的好坏。

文艺的这种生产和消费关系,使当下(消费时代)文艺创作难以避免地呈现出娱乐化和感官化的特点。以电影为例,近些年明显呈露出从叙事电影向奇观电影的转变。[①] 原来的叙事电影多讲述一个完整的故事,塑造典型的人物性格,开掘深刻的思想主题。而张艺谋近年推出的以《英雄》《十面埋伏》等为代表的奇观电影,则并不注意甚至有意回避完整的情节、深刻的主题和鲜明的性格塑造;其所注重的主要是非同一般的具有强烈视觉冲击力的影像与画面,或是借助高科技电影手段创造出来的奇幻图像。张艺谋对自己创造的奇观画面非常欣赏,他说:"过两年以后,说你想起哪一部电影,你肯定把整个电影的故事都忘了。但是你永远记住的,可能就是那些画面。……这是我觉得自豪的地方。"[②]奇观电影的崛起和流行,突出表明电影文化经历了从话语中心模式向图像中心模式、从理性文化模式向快感文化模式的转变。这种转变在文艺的各个领域都有显突表现,不论是文学创作中过多的欲望描写和肢体刻画,还是舞台表演的华丽炫示和幽默搞笑;不论是电视剧的情爱展示与历史戏说,还是流行歌曲的戏谑风格及激情演唱,无不明显表现出娱乐化和感官化的倾向,凸显出消费时代快感文化的特征。

[①] 周宪著:《论奇观电影与视觉文化》,载 2005 年第 3 期《文艺研究》。
[②] 《英雄》(DVD),广州音像出版社 2003 年 10 月出版发行。

二

这种凸显快感文化特征的消费时代的文艺,对于和谐社会建设并非完全有害无利或可有可无,而是在某些方面可以发挥相配合、相协调、相促进的作用。

首先,不论是消费时代的来临还是和谐社会理念的提出,两者都建立在一个共同的社会基础之上,即改革开放以来我国经济的持续快速发展和社会各项事业的全面进步。正因为我国有了一定的财富积累和繁荣的商品经济,我们才能步入消费时代并感受消费时代文艺带来的快感和满足。同样,也正因为经济发展到一定程度,中国人民迈入全面建设小康社会的新阶段,我们才能进一步提出科学发展观,在广袤的神州大地上去规划和描绘和谐社会的蓝图。消费时代文艺与和谐社会建设都是这些年我国经济社会发展的结果,也是其发展的显突标志。这也就是说,消费时代的降临及其文艺的兴起,并非历史和文艺误入歧途的表现,而是有其生存发展的必然性和合理性。[①] 它对于构建和谐社会起码在营造祥和氛围和提供消闲娱乐两个方面,具有自己独特的功用。

构建和谐社会是一个非常复杂而艰巨的系统工程,它需要安定的社会秩序和良好的发展氛围。消费时代文艺以生活化、通俗化、非政治化和个人化的方式,反映广大民众的世俗生活和愿望要求,传递各

[①] 参见拙文《大众文艺的内涵和走势》,载 2005 年 1 月 21 日《光明日报》;又见中国文联理论研究室编《2004 年当代文艺论坛论文集》,中国文联出版社 2005 年 7 月版,第 54—58 页。

式各样生活方式和五彩缤纷时尚潮流方面的信息。由于在我国特殊的文化语境里,以大众文艺为主体的消费时代文艺,并非完全脱离而是部分甚至较多吸纳包容了国家主流意识形态的话语,因而它对于广大公民的民主意识、自由意识、商品意识、公平意识、开放意识、改革意识等等,也起到了不可忽视的启蒙、激活和增强的作用。这种以大众文艺为主导、杂糅和部分包罗了从主流意识形态到精英文化内涵的消费时代文艺,经过精致的制作、豪华的包装、充分的商业营销及宣传炒作,以种种诱人的魅力呈现于荧屏、舞台、庆典、晚会、DVD、随身听和畅销书中,给群众带来欢乐和快感,也为社会营造了祥和安定、其乐融融的盛世图景。这与构建和谐社会的实践和理论显然具有相一致、相契合的一面。

随着多年的经济迅速发展和物质生活水平的不断提高,我国人民已经摆脱简单地为生存而忙碌的时代,而是有了更多的空余休闲时间。20 世纪 80 年代初,中国每年大约只有 56 个休息日,当时西方国家约有 120 个休息日;90 年代中后期以来,我国每年有近 140 个休息日,未来一段时间里休息日可能还会增多。因此,一些西方理论家认为现在已进入了休闲时代,休闲成了全球化的普遍现象,应加强对休闲时代的人的生存方式等种种问题的研究。休闲是步入小康社会乃至富裕社会后产生的一种生存状态,它本身既是目的又是手段。

休闲的方式五花八门,有的富豪甚至花费数千万美元搭乘宇宙飞船上星球去冒险寻找刺激;而对于绝大多数人民群众来说,除有限的旅游活动外,主要是通过看电视节目、读文学作品、观赏舞台表演、在歌舞厅自娱自乐等,来度过自己部分休闲时光。消费时代的文艺,从花样百出的电视节目到异彩纷呈的歌舞表演,从丰富多样的文艺畅销书到千姿百态层出不穷的文艺报刊,它们之所以百卉争艳,繁荣异常,主要是人们有大量的空余时间需要娱乐消闲,大量的多余精力需要适当渠道释放排遣。正是这种需要促进了消费时代文艺的勃兴,而消费时代文艺的勃兴,又刺激了人民群众精神文化需求的进一步发展。千万别小看当下文艺的消闲遣兴功能,若没有它,不仅人民群众的生活要变得干巴苦闷,失去许多欢乐和兴味;而且我们的社会也会因缺乏愉悦和情趣而变得单调枯燥。消费时代的文艺不仅有助于人民群众消遣娱乐和排解情绪,而且在某些时候对缓解社会矛盾和调节民众情绪,也发挥了自己的独特作用。这些,无疑都有益于促进和谐社会的建设和早日形成。

三

按照胡锦涛总书记的解释,我们所要建立的和谐社会,是民主法治、公平正义、诚信友爱、充满活力、安定有序、人与自然和谐相处的社会。如果说消费时代文艺在营造祥和氛围、提供消闲娱乐和增加社会沟通理解方面,对构建安定有序及充满活力的和谐社会起到一定的积极作用;那么它在担当社会责任、反映社会矛盾、维护公平正义、推进民主法治等方面,则显然存在着明显的缺陷和不足。

我国之所以提出构建和谐社会的治国理念,主要是因为我们现实生活和社会发展中还存在着诸多不和谐的现象。譬如,由于所处地理位置或所在单位不同,在改革发展中先天地形成了资源占有和发展机遇的不平等,造成不同地区、不同社会成员之间贫富差距不断拉大,社会矛盾日益突出,以至明显出现富人生活奢侈化、时尚化与穷人生活贫困化、边缘化的两极对峙。再如,由于经济体制改革中存在一些漏洞及改革本身所引起的激烈的利益冲突,导致以各种手法变相侵吞国有资产的事件屡见不鲜、以权谋私和贪污腐败问题举不胜举、见利忘义和为富不仁等道德滑坡现象也时有所见,还有群众利益在不少方面得不到有效保护,以及破坏人们赖以生存的环境而谋求一时效益等等,这些都有可能引发乃至激化社会矛盾,影响社会的和谐稳定发展。诸如此类的涉及民主法治、公平正义及人与自然和谐相处等方面的矛盾,显然都是与构建和谐社会要求相违背、相对立的,也是我们在构建和谐社会中需要着力解决的矛盾和问题。

可是,以大众文艺为主导的消费时代的文艺,恰恰在触及社会深层次矛盾,担当社会责任方面暴露了自己的严重缺欠。它向人们提供的娱乐和快感,许多情况下伴随着对社会矛盾和人类正义的消解。它在张扬人们物质意识和财富意识的同时,淡化了人们的理想追求和精神提升;它在倡导生活多元化和个人生活自由的同时,解构了公认的伦理道德观念和善恶是非判断;它在上演一出出由俊男靓女扮演的情爱悲喜剧时,模糊了人们对爱情、婚姻和家庭伦理关系的真实认识;它在将现实和历史中的一切作为调侃、戏说对象的同时,从根本上打破了人们对崇高事物的敬畏感,也否认了人们向往真善美和摒弃假丑恶的意义。在许多情况下,它在歌颂类似贫嘴张大民知足常乐、能忍自安,"冷也好,热也好,活着就好"的同时,弱化了人们的自强意识、抗争意识和对人生价值的追问;它在着力展示奢华生活场景和时尚潮流魅力的同时,制造了当代中国绝大多数人已经迈入繁华盛世的神话,掩盖了社会分配不公、贫富差距悬殊、社会矛盾多多的严峻现实。

以大众文艺为主导的消费时代文艺,更多的是向人们编织一个温馨的现代社会的人间喜剧,尽量满足人们包括种种合理和不合理的欲望的消费享乐,以抚慰在现代社会压力下的人的残缺情感,粉饰社会矛盾和人生痛苦。我们之所以说它与构建和谐社会之间是一种貌合神离的关系,其主要原因即在此。

如何改变这种状况？如何使消费时代的文艺在满足人们消遣娱乐和欣赏快感的同时,也给予人们更多的思想启迪和精神提升？这里的关键是,我们的文艺家要深刻认识文艺的特性和自己肩负的责任。文艺产品不仅具有商品属性和经济价值,还饱蕴着文化内涵和精神价值。构筑一个良性发展的和谐社会,不仅要有繁盛的物质文明作保障,更要有完善的精神文明作支撑。虽然文艺产品不乏商品属性和经济价值,但文艺家是为金钱而创作还是为提升国民文化素质而创作,则完全取决于创作主体的选择。选择前者,无疑会导致文艺家的人格矮化以致丧失,在媚俗的道路上越走越远;选择后者,则会使文艺家坚守人类的精神家园,创作出真正无愧于时代的艺术佳作。因此,面对构建和谐社会的伟大使命,今天消费时代的文艺比任何时候都更加迫切呼唤文艺家的自身建设和人格力量。

原载于2005年10月21日《中国艺术报》

收录于《2005年当代文艺论坛论文集》,中国文联出版社2006年12月出版。

论吸收外国文学影响的潜在形态及其作用

——从接受美学的角度谈文学的民族化问题

关于文学的民族化问题①,我国文艺界自20世纪40年代以来曾作过多次探讨。各种观点尽管互相歧异,但有一点是一致的,即它们都是从创作本身,从已经成形发表的作品如何吸取以及在多大程度上吸取了外国文学影响的角度,来谈论民族化问题的。换言之,对于怎样将外国文学民族化这一课题,它们考察、研究的视野,只集中在作家(作品)环节,只关注外来文学对本民族创作的影响和作用。

如果我们对问题加以全面而系统的审视,则会发现:各民族吸收外来文学影响并使之民族化的过程,不仅仅表现在作家的创作(作品)上,也体现在读者对外来文学的接受和理解中;并且,读者接受、理解外来文学的能力和程度,往往会以无形的张力控制作家对异域文学的

---

① 在我国关于民族化问题的讨论中,将"民族性"和"民族化"两个概念等同、混淆的现象相当普遍。本文赞同王朝闻同志应将这两个概念区别对待的观点,在下面两种含义上分别使用两者:"民族性",指某一民族文学不同于其他民族文学的个性特点、特殊性;"民族化",指某一民族吸收其他民族文学成果并在一定程度上将其转化成自己的东西。

借鉴和吸收。这就是说,将外国文学民族化的实际过程,并非只显露在作家依据反映本民族社会生活的需要而有机地吸取外国文学经验这一直接可见的方面,而且发生在读者以民族的"眼光"来阅读外国文学,并以由此而改变的民族心理结构去左右作家的创作这一潜在的领域。因之,接受外来文学影响、将其民族化的实际情形,并不只是本民族作家借鉴、吸收异域文学的单向流程;而是由作者和读者都参与活动,并在活动中相互作用的复杂系统。正是如此,仅仅从作家(作品)如何吸收、消化外国文学影响的角度来研究民族化问题,实质上只探讨了其复杂系统的一个环节、一个层次(尽管是比较重要的环节和层次),不能不说有些狭窄、简单了。

本文作为对民族化问题的一种探讨,即试图借鉴接受美学的一些理论成果,着重从读者接受外来文学影响的角度,来重新思考民族化这一老课题。

一　民族眼光过滤下的变形接受

任何作家,他之所以要把自己对生活的感受、体验、认识、理解,不厌其烦地用文学的形式表达、发表出来,其目的都是为了让别人能够了解自己对生活的看法。有些作家尽管在作品写好的当时不愿拿出来,其"藏之名山"也无非是为了"流传后世",照样隐蔽着、甚至是在更大程度上包含着给人看的目的。因此,如果肯定作家创作的作品具有某种意义和价值的话;那么,其意义和价值只有在读者阅读过程中才能具体地显现出来。

然而,一部作品自身的意义和价值,与在读者心目中所显现出来的往往并非一致,有时甚至相去很远。法国作家法朗士在《乐园之花》

第十二节里曾说过这么一段话:"书是什么?主要的只是一连串小的印成的记号而已,它是要读者自己添补形式色彩和感情下来,才好使那些记号相应地活跃起来。一本书是否呆板乏味,或是生趣盎然,感情是否热如火、冷如冰,还要靠读者自己的体验。或者换句话说,书中每一个字都是魔灵的手指,它只拨动我们脑纤维的琴弦和灵魂的音板,而激发出来的声音却与我们心灵相关。"这段关于作品本意与读者理解之间存有差异的精彩议论,可说是法朗士以作家的敏感生动地道出了接受美学的要义。为接受美学奠定哲学基础的德国哲学家马丁·海德格尔指出:任何存在都不能超越一定历史环境,都是在特定时间和空间里的"定在"。存在的时间性和空间性,规定了人的认识和理解的历史具体性——我们认识、理解任何事物,都是以自己已有的"先在""先见""先把握",即意识的"先结构"为基础,进行有选择、有变形地吸收①。所以,"作品呈现在读者心目中的实际意义,并不是作者给定的原意,而总是由解释者的历史环境乃至全部客观历史进程共同作用的结果"②。我们之所以认为读者阅读、理解外来文学的过程,也是将其民族化的过程,其原因正在于:读者是以特定的民族心理结构去接受外国文学作品的。关于这一点,只要辨析一下读者对异域文学的理解和体验,即可清楚、明白。

读者接受外国文学,首先要碰到不同文字系统的差异。一般说来,每个民族的文字都是本民族人民在长期历史发展中逐步约定俗成的。其中许多字所指称的事物,由于和本民族的社会历史、生活风情相联系,往往蕴藉着特殊的思想含义和情感氛围,对于本民族读者,其

---

① 参见马丁·海德格尔:《存在与时间》,纽约1962年版,第189—197页。
② 伽达默:《真实与方法》,杜宾根1960年版,第280页。

特殊意蕴可以"心有灵犀一点通";而对于异民族读者,即使有"信、达、雅"兼备的译文,多半也只能看到它的表面意义,即直指的或字典的意义,而感悟不到其所内含的象征的或联想的意义。譬如,英文中castle、sea、fire、sport、shepherd、nightingale 之类的词,对于英国人和中国人所引起的心理反应就并不相同,它们对于英国人的意义远较中国人丰富得多;同样,中文中松、竹、梅、兰、菊、江、月、僧、礼、隐、逸之类的字,对于我们所引起的联想和情趣,也决非英国人能够完全了解。日本学者岩山三郎比较西方人和中国人的美学思想,认为"有一个根本不同的地方,那就是西方人看重'美',中国人则看重'品'。例如西方人喜欢玫瑰,因为它看起来美;中国人喜欢兰花、竹子,并不是因为它们看起来美,而是因为它们有品,它们是人格的象征,是某种精神的表现"[①]。所以,陈毅同志诗"大雪压青松,青松挺且直。要知松高洁,待到雪化时",在中国人眼里,这不是在写"松",而是在写一种伟大的人格和崇高的精神;而一般西方人由于没有中国人注重"品"的民族性格,则未必会体味、领受到这层意思,只把它看成一首普通的咏物诗,倒是很通常的事。此类情况在不同民族读者互相吸收对方的文学中,是非常普遍的现象。如对中国的黄河、长城,日本的富士山、樱花,印度的牛、象,埃及的尼罗河、金字塔,朝鲜的金达莱,墨西哥的仙人掌等等,对于这些本民族人民往往赋予特殊含义或当作某种偶像来崇拜的事物,异族人一般都难以以该民族的心理,而是按自己民族的习惯去认识、把握它们——它们所具有的特殊含义或某种偶像成分,在异族目光的过滤下多半悄然失色,以至荡然无存,其意义也随之变得单薄

[①] 转引自蒋孔阳:《中国古代美学思想与西方美学思想的一些比较研究》,《学术月刊》1982 年第 3 期。

多了。

读者接受外国文学,除了对具体文字(事物)的理解会与该民族自己的认识有出入外,在对一些大的情节乃至作品整体的把握上,同样会与该民族自己的看法大有差别。在易卜生名剧《玩偶之家》中,娜拉为了救丈夫海尔茂的性命,为了不让这种悲愁的事惊扰自己临死的老父,她假冒父亲的名义借了一笔钱。在我们中国人看来,此事完全合理合法,充分表现了娜拉的美好品德;海尔茂只有倍加感激的份儿,绝没有大加责备的道理。可是,在挪威人和西方人眼里,娜拉冒签父名借钱却是违反法律的犯罪行为,海尔茂对她的责备不仅可以而且应该,因为他的行动包含着不徇私情、维护法律的合理的一面(易卜生正是把妇女解放、男女平等问题放在这种情理悖逆和背反的矛盾中提出来,所以更加引人思索)。对于这一层意思,作品本身原是表现得比较清楚的,我们中国人之所以比较容易忽略,不正是我们以自己民族的观念将其做了"改造"吗?这种"改造",这种感应的"民族误差","是决计免不掉的"[①]。

考察一下莎士比亚剧本在各国舞台上扭曲演出的情形吧!哪国戏剧大师不是以自己民族的"文化圈"(cultural ring)为刀斧,对莎剧做不同程度的删节篡改,以至劈开重新组合呢?有的研究表明,自1914年莎剧登上我国舞台以来,几乎每次演出都有忽大忽小的变动[②]。这并非虚言。1980年北京上演《威尼斯商人》,导演不只大胆地把它处理成一部抒情喜剧,而且把原剧中犹太人夏洛克与威尼斯基督徒之间

---

① 翻译家曾虚白语,见其《翻译的困难》,载《真善美》1928年第1卷第6期。
② 参见张隆溪:《莎士比亚的变形:从剧本到演出》,载《中国比较文学》1984年第1期,浙江文艺出版社1984年出版。

异常突出的民族矛盾和宗教矛盾砍削得干干净净。于是,夏洛克形象两面性中的一面,即他作为身处威尼斯基督徒社会中的犹太人受歧视、被孤立,所以仇恨安东尼奥这一面(这是他要与其订一磅肉契约的重要原因),一点儿痕迹也没有了;夏洛克变成了仅仅是贪婪狠毒、报复心切的高利贷者。这里,我不想对改编者如此委屈莎剧的具体是非发表议论,只想对导演为什么这样处理的缘由做一点寻求。而当我们做这种寻求时,起步就会发现:剧中被删削的夏洛克作为犹太人与威尼斯基督徒之间的民族、宗教矛盾,是我们中国人不易理解的部分。被删削后的剧中人物,则和我国传统戏剧里脸谱式的类型人物缩小了差距,两者显得接近、靠拢多了。

其实,岂止我国这样。莎翁那些把"崇高和卑贱、恐怖和滑稽、豪迈和诙谐离奇古怪地混合在一起"的剧作,之所以"使法国人的感情受到莫大伤害,以致伏尔泰把莎士比亚称为喝醉了酒的野人"[1],原因不是法国人带着自己民族的有色眼镜来看待莎士比亚吗?而黑格尔对此大加讥讽,说"法国人最不了解莎士比亚,当他们修改莎士比亚作品时,他们所削去的正是我们德国人最爱好的部分"[2]。这又哪里是公允之论?不照样是以他德国人的眼光来看待莎比亚,反对法国人对莎翁的评价吗?如此削足适履地使外国文学就范于自己民族的"文化圈",这样依据自己民族的"审美范型"来随意剪裁外国文学作品,都

---

[1] 马克思:《议会的战争辩论》,《马克思恩格斯全集》第10卷,第188页。丹纳在其名著《英国文学史》第二部第四章谈论莎士比亚时,开篇即说,"我要论述的是一个为所有法国式的分析头脑和推理头脑所迷惑不解的非凡心灵"。这颇能表明当时一般法国人囿于民族的眼光不理解莎士比亚的情形。

[2] 转引自张可译:《莎士比亚研究》,上海译文出版社1982年版,第72页。

是将外国文学民族化的具体表现。

对于上述做法,尽管也有人指摘,但更有人承认其必然性与合理性。这里,且避开那"难以计数"的有关接受美学的专著和论文,都是在为上述做法寻找理论根据这一点不说;即以歌德而言,他曾肯定莎士比亚在创作中把异族人都"变成了英国人",认为"他这样做是对的,否则英国人就不会懂"①。其实,莎士比亚戏剧要在别的民族扎根、生活,又怎能不随着那里的土壤、气候而改变自己呢? 在《说不尽的莎士比亚》里,歌德指出:"'施瑞德尔'②取得了把莎士比亚搬上德国舞台的巨大成功,就因为他对这个概括者又做一番概括。施瑞德尔仅仅着眼在产生效果上,他把其他一切都抛弃,甚至有些不能缺少的情节也放弃掉,因为他觉得这些情节搅乱了剧本对他自己的民族和时代应产生的影响。"他批评对莎士比亚剧作不允许一丝一毫改动的看法,认为"它是多么荒谬","如果这种意见的辩护人占了上风,那么几年之后莎士比亚戏剧就会完全从德国舞台上消失"。③

1984年,美国著名戏剧活动家、"奥尼尔戏剧中心"主席乔治·怀特,来我国导演根据奥尼尔名剧《安娜·克里斯蒂》改编的话剧《安娣》(黄宗仁改编)。该剧除了"不失奥尼尔原作的基本精神"外,"很多细节、情节都尽量做到中国化"。人们向他提问:"您为什么坚持要

---

① 朱光潜译:《歌德谈话录》,人民文学出版社1980年版,第114页。

② 施瑞德尔(Friedrich Ludwing Schröder)一般译为"施莱格尔",德国著名演员、导演,英国和西班牙戏剧的德文改编者。

③ 歌德:《说不尽的莎士比亚》,载《莎士比亚评论汇编》(上),中国社会科学出版社1979年版,第308—309页。

把这个发生在美国的故事搬到中国的背景中来演？"他回答："我决定将此的背景从波士顿、纽约改成中国的上海、宁波,这样就能使中国的观众产生更强烈的共鸣。"①怀特说他大删大改奥剧,使其"尽量做到中国化"的原因,是为了"能使中国的观众产生更强烈的共鸣",这不正从创作的角度反证了不同民族的读者在接受外来文学时,总是要以自己的心理模式将其民族化吗？这些都说明了一个共同的道理:接受外国文学活动中的民族化倾向,虽然往往会改变、扭曲作品的原意,却具有很大的必然性和合理意义。

当然,"说到趣味无争辩","有一千个读者就有一千个哈姆莱特"。我们肯定同一民族的读者在接受外国文学中会以自己民族的心理范型将其民族化,这既不是对读者阅读个性的否定,也不是对它的简单放大。因为每个读者尽管有只属于自己的个性特点(如气质、爱好、趣味等等),但这个性特点是在非常具体的社会环境(这里主要指民族环境)中形成的;无论怎样,他总要在一定程度上受到这种环境的制约。这制约特别是当他接触异民族事物时,表现得尤为明显——他总是要"以自己种族群体作为标准,并且喜欢从本民族的观点,即根据它的某种偏好来感知一切生活现象"②,美国批评家大卫·布莱希从认识论的角度谈论接受美学时,常常使用"阐释群体"这个概念。其含义是:每一个人对作品的理解和阐释,都包含着他所处社会群体共有的思想观念和价值标准;因而,每个个人对作品的阐释既是自由的,又要受到一定的限制;对于个人阐释的主观性来说,"阐释群体"就是限

---

① 乔治·怀特:《为人与人之间的交流开辟道路》,1984年10月17日《人民日报》。

② 安德列耶娃:《社会心理学》,上海翻译出版公司1984年版,第206页。

制其自由的框架①。这儿所说的"阐释群体",当然是个能够伸缩的弹性概念,它可以从不同范围在不同层次上进行理解。但就我们所讨论的问题而言,如果说其外延指的是同一民族共同体中的读者,那么,处于该共同体中的每个个人,不管他自觉不自觉、意识到或没意识到,在理解和阐释外国文学时,他总是要在不同程度上涂上自己民族的色彩,以自己民族的审美范型将其民族化。这一点,从哲学上来说很简单:既然人们的意识是由人们的社会存在决定的,那么在人类社会尚以民族形态而存在、而演进的情况下,生活在不同民族环境中的人,自然会有不同的价值标准和审美趣味,对于异民族的作品,他只能以自己已有的价值标准和审美趣味,即意识的"先结构"为把握前提,而这样他也就难免不做出民族化的理解了。

二 超越民族眼光的认同接受

然而,我们从接受美学的角度考察民族化问题,如果所看到的内容和得到的收获仅止于上面这些,未免有些浅显、微小了。这里需要进一步指出的是,吸收外国文学影响的潜在形态,即读者以自己民族的审美范型接受外国文学作品的实际情形,除了上述以外,还有一种与之相反、相矛盾的现象。这就是:读者接受外国文学时,有意无意地模糊或取消国家和民族的界限,直接像对待本民族作家、作品,甚至在超出本民族作家、作品的程度上,欢迎外来文学。关于这点,苏联学者H·康拉德指出:"外国的文学,在它经常传入的那个国家所起的作

---

① 参见大卫.布莱希(David Bleich)《主观批评》,巴尔得莫1978年版,第263—268页。

用,有时是非常巨大的。常常有这样的情况,外国文学的某部作品在这个国家内,比其本国的任何作品还引起更大的注意,对该国的文学与社会思想产生了不少影响。"①这种外国文学比接受者"本国任何作品还引起更大注意"的现象,不仅在外国文学史上反复出现,而且在我国五四前后也有相当突出、相当典型的表现。

从外国文学史方面看,车尔尼雪夫斯基曾说:英国作家拜伦对于法国来说,不但其影响不小于夏多勃里昂和拉马丁,而且,由于拜伦的作品在推动法国文学的发展上实际发挥了很大的作用,所以他在法国文学史中所占的地位也不下于夏多勃里昂和拉马丁。他还以席勒对俄国文学的影响为例说道:"席勒的诗歌好像是属于我们本民族一样……这就足够使我们把席勒看作是自己的诗人,看作我们心智生活的参与者了。正确的感激之情迫使我们承认,我们公众对这个德国人的感激应该超过我们任何抒情诗人之上,只除了普希金。"②实际上,何止拜伦对于法国、席勒对于俄国是如此。勃兰兑斯在《十九世纪文学主流》中说过:自从奥·威·施莱格尔于1797至1801年间把莎士比亚剧本翻译成德文以后,莎士比亚就像歌德、席勒一样强烈地影响着德国读者,以至"整个日耳曼—哥特世界已成为他(莎士比亚)的教区"③;拉丁美洲作家米格尔·安赫尔·阿斯图利亚斯的《总统先生》和加西亚·马尔克斯的《百年孤独》被翻译成英文后,成为欧美使用英

---

① H.康拉德:《现代比较文艺学问题》,《现代文艺理论译丛》第4辑,人民文学出版社1962年版,第41页。

② 《车尔尼雪夫斯基论文学》下卷(一),上海译文出版社1982年版,第424页。

③ 勃兰兑斯:《十九世纪文学主流》(第二分册),人民文学出版社1981年版,第61—62页。

语国家的最畅销书。① 诸如此类的事实、不正说明读者往往会像对待本民族作家、作品,甚至是在超出本民族作家、作品的程度上接受外来文学吗?

就我国五四前后而言,当时中国社会发展的一大特点,可以用鲁迅的一句话来概括,即"求新声于异邦"②。其时,我国文学界发生了罕见的大规模的文学翻译活动,把西方文学,特别是俄国文学看作我们的"导师和朋友"。茅盾曾这样描述那个时代翻译文学的作用:"我觉得翻译文学作品和创作一般地重要,而在尚未有成熟的'人的文学'之邦像现在的我国,翻译尤为重要"③;"翻译文学曾为中国的现实主义文学的来临,作了开路先锋"④。茅盾对五四时期翻译和介绍外国文学的这些评价,是符合新文学发展实际的。它不仅高度肯定了外国文学对我国现代文学兴起和发展的意义与作用,同时也表明:我国当时是把外国文学置于和自己民族文学一样,甚至还要重要的地位来加以推崇的。

为什么会出现这种情况呢?或者说,产生这种文学现象的根源是什么呢?

一般说来,读者减弱、拆除不同国家和民族之间的"心理防御机制",像对待本民族作家、作品,以至在超出本民族作家、作品的程度上

---

① 帕特里卡·布莱克:《"人类心灵的信使"——翻译给外国文学注入了新的生命》,美国《时代》杂志1984年11月19日。

② 鲁迅:《坟·摩罗诗力说》,载《鲁迅全集》第1卷,人民文学出版社1982年版,第65页。

③ 茅盾:《一年来的感想与明年的计划》,《小说月报》第12卷,第12号。

④ 茅盾:《现实主义的道路》,载1941年2月1日《新蜀报》。

来接收外国文学,并不是在任何情况下都会发生,而是需要一定条件的。这条件主要有两方面因素构成:一是作品的自身价值,即作品所拥有的世界意义;二是读者的需求取向,也就是读者所处民族对某种外国文学的需要程度。在正常情况下,这两方面因素是正比关系,即越是具有世界意义的作品越容易被其他民族所接受。如《荷马史诗》、莎士比亚剧作、巴尔扎克和托尔斯泰的小说等这类具有世界意义的作品,被人类各民族人民视若珍宝。但是,正如商品本身的价值常常会因为购买对象的不同而产生价格波动一样,外国文学在什么程度上被异民族接受,也往往会由于读者的不同而产生各种复杂的状况。这就是说,一定的外国文学会不会为别的民族所接受,会从什么意义、在多大程度上被接受,能不能使读者有意或无意地模糊国家、民族的界限,从而产生像对待自己民族文学一样来看待外国文学的效果,除了取决于作品的自身价值以外,往往更取决于接受民族对某种外国文学的需求指向。

普列汉诺夫曾说:"一般说来,为了使一定国家的艺术家或作家对其他国家的居民的头脑发生影响,必须使这个作家或艺术家的情绪是符合读他的作品的外国人的情绪的。"[1]因此,"一个国家的文学对于另一个国家的文学的影响,是和这两个国家的社会关系的类似成正比例的"[2]。实际情况正是这样。席勒的作品之所以能够在当时的俄国引起巨大反响,以至俄罗斯人民直接把他看作自己民族的诗人,与席勒所处的德国社会背景和当时俄国的社会状况极为类似,他的创作与

---

[1] 普列汉诺夫:《亨利·易卜生》,《普列汉诺夫美学论文集》人民出版社1983年版,第581页。

[2] 普列汉诺夫:《论一元论历史观之发展》,三联书店1965年版,第160页。

俄国人民所要表达的反封建、反暴政的时代要求有密切联系。同理,我国"五四"时期的鲁迅、茅盾等之所以特别偏重翻译、介绍东欧、北欧及其他被压迫民族的文学和俄国革命民主主义文学,主要原因也在于:这些文学正合当时我国人民反帝、反封建的民族愿望和时代心声,可以用来抒发、表达淤积在我们胸中的块垒。所以,卢卡契说得很精辟:"任何一个真正深刻重大的影响是不可能由任何一个外国文学作品所造成,除非在有关国家同时存在着一个极为类似的文学倾向——至少是一种潜在的倾向。这种潜在的倾向促成外国文学影响的成熟。因为真正的影响永远是一种潜力的解放。"[①]正是如此,如果说读者对某种外国文学有意或无意地对峙、抵制,一般是出于本民族的需要;那么读者自觉或不自觉地像对待自己民族文学那样接受某种外国文学,也多半是出于本民族的需要。在这里,两种看似截然相反的现象,都由一个共同原因所造成,即都是读者根据自己民族的需要,将其民族化的结果。

明白了这一点,曾被一些外国文学理论家提出,但又使他们感到困惑、迷惘地接受外国文学中的"一种世界性的奇妙现象",也就不难理解了。日本学者滨田正秀曾指出:"在文学的输出中,存在着一种世界性的奇妙现象:有些作品在本国评价并不怎么好,但这些在国内不受重视的作品,一旦到了国外,却获得了意外的好评,并为国际所公认,尔后它又像凯旋的将军一样再度输入本国。卡夫卡和穆西尔的作品,首先在法国和英国被看作20世纪的杰作。在文学以外的思想领

---

① 卢卡契:《托尔斯泰和西欧文学》,《卢卡契文学论文集》(二),中国社会科学出版社1981年版,第452页。

域中,马克思主义在俄国定居,弗洛伊德的心理学在美国扎根。"①

导致这种文学现象产生的缘由并不神秘,它仍在于:某种外国文学作品所表达的思想由于受这样或那样的条件限制,一时不被本国人民所理解,但恰恰与接受它的异民族的需要相吻合——所以它在本民族遭到了冷遇,却在异民族受到了特别的欢迎。卡夫卡的主要作品,即四个短篇小说集《变形记》《在流放地》《乡村医生》《饥饿表演者》和三部长篇小说《美国》《审判》《城堡》等,在他生前基本都已发表。但他之所以在自己当时所处的奥匈帝国统治下的布拉格默默无闻,之所以在经历了二次世界大战以后的欧美诸国引起了一阵阵"卡夫卡热",以至《城堡》成了当时时髦的圣诞礼物,究其主要缘由,不正在于他作品所表达的孤独、异己、焦虑、悲观的情调,更符合当时欧美阴沉的时代气氛而离本国的现实稍远一些吗?

W·H·奥登曾说:"卡夫卡对我们极为重要,因为他的困境就是我们的困境。"②这话既道出了欧美诸国将卡夫卡视为"知己"的缘由;同时也表明:一个外国作家要真正被异民族读者看作自己的作家,将其作品与本民族自己的作品同等看待以至格外看重,关键是要这位作家能够成为接受民族读者的出色的"代言人"。

需要指出的是,我们说外国作家会被异民族看作自己的作家,将其作品与本民族自己的作品同等看待,以至格外看重,并不是漠视或否定这种作家、作品有自己的国籍和具体诞生国度;而只是认为:从其所发挥的功能和效果上看,他(它)们也为异民族所拥有,属于异民族文学发展的有机组成部分。这道理,就和我们从外国引进某项科学技

---

① 滨田正秀:《文艺学概论》,上海师院中文系1980年内部版,第13页。
② 《卡夫卡短篇小说集》,纽约1956年版,第Ⅱ页。

术、生产设备一样:尽管这技术、设备本身为别国所研究、所生产,但它被我们引进之后,也就为我们所有了,成了我们发展生产、提高生产力的重要工具。卢卡契曾说:"一种具有世界影响的作品对别国文学来说,往往一方面是外来的,一方面又是土生土长的。"[1]这个看法十分精辟:一部真正伟大的作品,就其为别国作家所写来说,它确实是外来的;但在它被翻译成某国文字,并对其读者和文学产生了甚至超出该国自己文学的影响之时,不也是它在这个国家生根、开花之日吗?

长期以来,在我们的文学观念里,外国文学只是外国文学,而没有明确意识到它也可以在接受过程中"升华""转化"成我们的文学。与这种文学观念相一致,在以往的文学研究中,我们只把外国文学当作外国文学来研究,而没有把它放到和创作同等重要的地位,放到也是我们文学发展的有机组成部分的地位来考察。如果说,经过上面的探讨,我们已在一定程度上发现了这种文学观念和研究路子的偏颇、疏漏之处,那么,它们不是也应来一番改革吗?

三 读者心理结构的改变及其作用

文学接受活动,是两种对立的使命统一在一起的过程:一方面,读者作为阅读主体,是作品的驾驭者,其阅读过程,就是他以自己的文化范型和心理模式对作品进行再创造的过程;另一方面,作品作为被阅读的客体,也不完全是被动的,它不仅以特定的内涵牵引并在一定程

---

[1] 卢卡契:《托尔斯泰和西欧文学》,《卢卡契文学论文集》(二),中国社会科学出版社1981年版,第450页。

度上制约着读者的再创造,同时,读者阅读它的过程,也是受其结构—功能影响的过程,是读者文化心理模式随其影响潜移默化地发生移位、变革的过程。每个民族和国家接受异民族或异国文学的情形都是如此。它不仅总是要以自己民族的"文化圈"为模式来变形地接纳外来文学;而且在这接纳中,也必然要受到外来文学的冲击和浸染。上面,我们主要讨论了作为阅读主体的读者接受外来文学的能动性,及由其而导致的不同状况。这里调过头来,着重谈谈作为阅读客体的作品在被异民族接受的过程中,对改变读者的审美心理所能发挥的作用。简略说来,这作用大致有两个方面。

其一,外来文学影响有助于丰富、拓展读者的文化—心理结构,使其审美意识经常处于开放的状态。

不同民族的人,由于受到不同社会生活、不同文化传统、不同种族和不同地域的限制、约束,其文化—心理结构必然要与自己民族的审美范型存在着某种同型同构的关系。这种同型同构的关系,一面给他带来得天独厚的长处,使其容易熟悉、了解,以至洞幽烛微地把握本民族文学;一面又给他造成难以避免的局限,即对不符合自己民族审美范型的异民族文学,常常本能地、不自觉地抱有一种抵触、排斥情绪。这种"审美趣味的保守性"[1],在人类社会尚以民族形态而存在、而演进的情况下,尽管具有一定的必然性和合理性;但对于更好地吸收、理解人类其他民族的文学遗产,对于更有效地借鉴、利用整个人类的文学遗产来促进本民族文学的兴盛、繁荣,它毕竟是一种阻力而不是动力。如何克服、消除这种阻力?在政治开明的条件下,频繁而广泛地接触各种外来文学,是关键条件之一。社会心理学研究表明:对于不

---

[1] 参见贺苏:《审美趣味的保守性》,载1982年第4期《文艺研究》。

同种族的人来说,互相接触可以增进了解和减少偏见。这一结论同样适用于不同民族文学之间的交流与接收。蔡元培在谈论审美批评的特点时曾说:

> 我们对于素来不轻见的事物,初次接触,觉得格格不入。在味觉上甲地人尝到乙地人食物时,不能下咽;在听觉上东方人初听西方音乐时,觉得不能入耳;若能勉强几次,渐渐儿不觉讨厌,而且引起兴味。①

事实正是如此:1896年林纾在上海抛出法国小仲马《巴黎茶花女遗事》的译本时,中国读书界绝大部分人对西方男女的生活风俗和西方作家的写作技巧觉得难以理解;同样,在文学以外的其他艺术领域,当我国画家刚遇到描绘逼真,讲究解剖透视、光线色彩的西洋绘画时,一般多讥诮它"笔法全无,虽工亦匠",认为是"不入画品"②的。这些现象,于今不仅很少发生了,而且西方小说技巧和绘画方式(如油画)早已成为我国小说创作和绘画艺术的重要手段。依据信息论和控制论研究,人的文化—心理结构作为认识—情感系统,其所储存、容纳的信息种类(包括相互矛盾的信息)和信息量越多,就越能够以开放的态势敏感地吸收和妥善处理各种信息。读者接受异民族文学的情形也是如此:某一民族读者越是较多地接触外国文学,有关外国文学的知识越多,就越易取一种恢宏的气度和开放的姿态,因而也就越可能更

---

① 蔡元培:《美术批评的相对性》,《蔡元培美学文选》,北京大学出版社1983年版,第172页。

② 参见邹一桂:《小山画谱》;松年:《颐园论画》。

好地吸收和消化外国文学;反之,如果闭关自守,越是拒绝与外来文学接触,则越会将自己置于封闭、保守的境地,所以也越易抵制、排斥外来文学——甚至是盲目地抵制和排斥。这一点,已是中外文学史上多次出现的事实。

其二,外来文学作为与本民族文学相异的参照物,有助于读者不时地跳出本民族的"文化圈",以"旁观者"的身份发现和把握本民族生活与文学的某些特点。

勃兰兑斯作为一个丹麦人,之所以能够将十九世纪法国、德国和英国文学的发展潮流勾勒得那么清晰,描绘得那么有声有色,他自己说:他凭借着一种"旁观者清"的才能——"许多令外国人惊诧的特征,本国人往往熟视无睹,因为他早已司空见惯,特别因为他本人就具备着这种特征,或者就是那个本色",而"外国人却比本国人更易于觉察"[1]。勃兰兑斯说的是他作为异族人研究别国文学,往往容易看到其本族人因沉湎其中而不易见出的特点。实质上,读者阅读外国文学,也可以帮助自己跳出"当局者迷"的境界,另外发现和把握本民族生活和文学中一些不曾见出或不曾清晰见出的特质。因为如前所述,读者阅读外国文学,是以特定的"先结构"为基础的。这特定的"先结构"虽然会吸收和包含外来文化的成分,但其基本骨架和主要特质,毕竟由本民族文化传统熔铸而成。因之,读者在接受异民族文学时,心中不免总要闪现出自己民族文学的图像,并不断将其与外国文学对照、比较。一般说来,在这对照、比较中,不仅外国文学的特点往往更加显豁、更加突出,而且读者自己民族文学与外国文学的不同之处,常

---

[1] 勃兰兑斯:《十九世纪文学主流》(第二分册),人民文学出版社1981年版,第3页。

常也毫芒毕现,更易分辨。

今天,大家都意识到:在生活上,我们中国人能吃苦耐劳,但创新立异精神不够,"中庸"思想较严重;在文学上,我们的传统小说细节描写简约,故事性强,情节多半比较完整。其实,这些特点都是与西方生活和文学相比较而存在的。若没有西方生活和文学作为对比参照物,它们既无法确认,也难以准确把握。西班牙当代著名小说家德利维斯曾说:"我书中的卡斯提亚,只是在我走过了欧洲、非洲和整个美洲大陆以后才正确认识的。甚至可以说,每次出国都使我发现卡斯提亚的一点新的特色,就是在出国前我还没有注意到的特色。"[1]我国作家王蒙也说:"在了解了别的民族和国家的社会状况、文化发展以后,回过头来研究一个少数民族;或者来研究我们本民族,就会发现很多我们没有发现的东西,很多我们所缺少的东西。"[2]这里,德利维斯和王蒙所谈的虽然是创作经验,但与我们所论述的读者接触外国文学反过来有助于发现和把握自己民族文学的特色这一点,在道理上是相通、一致的。

值得注意的是,我们说阅读外来文学有助于读者发现和把握本民族文学的特色,还包括这样一层意思,即本民族文学古代传统中一些长期不能得到很好阐释的现象,由于受到外来文学的某种触发和启示,往往能获得比较令人信服的解答。如李贺、李商隐一些构思奇特和突破正常时空秩序的诗作,千百年来曾被多少人认为"难解"或"不可解";但在我们接触了西方象征派诗歌和意识流小说及其理论之后,

---

[1] 殷恒民摘译:《西班牙作家德利维斯论小说创作》,《外国文学研究动态》1984年第4期。

[2] 王蒙:《漫话小说创作》,上海文艺出版1983年版,第250页。

对他们诗中许多奇奇怪怪的写法,不是能够更好理解并能做出比较合理的分析吗？

马致远的小令《天净沙·秋思》,自诞生起人们就认为它艺术上有独到之处,主要表现在前三句用九个并列的实词,把九种不同的景物巧妙地组成了一幅凄凉萧瑟的晚秋画面,从而惟妙惟肖地烘托出了漂泊游子的哀愁,这个看法无疑是妥帖的。但在接触了英美意象派诗歌,特别是埃兹拉·庞德和托·斯·艾略特对意象派的种种理论阐说之后,我们不是还可以从"意象"和"意象叠加"的角度,对其独到之处做出更加丰富、更加深刻的理解吗？在讨论西方现代派文学时,有一种意见认为:现代派文学的种种招数并不是什么新鲜玩意,在我们古代文学传统中几乎都可以找到它们的先驱,如上面说到的李贺、李商隐打破真实时空秩序的诗歌和意识流表现方法,马致远的"枯藤、老树、昏鸦"与意象派的"意象叠加";《聊斋志异》里人化鬼狐的描写与现代派文学中变形、象征手法,等等。这种意见有客观事实做根据,当然是可以成立的。问题是,对于传统文学中这些特点,为什么在我们接触了现代派文学后才看得如此清楚,而在以前却认识模糊？追究起来,与我受到现代派文学的触发、启示不是有很大关系吗？

正是如此,准确地说,外国文学对我们的作用,远不像平常我们所以为的那么简单,而是有着多重功能:它不仅能够使我们了解、熟悉外国文学的历史和现状,能够向我们提供发展本民族文学的营养和借鉴之资,能够补充、扩大我们的文学观念和文化—心理结构;而且,它还能够帮助我们挖掘本民族文学传统中的丰富蕴蓄,能够使我们更清晰地认识到本民族文学的特点,包括它的长处和短处——正如我们知晓别人反过来有助于认识自己,能够看到自己的优点和缺点

论吸收外国文学影响的潜在形态及其作用

一样。

在吸收外国文学的过程中,不仅一般的读者是接受者,而且作家、批评家,即本民族文学的创造者也是接受者。于是,这里所说的外国文学对我们的"多重功能",不只会作用于一般读者的审美意识,同时对作家和批评家的美学观念也会发生影响。这样,外国文学作为促进我们民族文学发展的一种力量,它所具有的"多重功能",就会同时在两条渠道中发挥作用:一方面,它可以通过冲击、改变读者审美意识的方式,强化或弱化读者对某种或某几种创作倾向的"反应",以这"反应"所形成的社会需求取向来间接影响作家、批评家的写作;另一方面,作家和批评家作为接受者,则会直接受到外国文学的浸染、影响,其创作自然也不免要留下这浸染、影响的痕迹。

并且,如果我们将外国文学对读者(包括作家和批评家)的影响放到发展过程中来看,还会发现:不论是本民族的读者或作者,他们在受到某种外来文学的冲击、浸染以后,还会在本民族内部以互相作用的方式,把外来文学影响引向持久和深入。"在中国新文坛上,鲁迅君常常是创造'新形式'的先锋;《呐喊》里十多篇小说几乎一篇有一篇新形式,而这些新形式又莫不给青年作者以极大的影响,欣然有多数人跟上去试验。"[1]在俄国文坛上,普希金曾率先从拜伦那里吸取了写诗体小说的手法,随后,莱蒙托夫等则继承了普希金的遗产并进一步向拜伦学习,从而在俄国形成了"拜伦式诗体小说的传统"[2]。这说明:一种适合接受民族需要的外来文学,不仅会在该民族产生强烈

---

[1] 茅盾:《读〈呐喊〉》,载《文学周报》第91期(1923年10月)。
[2] 约瑟·夫·肖:《拜伦,俄语中拜伦浪漫诗体小说传统及莱蒙托夫的〈童僧〉》,载《印第安纳斯拉夫语研究》1956年第1卷,第165—190页。

155

的"滞后"作用,以至成为该民族文学传统的一部分,而且会诱导接受者在更加深广的程度上接受外来文学——促使其不只站在本民族文学的传统上,同时也站在世界文学的高峰上,进行既属于自己民族,又属于整个人类的文学创造。

1985 年 1 月初稿,1985 年 3 月改定

原载于 1985 年第 5 期《文学评论》

辑三

探寻民族灵魂的故乡

——读《刀兵过》兼与《白鹿原》比较

一

滕贞甫先生的长篇小说书名《刀兵过》①,一个散发着战火硝烟、寒光凌厉的名字。开始看到此书名,以为是写战争和战乱的作品,起码主要内容离不开剑拔弩张、兵戎相见、战火纷飞、兵荒马乱等等。然而,这部时间跨度从清朝末年到20世纪80年代初的作品,虽然对中国近百年历史所经历的各种重大事件,尤其是各种刀兵之灾都有或详或略的描写,但重点并不是写战争及战乱,而是表现乱世之中一个小村庄以坚强信念,恪守传统道义,顽强生存发展的故事。

---

① 《刀兵过》面世即引发关注:大型文学月刊《中国作家》2018年第4期首发,《长篇小说选刊》2018年第3期配发评论转载,人民文学出版社2018年8月推出42万多字的图书,2018年12月15日中国当代文学研究会和中国人民大学文艺思潮研究所联合在中国人民大学举行作品研讨会。

小说以王克笙、王鸣鹤父子为恢复祖姓而远迁关外为线索,通过他们在辽河湿地深处创建"九里"小村及其所经历的一次次"刀兵过",在呈现百年风云激荡历史和社会沧桑之变的同时,描绘各种刀兵之劫给百姓生活带来的灾难和痛楚,展示底层百姓应对各种劫难的生存智慧和道义追求,突出彰显中华优秀传统文化作为民族精神支撑的内在力量。小说及其人物尽管在近百年烽烟弥漫的战火中穿行,但镜头主要并非聚焦杀伐征战、枪林弹雨的战场,而只是以其为衬托和背景,把代表民族文化精魂的主人翁,放在刀光剑影的百年烽火中反复摔打和锤炼,从而凸显传统文化与传统乡贤对构建百姓民间信仰的独特作用及深刻影响。

这样,《刀兵过》书名与其实际所表达的主题,就存在不小的反差和错位。书名传达的意思偏向军事、武力、战争;而作品的主题则贴近仁爱、道义、教化。在中国人民大学 2018 年 12 月 15 日举行的作品研讨会上,围绕书名就有两种不同意见:有的学者认为名称与主题不够吻合,如改一下可能更好;也有学者认为这名称意蕴丰富,根本不用改。① 我认同后者的看法,以为此书名虽然不够直截了当、清澈见底,却颇多弦外之音和韵外之旨,隐含着较强的反思意味。它着重表达刀兵"过时"和"过后"对九里村的伤害及影响,强调九里人对付兵灾战祸的应对之策和生存之道。一个"过"字,既能在"现在时"意义上理解,表示经过、遭遇之意;也能在"过去时"意义上解读,表示过去、过往之意。不论是一次次刀兵过时或过后,九里人始终挺直腰杆,以积极态度机智勇敢地面对生活的磨难。刀兵过的动态性、反复性和残酷

---

① 贺绍俊:《在叙述中传递中庸之美——读老滕的长篇小说〈刀兵过〉》第二部分"从过刀兵到刀兵过",载《小说评论》2018 年第 2 期。

性,从未使静处一隅的九里村改变由传统文化浇铸的人生信仰和处世之道。作者想要探寻和告诉人们的,就是九里人能够"踏平坎坷成大道"的心理动能,或者说他们的人生信仰和处世之道究竟是什么?

"其实,中国几千年的历史,就是过刀兵的历史,翻开二十四史,间或总能嗅出血腥气。但中华文化顽强地延续至今,历经磨难而不改,最重要的是中华文化的基因深植于民间,尤其是广大的乡村。"①这是小说作者"创作谈"里一句开人眼界的话。它让人想起"礼失而求诸野"的古训,更让人觉得作者似乎还有一个野心,就是发挥文学以形象表现生活的特点,借《刀兵过》这个"小村庄"来反映"大社会",以"小村庄"的岁月刻痕来映照"大社会"的时代变迁,从而形象地阐释和揭示中华民族跨越千难万险而走到今天,历久弥新的奥秘究竟何在。

二

作为以一个村庄为基点反映近现代历史的长篇小说,《刀兵过》与新时期以来同类作品比较,有一重要不同之处,就是在如何看待传统文化上别具只眼。

《白鹿原》《古船》等均系新时期以来长篇小说的名篇,对传统文化虽然一定程度上怀有留念之情,但更多持惋惜、贬责、否定、批判的态度。在《白鹿原》里,众多鲜活生命在传统礼教压抑和摧残下扭曲、凋谢、被荼毒,如田小娥之死、白孝文的堕落、黑娃的出走等等,构成黄土高原上让人唏嘘不已的惨烈景观。尽管陈忠实对白嘉轩身上所体现的传统文化人格魅力不乏敬意和赞叹,但对整个传统文化特别是传

---

① 老藤:《久违的乡贤》,《长篇小说选刊》2018年第3期。

统礼教在现代的命运,则无疑沉吟着不可避免走向式微、衰落乃至崩溃的讣告和悼词。《白鹿原》的成功,除了其中交织着复杂的政治、经济、党派、家族等冲突外,贯穿始终更深沉更本质的主线,毋宁说是现代文化与传统文化的冲突以及由这种冲突而激发的人性冲突——天理与人欲、礼教与人性的冲突。这是该书最扣人心弦的旋律,而这旋律的一个重要声部,就是对传统文化发出"无可奈何花落去"的哀鸣。

《刀兵过》与此截然不同,通篇可谓充盈着对传统文化的体认、感悟、欣赏和赞美。小说主人翁王克笙、王鸣鹤父子出身中医世家,秉承先人"只做良医,不做良相"的家训,迁徙到辽河口一片景色奇异的绿苇红滩后,带领飘零此地的几户流民,一面建"酪奴堂",坐诊行医治病救人;一面盖"三圣祠",立乡规民约教化村民。如果说建"酪奴堂",是发挥王氏父子职业所长,以医者仁心普济众生;那么盖"三圣祠",则是王氏作为九里的乡绅,为新建之邑树立"礼义廉耻国之四维"。历经百年栉风沐雨,从土匪响马到清兵、从俄国老毛子到日本侵略者等,弹丸之地九里村经历十数次腥风血雨的刀兵劫难,却凭借坚忍执着的生存意志、崇德向善的村规民俗、敬天法祖的内心信仰,迈过一次次艰难险阻而顽强地繁衍生息,由最初的几户人家逐步扩展为一百多户远近闻名的仁义之村。

支撑九里人"渡尽劫波今犹在"的力量,主要是王氏父子身上所承载和散发的儒释道文化的强大感染力,亦即小说中多次提到的君子人格的魅力。[①] 这种人格的形成及内涵,王氏先人的祖训解释道:

[①] 关于君子文化与传统文化的关系,参见拙文《君子文化与社会主义核心价值观》,载《光明日报》2014年6月13日,又见《新华文摘》2014年第19期;《君子文化在传统文化中的地位和影响》,载《学术界》2017年第1期;《君子文化的传统魅力与当代张力》,载《光明日报》2018年4月3日;《君子文化浸润中国人的日常生活》,载《光明日报》2018年11月20日,又见《学习活页文选》2018年第53期等。

> 人无信仰,犹长夜无灯,不能夜行。孔子为儒,儒家讲心、性、命;药王是道,道家讲精、气、神;达摩乃释,释家讲戒、定、慧。三教虽殊,同归于善,参透此道,遂成君子。

这种人生信仰,使王克笙在九里村建起的"三圣祠",供奉着儒家孔子、药王孙思邈和佛教祖师达摩三位圣人的画像。如果说,孔子所代表的儒家更多主张修身和担当;那么,药王孙思邈所代表的道家则更多强调素朴和至诚;而达摩所代表的释家乃更多宣扬慈悲和行善。在这里,"三教虽殊,同归于善,参透此道,遂成君子",正是博大精深的中华文化经过删繁就简和淘洗沉淀后,转化为民间信仰或者说百姓观念的简要概括。因此在小说中,荟萃儒道释文化的"三圣祠"成为九里的一方神圣之地:九里有什么大事,几位主事的户主总要到"三圣祠"里商量;哪位村民遇到人生中难以跨过的坎儿,也要到"三圣祠"里祈福定夺;甚至有的土匪、兵痞及日本侵略者,进了"三圣祠"也礼让三分,乃至顶礼膜拜。"兵匪祸乱九里,也炼就了九里,九里能存于乱世,逢凶化吉,因为有'三圣祠',有不倒的主心骨。"小说中的这句话,是对儒道释民间信仰功能的恰当概括。"三圣祠"所张扬的世道人心,不仅使王氏父子义无反顾地担负起建设九里、护佑乡亲的职责和义务,也使九里乡民自觉或不自觉地踏上道德自我约束的向上向善之路。正如姚大下巴所说:"用三圣之道凝聚人心,教化村民,日积月累,九里便成了街坊和睦相处、奉信守约的礼仪之乡。"

作品以一个个鲜活的人物形象和一系列乡风民俗的生动描写,如王氏父子仁义宽厚的乡贤形象或者说君子风范,对九里原住民粗野蛮俗乡风的感化和提升,对绿林土匪鬼蜡烛、野龙等的收编和驯服,甚至促使日本侵略者山田阴险狡诈的性情也发生改变等等,令人信服地表现了以"三圣祠"为标识符号的中华传统文化,在成风化人、聚合人心、铸造国民性格,乃至泽被四夷方面不可小觑的作用。

三

为什么同样写传统文化,并且是同一时代、同为乡村社会的传统文化,《刀兵过》与《白鹿原》比较,两者所展示的景象及所持态度大异其趣?

《白鹿原》与《刀兵过》故事跨越的时间段大体重合,从清朝末年到新中国成立之初的半个多世纪是两者落墨的重点[①];故事发生的地点大体也属同一类型,即都是偏处一方的社会基层乡村。所不同的是,这两个村庄的历史、底蕴、结构,尤其是生活其中的人物及其治理方式等颇有差异,某些方面甚至可说北辙南辕。正是存在这些泾渭分明的差别,使传统文化在白鹿原与九里村呈现不同的内涵和面貌成为可能,而将这"可能"变成"现实"的,当然源于两位作家对传统文化的不同体悟和认识。

白鹿原,伫立在关中大地上的一个古老村落。关中平原不仅是华夏文明的重要发祥地,而且其核心城市西安(古称长安)先后有13个王朝在此建都,承载着中华民族的历史荣耀和厚重记忆。陈忠实笔下

---

① 公开面世的《刀兵过》有两个版本,一是人民文学出版社2018年8月的同名图书,结尾时间写到新中国成立之初,即20世纪50年代;二是大型文学月刊《中国作家》刊发的同名作品(压缩本),收尾时间写到改革开放之初,即20世纪80年代。《长篇小说选刊》选载的是《中国作家》刊发的版本。

的白鹿原,就是西安东郊的同名古原,①至少在宋朝年间,这里已耸立一座悬挂由皇帝"御笔亲题'四吕庵'匾额于门首"的白鹿书院,可见白鹿村岁月悠久,文化底蕴深厚。

九里村,一个在辽河湿地深处悄然出现的小村庄,它坐落在沟汊纵横、芦苇遍野、三面环海、一面临河的独头滩上,虽为一片人烟稀少的荒凉之地,却是零散渔民出海靠岸的必经之途。这片几乎未经开发的荒野苇滩,缺少人文教化和文化传统的积淀,自然没有旧框框的束缚和沉重的历史包袱。王克笙与几户流民在此结伴而居,仿佛在一张白纸上描绘新的图画,因而呈现出别样的风景。

在《白鹿原》和《刀兵过》里,都有一部用来教育和规范村民言行的《乡约》,但两者的内涵和作用颇为不同。《白鹿原》中的《乡约》除了德业相劝、过失相规、礼俗相交等内容外,还规定了违约的处罚条例,"包括罚跪、罚款、罚粮以及鞭抽板打"等。在《刀兵过》里,《九里村约》几乎都是仁义礼智信等扬善的意蕴,并无任何惩戒条款,只是另以一本《酩奴堂记略》,"同时设《彰善》《记过》两簿,用于劝善黜恶"。与此相对应的是,白鹿原上的祠堂,既是传统文化观念和宗族制度的代表性建筑,更是族长白嘉轩及村长鹿子霖维护家族礼义和社会秩序的执法之所。其中既有仁义道德的善良和呵护,也有顽固守旧的落后与愚昧;既有传统礼教的秩序和威严,也有宗法制度的冷酷与无情。而九里村的"三圣祠",则主要渲染和张扬以仁义善良为核心的传统儒

---

① 陈忠实说:"西安东郊确实有一道原叫白鹿原,这道原东西长七八十华里,南北宽四五十华里,北面坡下有一道灞河,西部原坡下也有一条河叫渭河,这两条河水围绕着也滋润着这道古原,所以我写的《白鹿原》里就有一条滋水和润河。"见陈忠实:《关于〈白鹿原〉与李星对话》,载《小说选刊》1993年第3期。

道释文化思想,摈弃淘汰或者说绝少沾染传统礼教和宗法文化的污渍与积垢,因而在"三圣祠"里更多洋溢和释放着仁爱、忠义、宽厚、互助等感人温情。

白鹿原上的祠堂,除了具有祭祖、议事、学堂等功能外,很多时候也是执行家法族规的公堂。从处罚被怀疑偷拿货郎零钱的几个孩子,到当众用干枣刺抽打几个好赌之徒;从严惩狗蛋和田小娥一对"狗男女",到白孝文被族人每人一鞭打得遍体鳞伤……祠堂发挥扬善惩恶、惩前毖后作用的同时,也往往在履行《乡约》冠冕堂皇的名义下,把传统礼教推上了违反人性的审判台,甚至成为维护和贩卖虚伪、阴谋、残忍的场所。如狗蛋和田小娥的倒霉,缘于鹿子霖和田小娥奸情被发现而设计陷害狗蛋,结果田小娥与狗蛋被抓到祠堂受尽侮辱和毒打,以至狗蛋几天后命归西天,而真正应该受到惩罚的鹿子霖却道貌岸然地惩罚起不该受罚的替罪羊。白鹿原祠堂的每一条地缝中,都渗透着冤屈者的鲜血。类似这样的悲剧,在九里村的三圣祠里从来没有发生过。三圣祠的门槛唯一一次沾染死伤者的鲜血,是韩芦生、马连顺为护卫"三圣祠"免遭焚烧,惨遭老西凤手下土匪的毒手。

四

《白鹿原》与《刀兵过》产生上述差异,当然主要源于两位作家对传统文化在现当代的意义和作用,有着不同的认识和理解。在陈忠实看来,"我切实感知到一种太过腐朽太过厚积的封建尘埃淤塞了中国人的心理,这对我解构白鹿原人的文化心理结构形态提供了一个大的背景"。①而《白鹿原》的任务,就是揭橥这种"封建尘埃淤塞"的状况和青年人冲决"淤塞"的抗争及追求,"画出这个民族的灵魂"②。滕贞甫不同,他在前些年出版的《谈古求今说儒学》专著中认为:以儒学为主干的中国传统文化是"一种对人类发展极其有益的文化思想",对今天改善社会风气具有重要作用,"我们应该大胆地让儒学思想重新回到我们生活当中"③。他在"创作谈"里明确表示:写作《刀兵过》的目的,"就是通过塑造一个具有家国情怀的乡贤,让读者去触摸、体验和感悟传统文化,尤其是儒家文化的如玉之身"④。

《刀兵过》之所以让皖南新安医学传人王克笙一路远走高飞,从气候温和的关内走到寒冷异常的关外,跨过一个个人烟稠密的集市来到空旷冷寂的辽河海口,最后在一片碱地苇滩落户发展,就是要让主人翁摆脱已经被扭曲和污染的社会环境,将象征传统文化的人格形象放在一片不谙世故、纯朴无邪之地生活、成长。这不仅可以检视"三圣之道"即传统儒道释元典本意的生命力和感召力,更为王克笙、王鸣鹤父子弘扬君子之道营构了免受或少受干扰的生存环境。韩芦生、姚老

---

① 陈忠实:《寻找属于自己的句子》(《白鹿原》创作手记),上海文艺出版社2009年版,第86页。

② 陈忠实:《关于〈白鹿原〉与李星对话》,《小说选刊》1993年第3期。

③ 滕贞甫曾提出:"如果不是出于政治因素,而是从对历史负责的立场出发,我们应该大胆地让儒学思想重新回到我们生活当中,让孔孟之道重新登上大雅之堂。笔者之所以这样来呼唤孔孟之道,是因为我们在完全背离孔孟之道之后,我们的社会遇到了许许多多的问题,而这些问题的解决又缺乏一种让社会信服的理论根据。"见滕贞甫:《谈古求今说儒学》,安徽文艺出版社2015年版,第337页。

④ 滕贞甫:《久违的乡贤》(《刀兵过》创作谈),《长篇小说选刊》2018年第3期,第201页。

七、姜得水、马连顺四户原住民,虽然之乎者也的《九里村约》对他们来说恍若天书,但王克笙一一做了解释后,四人无不"相互点头,啧啧称赞",即充分显示了传统文化菁华"如玉之身"的纯朴之美和动人魅力。

当然,作为辽宁作家,滕贞甫把主人翁的活动天地放在辽河湿地深处的绿苇红滩,不排除挖掘和展示家乡地域历史与自然风光的目的;他让九里村不仅远离繁华热闹的城市,而且远离市井和乡间,也不排除以陌生奇异的生存环境满足读者好奇心,增加作品传奇色彩的动机;同时,设置偏僻闭塞、艰苦简朴的生活空间,还有利于培育和考验人的生存意志与人格力量,多侧面地塑造人物形象。尽管这些可能都是作者把王氏父子及其所创立的九里村,安放在地老天荒般芦苇碱滩的理由,但我们以为,这些理由又都是为着增强而不是削弱表达主题服务的。通过塑造生动感人、几乎被文学史遗忘的关外乡贤形象,让读者触摸、体悟传统文化的如玉之身和君子人格的内蕴之美,正是作者想要传达的审美主题。

《刀兵过》与《白鹿原》看待传统文化的歧异,不仅是传统文化在不同地域呈现不同形态的反映,更是时代发展和社会进步,让人们对传统文化有了不同的看法和解读。陈忠实的《白鹿原》1988年初开笔,1992年面世;滕贞甫的《刀兵过》约于2015年初动笔,[1]2018年发

---

[1] 《白鹿原》酝酿于1986年,1988年清明前后动笔,1992年完稿,首先由《当代》1992年第6期和1993年第1期连载,人民文学出版社1993年6月出版图书本。滕贞甫在《久违的乡贤》(《刀兵过》创作谈)中说:"三年前,我开始酝酿《刀兵过》的写作。"该创作谈写于2018年,故作品应于2015年动手写作,见《长篇小说选刊》2018年第3期,第201页。

表。这将近 30 年一代人的时差,应是造成两者对传统文化不同理解的浅显而又深刻的原因。

陈忠实写《白鹿原》时,人们对传统文化的看法,大体是五四文化激进主义思潮的延续,以为近一百多年来中国屡遭西方列强欺凌,积贫积弱的病根,源于以儒家思想为代表的传统文化落后于时代前进步伐,是民族振兴的拦路虎和绊脚石。因此,以鲁迅为先导的新文学传统,对传统文化多持揭露和批判态度。陈忠实坦露自己"写作《白鹿原》时的最真实的思绪"说:"缓慢的历史演进中,封建思绪封建文化封建道德衍生成为乡约族规家法民俗,渗透到每一个乡村每一个村庄每一个家族,渗透进一代又一代平民的血液,形成一方地域上的人的特有文化心理结构。"①一部《白鹿原》,可以说就是对这种"衍生"和"渗透"的剥茧抽丝和解剖透视。

滕贞甫写《刀兵过》时,中国改革开放经过艰难起步和反复摸索,已经驶上疾速前行和全面振兴的快车道,并以全球第二大经济体的体魄和英姿屹立于世界民族之林。中华民族的崛起和复兴,不仅在社会各阶层唤醒和激发出广泛而深沉的文化自信,也使赓续和弘扬传统文化成为新的社会热点和集体共识。2017 年 1 月,中央办公厅、国务院办公厅下发《关于实施中华优秀传统文化传承发展工程的意见》,更是从国家政策层面推动传统文化在社会各方面落地生根的有力举措。滕贞甫原本对传统文化青睐有加,时代发展引发的观念转变,滋养和增强了他以文学的形式表现传统文化的愿望。正如他在"创作谈"中所说:"一段时期内,我们忽略了乡贤的作用,也几乎中断了这种传承。

---

① 陈忠实:《寻找属于自己的句子》(《白鹿原》创作手记),上海文艺出版社 2009 年版,第 16—17 页。

好在新时代的今天,新乡贤正呼之欲出,尽管他们还没有成为大树,但至少有了破土的嫩芽,我们有足够的理由对他们的成长充满期待。"①

五

《刀兵过》对中国近现代社会历史的深切反思,不仅反映在对传统文化价值的挖掘和揭示上,还体现在对"刀兵过"即战争意义的理解和诠释里。小说所写九里村近百年来的遭际和变迁,多半是中国内忧外患频仍、兵灾战祸连绵时期。大量反映这一历史时段的长篇小说,在表现战争和革命给中国社会带来翻天覆地变化的同时,却多少有些忽略一次次战争及阶级斗争撕裂社会伤口带来的痛苦及造成感染的危害,特别是给无辜受牵连的民众带来无法挽救的不幸和损失。老子《道德经》有言:"兵者不祥之器,非君子之器,不得已而用之,恬淡为上,胜而不美。"作者对一次次刀兵过的描写,显然吸收和秉持老子视战争为"不祥之器""胜而不美"的思想,超越简单将近现代历史看作政治斗争史或轻易为人物贴标签分孰是孰非的观念,更多以博大的胸怀和底层百姓的视角,刻画政治斗争的反复无常与殃及无辜,刻画血腥杀戮的残忍与罪孽,哪怕似乎是有一定理由的怨恨与杀害。

小说写庚子事变中的蓝坛主两次经过九里村:第一次作为率领七八十人队伍的义和团首领,打着扶清灭洋的旗号要去锦州烧洋人的教堂,在九里村酒足饭饱住了一夜后离开;仅过去几个月,蓝坛主再次路过九里,已是被几个俄国军人五花大绑押着的罪犯。原来他的队伍烧

---

① 滕贞甫:《久违的乡贤》(《刀兵过》创作谈),《长篇小说选刊》2018 年第 3 期,第 202 页。

了锦州基督教堂,发展势头风起云涌,慈禧太后突然在朝廷变脸,义和团由扶清灭洋的"义士",一下变成被大力剿杀的"拳匪",蓝坛主也由朝廷交给占领营口的沙俄兵惩罚。他被绑在老榆树上大呼"朝廷负我",在被押往营口正法的路上,走出九里村进入红海滩后自刎而亡。作品写其慷慨就义时的情景:"他本来可以杀掉一两个老毛子,他最终选择了自杀,也许是怕老毛子的枪声惊扰了九里的百姓。"字里行间浸透着对政治翻云覆雨的感慨,以及对兵灾战祸的厌倦和唾弃。

作品所写诸多刀兵过,绝不铺陈拼杀之勇或战功之伟,而是对世事沧桑、人生难料、生不逢时、事与愿违等种种境况着意点染,充满人生的无奈和喟叹。如奉字巡防营的关督队,出身官宦世家,少年便读书习武,立下封侯壮志。他率领二十人的巡逻队来到九里,在三圣祠见到孔子塑像时竟两膝跪地,忍住抽泣,双手合十说:

> 圣人在上,请受学生一拜。学生始终不忘家国情怀,立志精忠报国。如今宣统皇帝退位,朝将不朝,国亦不国,学生惶惑如丧家之犬不知依附何处。学生深知,大厦将倾,非一木可支,杀身成仁前有楷模,苟且偷生后有镜鉴,只可叹扶清有违汤汤之势,背清难做铮铮忠臣,学生不知何去何从啊!

关督队最终留下一把祖传朴刀和一件狐皮大氅,在万柳塘墓地杀身成仁,以死报效前朝。一次次刀兵过为九里留下的,既有家破人亡的惨剧,也有忠肝义胆的高歌;既有历经艰险的磨难,也有仁爱节操的传扬,表达了民众厌恶社会动荡,渴望安宁生活的愿望。

九里人的圣殿"三圣祠"在一茬茬真刀实枪的刀兵过中巍然屹立,却被唯一一次没有刀枪器械的队伍摧毁了,这是"文革"浩劫中一群中学生红卫兵把它作为"四旧"打砸扫除的结果。然而,当王鸣鹤得知鬼蜡烛在桥上做手脚导致革命小将林波落水而亡时,仍强忍怒火,责令鬼蜡烛夜里为其守坟忏悔。不论是鬼蜡烛报复损毁"三圣祠"的领队女学生,还是王鸣鹤不计前嫌将落水罹难者安葬在万柳塘等,都表明"三圣祠"虽毁于一旦,但没有毁掉"三圣"在九里人心中的位置,更没能毁掉仁义、宽恕、隐忍、畏天命等精神信念。诸如此类以德报怨和宽宏待人的事迹在小说中再三出现,如王鸣鹤作为医生,眼里只有是否为病人之分,而对好人坏人乃至国别界限相对模糊,他救治过土匪也救治过国民党警察局长尉黑子,救治过共产党的县委书记戚老板也救治过日本军官等。这样的医者仁心,"三圣祠"供奉的药王孙思邈早有教诲,他在《千金要方》中说:"若有疾厄来求救者,不得问其贵贱贫富,怨亲善友,华夷智愚,普同一等,皆如至亲之想。不得瞻前顾后,虑吉凶,护惜身命。"而王鸣鹤的所作所为既是对传统"医者仁心"的践行和弘扬,更表露了作者否定战争、祈愿和平的博爱情怀。

六

　　塑造典型形象,这是任何小说家创作都应重视的要害之处,也是《刀兵过》作者的用心所在。这部长篇表面写的是近百年来频繁的社会变动,以及九里人以顺应或抗拒的方式适应变动的过程,但作者真正的目的,却是透过变幻莫测的时代风云,洞悉"乱云飞渡仍从容"的文化人格力量。一个饱含历史文化底蕴的人格形象,仿佛一束探照灯强光,照射进民族文化传统的幽深殿堂,可以让其中孕育和保存的人伦精神、思维方式、道德观念、生活态度等,尽显其形态和质地并绽放夺目光彩。

探寻民族灵魂的故乡

小说主角王克笙、王鸣鹤父子,作为擅长以砭石和银针妙手回春的中医世家传人,虽然同为九里的乡绅和医生,虽然都有共同的人生信仰和君子风范,但两人的性格特点和行事风格颇有差异。如果说,王克笙性格刚毅诚笃,仿佛一块宁为玉碎的砭石,那么,王鸣鹤则多了变通和隐忍的智慧,犹如一根能屈能伸的银针。中国传统文化的真谛在于刚柔相济、中庸之道:在主张自强不息、刚健有为的同时,强调厚德载物、上善若水;在赞美铮铮铁骨、宁折不弯的同时,推崇以柔克刚、能进能退;在称颂战无不胜、百战不殆的同时,更佩服和欣赏"不战而屈人之兵",认为此乃用兵的最高境界,"善之善者也"[①]。王氏父子的祖训"牌匾不鎏金,砭石与银针。子孙永相继,柔弱立乾坤",以及他们面对一次次刀兵过的作为,可以说从不同侧面把中华传统文化的奥妙演绎得酣畅淋漓、异彩纷呈。

日本关东军占领东三省,铁蹄踏上九里的碱滩。对待这次最为严酷、持续时间最长的刀兵过,王鸣鹤忍辱负重与敌人周旋,尽显中国人的气节风骨和智慧神采。他一面为村民定下"御倭九戒",坚守民族大义:"国破山河在,黎民忠故国,三省负铁骑,九里焉能免?淫威之下,九里父老虽为尘中埃,泥中沙,却不能随波逐流,与倭寇合污,应有莲之操守,学伯叔而耻周粟……";一面"含垢让步"对付狡诈歹毒的黑木,表面答应设立霍乱病研究基地并提供治疗记录,以保全九里村不被关东军惨无人道地烧杀掳掠;一面又寻机反击,设计举行庆贺酩奴堂落成60年皮影戏堂会,在洗白"九里村民绝无作案可能"的前提下,安排野龙和鬼蜡烛杀死侵占玉虚观的几个日本开拓团武装成员。王鸣鹤上演的这一幕幕表面顺从、暗中抵抗的连环剧,有胆有识、有勇有

[①]《孙子兵法·谋攻篇》。

谋,以柔弱胜刚强,尽显君子人格的风骨、勇毅和智慧,深得中华文化的精髓和玄妙之处。

《刀兵过》贯穿始终的矛盾,是王氏父子与一次次刀兵过的相遇和冲突,尤其是与日本侵略者的相持与抗争。《白鹿原》贯穿始终的矛盾,是围绕白鹿原统治地位的纠缠与争夺,特别是白、鹿两家的争风吃醋和龙争虎斗。两部作品主角的对手不同,也使主角的作为乃至人格显示出不同的意义。尽管白嘉轩身上较多体现自励、仁民、爱物、慎独的君子品格,与鹿子霖贪婪、自私、阴险、淫荡的小人人格对比高下立见;尽管白嘉轩作为族长具有凛然正气和道德感召力,在江河日下人心不古的古原上堪称凤毛麟角鹤立鸡群,但真正横行白鹿原的,还是鹿子霖、田福贤们的敲诈勒索和巧取豪夺,包括他们对世道人心的败坏和亵渎,以致白嘉轩有时也要用尔虞我诈的办法与其对峙和抗衡。这不仅加重了白嘉轩形象的悲剧性,也使其形象蒙上一层沉郁灰暗的色调。王氏父子不同,其对手主要是一波波不期而至的刀兵,特别是王鸣鹤对付相持时间最长的日本侵略者,他秉持的原则、使用的手段,包括所耍的计谋等,均在民族大义光环的笼罩下,在对手阴鸷、奸诈、残忍嘴脸的映衬中,越发显得难能可贵,熠熠生辉。

塑造典型人物,不仅需要将其放在恰当的典型环境中活动,还要挑选和写好与其比拼、冲突的对手,正如体育比赛的精彩程度往往与竞赛对手的实力和发挥密切相关一样。

七

作为一部着意发掘传统正面人格,展现传统文化价值的作品,《刀兵过》塑造的人物中,不仅王克笙、王鸣鹤父子的形象极富艺术感染力和文化内涵,其他如塔溪道姑、止玉姑娘,鬼蜡烛、野龙,尉黑子、戚书记,以及黑木、山田等,均各具特点,颇有可圈可点之处。

塔溪道姑、止玉姑娘师徒俩,同为玉虚观里羞花闭月的女道士,前者料事如神,堪比世事洞明的得道高僧;后者冰清玉洁,宛若不食烟火的下凡天女。在某种意义上,这两位女道士可谓王氏父子精神和情感双重寄托的对象。王克笙远奔关外,在绿苇红滩落脚生根,缘于塔溪"水泊之上燎原火,天求辽阔地求宁"犹如神示般扶乩文字的指引;九里村危急关头发现躲避刀兵的福地鸽子洞,也得益于塔溪一语道破天机。王鸣鹤终生未娶,止玉对他有着深入骨髓的爱,却恪守出家人高标清逸的品性,发乎情止于礼,将真情化为心心相印的体贴和抚慰、依道而行的陪伴和提醒。塔溪、止玉这两个女道姑,集美貌、情义、才智于一身,又淡泊退隐、高蹈飘逸,半人半仙,乃至未卜先知,让人感觉不够接地气、缺乏人间烟火气,或者说写得太虚无缥缈了,难免发出"此曲只应天上有,人间能得几回闻"的询问和质疑。

问题不在于能不能这样写,而在于作者为什么要这样写。用浪漫笔调"神化"人物不仅是作者的权利,也是文学艺术塑造人物、表达思想的一种重要方法。作为一部以写实手法为主调的作品,小说为什么要将两位女道士理想化呢?作者可能预料到会有人非议,他在创作谈中解释说:

> 《刀兵过》中写了两位国色天香的女道士——塔溪和止玉,两个人物的出现更多地是象征意义。对于循道而行的王克笙、王鸣鹤父子来说,两位女道士就是道的化身。历史上的乡贤大都与村镇周边的寺庙有些联系,九里之所以叫九里,正是碱滩到玉虚观的距离。王克笙在取这个村名的时候,已经把九里与这座安置灵

魂的道观联系到了一起。①

原来,作者写两位女道士宛如天仙,从外形到内心都让人一见倾心,就是要以浆洗得干干净净并保持一尘不染的素洁道袍,超拔于纷扰嘈杂和沙尘飞扬的世俗生活,表达一种崇道、弘道的愿望和情怀。至于作品所写九里名称的由来及其与道观及两位女道士的联系,则多少让人意识或联想到解决精神信仰、安置灵魂的重要。

如果说,作者雕塑两位女道士的形象仿佛在现实生活杂草丛生的大地上线放飞风筝,更多属于仰望星空的精神求索,那么他镂刻鬼蜡烛、野龙等土匪形象,则不啻在乱世迷途泥沼中架起回头是岸的桥梁,更多彰显出人间正道的无穷魅力。鬼蜡烛、野龙作为金盆洗手的绿林响马,前者原是匪首郭瞎子的小跟班,郭死后被王鸣鹤收留,成为九里村忠心耿耿的放风人;后者是苇地里独来独往的劫道土匪,帮助王鸣鹤歼灭侵占玉虚观的日本鬼子后幡然悔悟,成为浪子回头金不换的出家之人。鬼蜡烛、野龙虽然都改邪归正,但前者野性未消,为九里站岗放哨时常有豪侠义士之壮举;后者立地成佛,在玉虚观洗心革面成为受人尊敬的火居道士。野龙决心脱胎换骨,来到酩奴堂"把后腔上那串飞刀往桌上一拍",向王鸣鹤反省说:

> 我过去杀人越货,别人拿我当恶魔,我为九里做了点微不足道的小事,九里把我当佛供,我就是劫再多的钱财,也换不来这由鬼到佛的变化啊。我发誓以后不当胡子了,请先生收留我。

---

① 滕贞甫:《久违的乡贤》(《刀兵过》创作谈),《长篇小说选刊》2018 年第 3 期,第 202 页。

探寻民族灵魂的故乡

一个惯匪迷途知返,发生"由鬼到佛"的转变,表面看来缘于王鸣鹤提供的契机,实质却是九里作为弘扬传统文化的仁义之村,具有"桃李不言,下自成蹊"的向心力和感召力。只是野龙更名止虚一心向善之后,苇地解放时有人认出道士止虚就是当年的土匪野龙,尽管王鸣鹤竭力为其解脱,最终还是被毫不留情地公审执行死刑,让人不胜惋惜和感慨。

作者笔下的其他人物,也与现当代文学中已有形象拉开距离,写得新鲜而有个性,即使职业和性情相近的人物也各具不同面目。黑木、山田、高附、川崎等日本侵略者,绝少以往有些作品简单化、概念化、脸谱化倾向,而是依据辽南苇地环境和九里酩奴堂主人的特点,写出这批关东军之所以这样或那样行动的内在逻辑。黑木、山田同为日本军官,前者狡黠狠毒,与王鸣鹤称兄道弟的热情里饱含威逼利诱,笑面虎的外表下制造多少惨绝人寰的人间噩梦;后者精明阴沉,窥探酩奴堂治疗霍乱病药方绵里藏针,冷酷无情的举止背后仍有些许未泯灭的人性和温情。还有以开书店作掩护的共产党书记戚老板、伪满时期洼里城的警察局长尉黑子,前者信仰坚定意志顽强,后者奸猾之极八面玲珑,但这对多年暗箭明枪争斗不止的冤家对头,最终却在追捕与反追捕中双双落入粪池而殒身。让人唏嘘的是,戚书记忠于职守英勇追捕,只算死于非命,尉黑子毁容更名混入部队养猪被追捕,竟反而被追认为烈士——世事无常、是非颠倒如此,固然有一定的偶然性,却难免给人"百年世事不胜悲"的荒诞空寂之憾。

177

八

《刀兵过》的艺术成就,除了人物形象塑造不落俗套外,作品的语言艺术及其所散发的淳厚文化韵味,也是不可忽略的闪光亮点。作者原本对传统文化下过一番功夫,有《儒学笔记》和《谈古求今说儒学》等专著面世。厚实的学问根柢、丰富的人生历练,以及对语言艺术的孜孜以求,使这部作品的人文内涵和艺术品位,不是那种故弄玄虚外贴上去的"文化相",而是从骨子里透溢出来非常内在的品位和风韵,大有"石蕴玉而山辉,水怀珠而川媚"的气象。

小说是语言的艺术。现代小说的叙述语言早已跨越描写、抒情、叙事、对话等等的分野,而多半是把诸多表现手法荟萃一炉、熔化到富有情感和节奏的叙述当中。总体看,《刀兵过》的文笔既严整细密,又摇曳多姿;既素雅洁净,又瑰丽恢宏,既飘逸着生活泥土的芬芳,又凝聚着作家琢磨推敲的匠心。作品叙事既晓畅好读,又凝练优雅;既有白话的清新,又有文言的蕴藉,具有准确妥帖、生动传神的风采。且看下面这段在小说中信手拈来的文字:

> 从洼里城连夜赶回九里,东方的苇地已经被朝霞染红。以往,王鸣鹤看到这朝霞都会和红海滩联系起来,感觉这是世界上最美的颜色,他甚至还想,应该把朝阳比喻成一位擅长用朱笔绘画的大画师,随便挥洒几下,这辽阔的苇地和平坦的海滩便红得熟透、红得醉人。但今天看到这苇地泛出的红,他却想到了一处处窝棚上腾起的火焰,想到了苇地里沟沟汊汊被鲜血染红的流水。

这是王鸣鹤从洼里警察局尉黑子处得到情报,日本鬼子已开拔对苇地扫荡,匆匆赶回九里的一段叙述。细察这段文字,其中既有过程交代,又有景物描写;既有情感抒发,又有心理刻画;它是线性的讲述和叙事,又是色块的渲染和写意;是主人翁的感觉和联想,又是富有寓意的形象和画面。在这里,人物、景物、情感等不仅融为一体,而且王鸣鹤对同一景色在"以往"和"今天"的不同感受,预示着苇地往日的平静美好和当下的形势危急,为情节下一步展开做了很好的铺垫,可谓极富话语弹性和叙事张力。

小说家的语言"还与道德有关系"。有的作品里尽是戏谑、调侃的语言,一看就知道这个作者不是很正经,身上有些邪气;有些作品语言很华丽、很会比喻,但是没有骨头,那作者可能比较聪明、灵巧,但也是比较轻佻的人;有些文章句子写得准确明白,但没有趣味、显得干瘪,那可能就是生活过得特别枯燥的人。"从语言能看出作家是宽仁还是尖酸,能看出这个人是君子还是小人。"[①]《刀兵过》的语言可以说很好地印证了这一点。作品虽然直面百年历史的烟云变幻,可着眼点并非揭露生活中的残暴、肮脏、淫秽、粗俗,而是着力写出危难中的善良、纯朴、勇毅和雅致,甚至不少对植物和景物的描写,都烙有清晰的道德印记:

> 蒲苇这种植物很像有洁癖的女人,水不清不生,土不肥不长,一旦它在某处生根开花,就如同出嫁的贞妇,从此坚定不移地生

[①] 贾平凹:《文学最后比的是人的能量》,《作家通讯》2018 年第 11 期,第 41 页。

息繁衍,与故土生生死死,不弃不离。

小说的故事背景发生在芦苇荡,自然免不了要对以往文学较少涉猎的芦苇形象和性格,进行揣摩、想象和创造。作者根据故事进展和叙述节奏的需要,从单株芦苇及其一花一叶,从一丛一片芦苇到广阔无垠的绿苇红滩,或精工细描,或泼墨濡染,时有让人称道的出彩之处。上面这段对蒲苇拟人化的描写,既深谙蒲苇的自然特性,又高扬坚贞不屈的人格精神;既通俗易懂、朗朗上口,又颇得汉语古朴有味、简洁典雅之精髓,堪称"发纤浓于简古,寄至味于淡泊",达到一种如出其口,而又出口成章、出口成艺的境界。

小说除了叙述语言有味道、有嚼头外,通篇散发的文化韵味也馨香扑鼻,如韶乐绕梁,让人难以忘怀。作品重点写到中医、茶道、蒲团、兔毫盏等,均积淀、承载着中华传统文化的丰厚意蕴和性格密码。王克笙、王鸣鹤父子毕生对医道孜孜以求,遐迩著闻的"神医"美名诠释了岐黄之术的博大精深和悬壶济世的无量功德,乃至日本人之所以未对九里进行屠戮,也缘于黑木对王家治疗霍乱秘方的觊觎。王氏父子嗜茶及传播茶道的点点滴滴,说明茶作为"饮中君子",具有"洁性不可污,为饮涤烦尘"的品性和引导村民"知礼达仪、纯化民风"的功效。而王鸣鹤每遇刀兵罹难无奈妥协后独自咀嚼祁门安茶的举动,则使他那褐色长衫下的瘦削身躯透溢出"苦涩心中咽,责任肩上担"的伟岸气象。蒲娘为改变当地人席地而坐的陋习,利用丰富蒲苇资源教妇女编蒲团、坐蒲团,从而使蒲团这一修行人坐禅和跪拜之物为九里移风易俗做出贡献。兔毫盏乃宋代建窑最具代表性的名贵茶具,因黑釉中均匀闪露出纤细柔长的兔毫而得名,获得塔溪道姑所送"这个心爱的茶盏后,王明鹤迷上了茶,进而迷上了《茶经》",还潜移默化地帮助他形成纯朴、优雅、坚毅的品格。诸如此类及其他旁逸斜出的动物、植物、器物、食物,如毛驴黑燕皮、村口老榆树、宋聘号普洱茶饼、芦花豆腐及苇地八大碗等等,经过作者饱蘸传统文化彩墨的生花妙笔勾勒点染,无不凝聚并散发着丰赡的知识信息和丰厚的人文内涵。

九

走笔至此,不得不回答和探讨一个根本性的问题,即作者所设计描绘的九里村在现实中有毛坯和原型吗?或者进一步问,九里在现实中有没有可能存在?毫无疑义,九里更多是作者心目中的理想世界,在现实中很难寻觅,也很难存在。滕贞甫在"创作谈"中说:"三年前,我开始酝酿《刀兵过》的写作,我以辽河口湿地那片被称为'南大荒'的芦苇荡为背景,壮观绮丽的绿苇红滩,一个乌托邦式的小村庄,上演着一幕幕过刀兵的人间悲喜剧。"[①]这再清楚不过地告诉我们,九里不是一个实有的存在,而是一个虚构的"乌托邦式的小村庄"。

文学作品反映和表现生活,有多种办法和多种途径。就新时期以来小说创作而言,包括陈忠实、贾平凹、莫言、韩少功等,基本都坚守现实主义立场,比较善于打捞、刻画、揭露、针砭生活中负面客观真实,具有较强的披露矛盾、批判现实的能力,这是完全必要且非常宝贵的。相对而言,作为人类精神的创造性产品,我们的小说创作比较缺乏对生活中正面因素、正面形象的塑造能力,缺少对正面价值、正面思想呼吁呐喊的声音。雷达曾一针见血地批评有些作家沉湎于负面生活的

---

① 滕贞甫:《久违的乡贤》(《刀兵过》创作谈),《长篇小说选刊》2018年第3期,第201页。

描写，如莫言的《檀香刑》对死亡、虐杀、屠戮的极致化表现，"有时情不自禁地为人类制造灾难的残暴而歌唱，这就足以见出我们的文化和文学精神力量的薄弱面"。他指出："阅读21世纪以来的长篇小说，与阅读整个当代中国文学作品情形相似，有一个缺憾始终萦绕在心头，那就是，与世界上不少国家民族的优秀作品相比，中国的长篇小说或扩大为整个文学，比较缺乏正面造就人的能力，比较缺乏超越现象界的内在的精神能力。"[①]

《刀兵过》就是通过塑造具有正面积极意义的久违了的乡贤形象，[②]通过描绘九里作为"仁义之村"的一方乐土，在回眸和反思历史客观进程得与失的同时，向我们展示一代乡贤和君子人格的魅力，展示传统伦理道德对于营建良好社会风尚，维护社会行稳致远的作用。如果说，《白鹿原》主要是用直面人生的犁铧深翻旧有社会历史文化的板结土壤，检视其的复杂结构成分及对社会良性发展的影响，那么，《刀兵过》则偏向在一片荒寂的土地上重新覆盖厚厚一层优秀传统文化的沃土，形成如王克笙所说的"重经济但不唯钱财，遵道德而尚礼仪，不求出财主，但求多仁人"的祥瑞生息之地。在这里，如果说《白鹿原》比较贴近现实主义，更多注重对现实的检视和批判，注重挖掘人性

[①] 雷达：《长篇小说是否遭遇瓶颈——谈新世纪长篇小说的精神能力问题》，见雷达《重建文学的审美精神（下卷）》，北京师范大学出版社2010年版，第166—168页。

[②] 笔者对乡贤文化及乡贤形象为什么"久违"的原因做过探讨，参见钱念孙：《乡贤文化为什么离我们渐行渐远》，载《学术界》2016年第3期，又见《新华文摘》2016年第13期，《群言》2016年第4期。

压抑和扭曲的深层原因,①那么《刀兵过》则在否定兵连祸结,涂炭生民的同时,比较靠近理想主义(浪漫主义),更多致力于对九里的建设和完善,致力于呈现君子人格和乡贤形象的优美身姿与深厚内蕴。

放眼世界文学,《刀兵过》很容易让人想到法国作家阿尔贝·加缪的名作《鼠疫》。当北非一个叫奥兰的城市突发无药可治的鼠疫时,为防止猖獗鼠疫向外传染,人们不得不把所有城门封闭,城中人被彻底孤立囚禁,陷入焦虑、恐怖、绝望的挣扎之中。可是,奥兰城虽然堕入走投无路的绝境,虽然也有人无耻诿过、贪婪欺诈等等,尽管写这些容易引起惊心动魄牵肠挂肚的阅读效果,但作品的主脉并没有放在对罪恶肆虐的描写上,而是酣畅淋漓地表现以里厄医生为代表的一批人在荒谬中奋起反抗、在绝望中坚持道义,以"知其不可而为之"的大无畏精神英勇抗争并度过灾难的故事。加缪笔下的奥兰城和突如其来的猖狂鼠疫,无疑是天马行空想象、虚构的产物,但作品所展开的在社会失控和集体沉沦阴森环境中坚守善良与正义的画卷,却是对德国法西斯占领法国及欧洲情景的传神写照。想象虚构并没有降低和损害,而是提升和增加了《鼠疫》的思想与艺术价值。我觉得,对于《刀兵过》精心营造的世外桃源般的九里村及其中活动的人物,似也应作如此观。

虚拟的故事、环境和人物,如何变得真实可信?关键在于作者认真推敲每一个细节、情节和表述,以完整逻辑和缜密写实征服读者,使你像经历一次美妙旅游一般,走入一个新颖异常却又十分真实的世

---

① 参见雷达:《废墟上的精魂——〈白鹿原〉论》,载《文学评论》1993 年第 6 期;又见雷达:《重建文学的审美精神》(上卷),北京师范大学出版社 2010 年 3 月版,第 152—172 页。

界。读《刀兵过》,你会感到许多具体场景、物件、人物等都极为具体逼真,又觉得它们或隐或显兼有某种"喻体"的性质,借以暗示、象征我们民族历史文化过去和未来的某些方面。我想,这些绝非无意巧合得之,而是作者细致选择、艰苦提炼和精心组合的结果。如此等等苦心孤诣的设计和安排,使这部作品在扎实沉稳的叙事中又含有一种超越性的意脉,启示我们去思考和探寻:安放民族灵魂的故乡啊,你在哪里!

2019 年 2 月 2 日初稿

2019 年 2 月 18 日改毕

原载于 2019 年第 3 期《中国当代文学研究》

官场生态的"富营养化"变异

——读老藤短篇小说《无雨辽西》

经朋友推荐,最近读到老藤的短篇小说《无雨辽西》①。就题材言,该作无疑写的是官场,却与官场小说的写作套路迥然相异。官场小说多半离不开争权夺利、权谋算计、权钱交易、以权谋私等描写,但《无雨辽西》与这一切无关,落墨之处甚至恰恰相反。作者笔触所及,多是同事之间、上下级之间的互相关爱,深入田间地头的考察调研,厅长秉公办事的正直无私等等。然而,正是在这一切看似张扬官场"正能量"的刻画中,透视和凸显了官场肌体的癌细胞,它们于我们不知不觉中正在滋生、蔓延,乃至发生可怕的病变……

小说写的是省救灾办对辽西一个贫困县遭遇极度旱灾的处理过程。大学毕业分配到省救灾办工作的小丁很想为家乡做点事,接到家乡榆洲紧急救灾报告,赶忙呈送南处长拿处理意见,不想被一句"放桌上吧"打发后,便了无下文。再次接到榆洲救灾报告及吴县长"家乡十几万受灾乡亲都眼巴巴张嘴等食"的电话叮咛,小丁改变进呈策略,针

---

① 原载于2015年第1期《中国铁路文艺》,《小说选刊》2015年第4期转载。

对南处长注重养生并为患痛风病苦恼的特点,请他去榆洲泡温泉以缓解痛风病苦,顺路察看一下灾情。这一招果然灵验,南处长一行终于在奥迪轿车中奔驰数百公里,大驾莅临旱得冒烟的榆洲。灾情严重一目了然,令人揪心,南处长酒桌上即拍板下拨救助资金三百五十万。返回省城,陪同南处长考察的张燕、小丁很快起草灾情报告,经南处长同意后上报厅领导最终审批。没想到主管救灾工作的贾副主任接到报告后并没有大笔一挥,而是利用周六时间,没有惊动地方官员,单独带司机去榆洲察看灾情。

此时,久旱的辽西大地已下一场透雨,几近枯萎的苞米逢甘霖爆发惊人生命力,几天时间变得绿油油一派生机。带着眼见苞米苗壮生长的事实,贾主任一上班就召集南处长及张燕、小丁开会,问题提得很尖锐:"你们报告中说榆洲苗枯地裂,旱象严重,可我看到的却是满目绿野,欣欣向荣,难道说我眼睛有问题吗?"结果可想而知,不仅报告没批,南处长及张燕等还受到训责。小丁不甘心家乡的事就这样不了了之,希望南处长帮忙力陈灾情,说服贾主任:榆洲这次遭际的旱灾是"掐脖子旱",在苞米抽穗的二十多天里未下一滴雨,这几天雨水多,虽恢复了长势,却只长秸秆不结穗子,毫无收成!南处长知道这是实情,却训斥小丁道:"你懂还是主任懂?你要懂得这样一个道理,什么时候都要以领导意志为意志,不要自以为是。你们年纪轻轻的,不像我一个老头子,还想不想在这个单位混下去?"

一场理应得到救助的特大旱灾,尽管省救灾办"内应"科员小丁想方设法竭力促成,尽管比小丁早两年到救灾办的富有正义感的张燕鼎力帮衬,尽管南处长既顺水推舟又尊重灾情当场拍板给予救助,尽管贾副主任深入基层实地考察,最终他却遭到千不该万不该的否决。从官场逻辑看,这里谁也没有错,甚至谁都在尽力以人为本,按规矩办事,但结果令人痛心,更令人哀叹。小说叙述从容不迫,娓娓道来,温文尔雅,甚至温情脉脉,但在充满暖意的描述之中,又尽显官场肌体的诸多脓包及溃烂斑点,尤其是富营养化的积弊。

所谓"富营养化",是指自然界中营养物质过多而导致水质恶化的现象。官场"富营养化",即指官员稔熟和利用官场规则与经验使官场生态恶化的状态。作者笔下的南处长,作为省救灾办的老人,处理桌上厚厚一摞救灾报告自有其拿手本领:"先挑那些媒体关注、上级领导有批示的报告来办理",这是他"工作中抓主要矛盾,善于区分轻重缓急"的经验之谈。正是在这种看似正确的官场逻辑的支配下,他对小丁递上来的关乎十几万人生计的救灾报告置若罔闻。而对小丁提议去榆洲泡温泉治痛风,他第一反应是"工作这么忙,我怎么还能请假去泡温泉"。当小丁不失时机地说"榆洲刚送来一份报告……",他一下子从椅子上站起来道:"明天就去榆洲,实地考察灾情。"在这里,同是榆洲救灾报告,视若无睹、置之不理,符合官场逻辑和规则;转而特别关照,乃至亲临考察,也符合官场逻辑和规则。至于贾副主任轻车简从微服私访,更是官场应予提倡的优良作风,可恰恰因其"亲自跑了趟榆洲",导致他做出自以为正确却完全错误的决定。作品的深刻性在于,这一系列令人扼腕、让人叹惜的转折变化及事与愿违,都是那么有根有据合情合理,都是当今官场习以为常的常态,有些甚至被当作为官经验而传扬;可正是对这种"常态"乃至"经验"不动声色的描写,扫描和揭橥了官场肌体"富营养化"的内伤。一如营养是维持生命健康活动的必需品,摄入过多营养却是导致严重危害健康的富贵病"三高"(高血压、高血脂、高血糖)频发的罪魁祸首。

《小说选刊》转载该作时点评说:"好的讽刺小说是有难度的,这篇《无雨辽西》就像一根温柔的刺,让你同时感受到它的温暖和锐利。"其实,这篇小说的讽刺特征并不显突,但叙事兼有"温暖和锐利"倒是实情。这种兼有温暖和锐利的张力,主要来自于作者精准而有力的细节刻画。南处长对小丁送上来的紧急救灾报告无心浏览,一本《杏林秘笈》却翻得津津有味,一张《辽沈晚报》更是细嚼慢咽,连报缝里的一则小广告"都能榨出油来",向长得玉润珠圆的张燕提供减肥秘方,关爱下属的温情洋溢字里行间。在去榆洲的路上,奥迪车外是令人焦虑、焦愁、焦心的特大旱灾,以及吴县长在望乡梁上焦渴、焦躁、焦急的翘首等待;车内喜欢听段子也喜欢讲段子,并立志退休后编一本当代版《世说新语》的南处长,黄段子说得一车人喜笑颜开,其乐无穷。凡此种种,还有小丁回乡后看望哥哥嫂子、遇到村委会主任的所见所闻,到喇嘛井小学寻访心目中"美丽又善良"的朱颜,昔日女神却残了一条腿拄着拐杖让他震惊不已等等,这些伴随小说情节展开看似顺水推舟、随波逐流、随物赋形、无关紧要的细节和闲笔,实则有力地衬托和渲染了主题的表达。官场逻辑的优裕富足、挥洒自如及轻松演绎,与民间逻辑的穷困艰辛、捉襟见肘及苦涩难解,在形成鲜明对比的同时,凸显了官员左右逢源、游刃有余的"尾气"对官场生态的污染和损害。当然,从小说艺术看,上述星罗棋布、似乎天然洒落的闲笔和细节,在增强作品的意蕴厚度和情调丰富性方面,在调整作品的疏密布局和节奏把控方面,堪称巧妙的精心安排,从中足见作者的匠心独运和艺术功力。

就在这篇评论即将收尾之际,又读到老藤的两个中篇,《熬鹰》[1]和《焦糊的味道》[2],均写得颇有特点和水准。老藤原名滕贞甫,有多

---

[1] 《熬鹰》原载于 2015 年第 1 期《鸭绿江》,《小说选刊》2015 年第 2 期转载。
[2] 《焦糊的味道》原载于 2015 年第 9 期《芒种》。

年基层工作经验,现为大连市委宣传部干部。窃以为,他是一个有思想、有追求,对生活和艺术有自己体悟和见解,且有较高语言表达本领的作者,我们相信并期待他不断写出更加出色的作品。

       2015年10月7日初稿
     2015年10月9日定稿于合肥

原载于《光明日报》2015年10月26日,《中国铁路文艺》2015年第12期全文转载。

小说的矛盾张力

——读许辉中短篇小说集《人种》[①]

许辉是个平易近人的人,几乎每次相遇都会看到他那微笑的眼神。但许辉的小说对读者并非笑脸相迎,虽不是冷若冰霜,却多少有些视若无睹,以至于说他对读者爱理不理也绝不冤枉。他的那些语言平易通俗而意义难以把握的文字,那些需要较大耐心才能读下去的平静而缓慢的叙说,总让人感到扑朔迷离甚至有点茫然。可在这迷离而茫然的文字背后,你却能感觉到有一种余音绕梁的韵味,一种润物无声的内涵。简单地说,许辉小说不好读,不好懂,却有某种内在的魅力。

何以如此?关键是许辉小说包含诸多矛盾张力。

一

许辉小说通体散发浓郁的乡土气息,即便写城镇生活也脱不掉农

[①] 许辉:《人种》,安徽文艺出版社2000年版。

村的汗渍和眼光,但他绝不是一个乡土作家。他出生在淮北,自称"淮北佬"。他的乡土味不像沈从文那样柔和、孙犁那样清秀、刘绍棠那样疏朗、赵树理那样浓烈,而像淮北平原田埂边的草根那样干涩而带点清香。他用最乡土化的、最有民俗气的笔墨,把广袤平原乡村的男人和女人、工作和生活、村庄和农田、树木和牲口不加修饰地和盘托出,表达的却往往是当代的,甚至蕴含西方荒谬色彩的主题。《焚烧的春天》里土得掉渣的小瓦在那大草甸上点燃的熊熊大火,不是传达了20世纪八九十年代中国社会转型及农村变革的时代情绪吗?而小瓦与传林之间发生的一段浑朴动人的婚外情,是那样本色、自然和美丽,这不正是对传统道德观念的解构和颠覆吗?《夏天的公事》里那些煞有介事、热情周到的会议组织者,参加会议的李中及其他轻松愉快的代表们,他们的"公事"就是整天东游西荡、无所事事地参观,召开虚与委蛇、敷衍应付的会议,品尝金雀镇及各乡镇的特色风味小吃,这不是对"公事"的最大反讽和嘲弄吗?从这里,我甚至读出了存在主义的余绪,但作者对这段公事不置可否、模棱两可,以至理解包容的写作态度,又让我看到了反存在主义的东西。

新时期文学在最初的"伤痕文学""反思文学"中崛起,经历一段了解、模仿西方"现代派"思潮,尤其是拉美魔幻现实主义"爆炸"之后,民族本土文化资源迎来一次现代性激活的机缘,其标志就是"寻根文学"的萌芽和成长,随后又是"新写实小说"的粉墨登场。作为一位先是观看、后也跳入水中,与新时期文学大潮一起挥臂向前的泗渡者,许辉以"淮北佬"身姿拍打出"乡土叙事"的浪花,早已没有"荷花淀派""山药蛋派"的纯净,而是注入了现代性元素的乡土叙事,是站在一定的时代高度反观现实的乡土叙事。所以,许辉小说很乡土,却又很现代;他是社会底层的深切体验者,又是社会底层的高迈超越者;他写的都是很民间、很世俗的人和事,但他的小说在一个较高的文化品位和精神高地上保持了反世俗的品格。

二

许辉小说描写的多是生活的本真状态,似乎过于家常便饭、平淡无奇,但文字之外却饱含隐喻,甚至是与字面意义相反的隐喻。《幸福的王仁》里的王仁,生活过得太有滋有味了。他除了享受老婆孩子热炕头的天伦之乐外,长处就是会笼络人、会拉关系、善于和稀泥,他热衷于喝酒、打麻将、钓鱼、下棋,还经常利用手中掌握的小权接受别人的送礼。然而就是这样一个人,却很快从供销社的人秘股长升为副经理,又从副经理晋升为经理。小说细腻描写了王仁"有吃有喝有玩","大财不来,小财不断",家事外事都称心如意的"幸福美满"的生活。可作者越是表现王仁的幸福美满,我们却越能从中看出春秋笔法、读出弦外之音。难道只有像王仁这样的人才能在我们社会吃得开吗?难道像王仁这样的人处处如鱼得水、如愿以偿,不是某种社会病态的反映吗?这就是许辉小说的隐喻,一种往往与字面意思相反的隐喻。他对现实有自己的认识和理解,但他不愿做一个布道者,他把自己对社会的思考,完全融化和隐藏在对原生态生活的描写之中。从某种意义上说,许辉是一个文化隐喻的设计者,他在对世俗生活充满诗意的表述里,又意象化地蕴蓄着一种批判世俗的精神内核。

任何作品文本进入读者接受状态,都处于社会大文本的覆盖和笼罩之中。读者阅读作品,都是以自己的"先结构"(包括社会大文本)为基础进行选择性接受。许辉利用作品文本语码与社会大文本语码的内涵反差,即作品所塑造的让人羡慕的"幸福的王仁",恰恰是社会价值系统,起码是高扬社会正气的主流价值系统不提倡乃至批评的对象。因而作者越是描写王仁的左右逢源,就越反衬出社会正气的江河日下、日渐式微。王仁的"幸福"建立在社会肌体的污垢和创伤之上,正如发臭的脏水和溃烂的疮疤才是蚊蝇和蛆蛹的天堂。表面看,许辉津津乐道地向我们叙述王仁的幸福;实质上,他在向我们揭示社会肌体的污点和病灶。表面看,许辉沉浸在幸福的王仁的乐观主义的歌吟里;实质上,他内心涌动着并非杞人忧天的感伤,乃至多少有点悲观主义的慨叹。

三

许辉小说的文体远离众多小说家相沿成习、趋之若鹜的大道,拐弯走入了少数人涉足的较为荒寂的岔路。他的小说没有紧张曲折的情节、跌宕起伏的故事,也绝少对人物进行细腻的心理刻画。他不是一般意义上的淡化情节,而就是以散文的笔法写小说。不论是短篇还是中篇,如《碑》《吃米饭的人》《城里来的人》《夏天的公事》《飘荡的人儿》《一棵树的淮北》等等,他只是老老实实地将一个个原生态的场景描画给读者,其中的人物和事件都是凡人凡事,显得散漫、随意、从容、淡然。他明显有意回避五四新文学,特别是革命文学推崇小说意识形态化的做法,摈弃宏大叙事、摈弃重大主题,而只是尽力还原常态生活的本来面貌。在他的小说里,清晰的判断和评价销声匿迹,严密的逻辑和秩序也难觅踪影,剩下的只是五味杂陈、浑然一体的生活状态。这让喜欢直接追寻意义的读者常常如坠云山雾罩,不知所云。对许辉来说,这绝非无心插柳,而是有意栽花,甚至毋宁说是其匠心独运。他在上海首届长中篇小说优秀作品大奖的颁奖会上曾说:

> 我一直感兴趣或依靠的……是不想有自己的态度在里边,因为对生活中的许多具体事物,我只能以一种顺其自然的态度去应付它们,我的模棱两可的生活态度控制、限制并且指挥了我的小说。

正是这种对生活"顺其自然"的写作立场,使他的作品缺少编造、虚构及诸多被奉为圭臬的小说技巧,表现出一种自由散漫的平面叙事形态;而他严格"控制、限制"自己的态度渗入小说,其作品意义的呈现则如醉汉说酒话,絮叨之词虽有真意,却难以捉摸。如此苦心孤诣,目的就是希望自己的作品与他人判然有别,从文体上展现出与众不同的风采。"与众不同"意味着个性和创造,无疑是文学创作的珍贵品质之一。但一个作家如果在写法上过于追求与众不同,则不免让读者感到过于陌生,从而离民众渐远,识者寥寥。

然而,许辉似乎有意不顾这些,他在《人种》"自序"中说:"我向自己讲述自己看见和亲历的景况,向自己述说自己渴望而寂远的心情,向自己讲述自己的光荣与灰败、对生灭荣衰的体会和感受……在我以前的许多日子里,我都听见自己对自己说话的声音。我想,这就是文学吧。"纵观中国文学史,"文章合为时而著,歌诗合为事而作",一直被奉为我们的优良传统;延伸到现当代,文学为社会、为大众则是作家们普遍遵循的原则。可这段"自语"再清楚不过地表明,许辉与许多作家不同,他的小说主要不是"为人"的,而是"为己"的。这注定了他只能成为边缘化的小说家,也注定了他的创作终归比较寂寞。一个不肯将自己汇入世俗的人,怎么会得到世俗的接纳和认同呢?

四

不言而喻,许辉小说是个异端。它拒绝流行色,拒绝时尚、跟风、赶潮流,因而很难把他划入哪个圈子、哪个流派。我们从茅盾那儿能看到左拉的影子,从汪曾祺那儿能找到沈从文的痕迹,在韩少功那里能发现加西亚·马尔克斯的思绪,在张炜那里能窥见略萨的胎记。可是,许辉小说仿佛不知根底的陌生人,其由来虽然并非没有蛛丝马迹,却很难准确断定他的籍贯和娘家。许辉无疑曾经受到20世纪80年代后期兴起的"新写实小说"的影响,但他的作品与新写实小说又有明显差异。不论是池莉的《烦恼人生》《不谈爱情》,还是刘震云的《单位》,这些新写实代表作虽然在着力还原生活本来形态的追求上与许辉颇为一致,但它们直面现实,直面人生的自觉、勇气和深度,却并非后者兴趣所在,也是后者望尘莫及的。它们常常拿着放大镜或显微镜透视生活的复杂、无奈和烦恼;而许辉通过自己的眼睛看到的多是生活的意象、趣味和诗意。如果说,前者主要表现城市的世俗生活,那么,后者更多反映城镇或农村的乡土风情。如果说,前者的表述偏向明白晓畅,甚至酣畅淋漓,那么,后者的讲叙则趋于含蓄隐晦,以至混沌朦胧。两者观照生活的角度和叙事风格显然泾渭有别。

再向上追索,与许辉小说气味相近的或许只有现代小说家废名了。废名也以散文的笔法写小说,注重生活自然意趣的熔炼,但他犹如一位躲进深山的僧人和智者,清冷的叙说里略带深奥、苦寂甚至肃杀之气,毫无市井生活的温馨和暖意。许辉小说的散文化叙说,仿佛一位游走于江淮大地的行吟诗人,在那散漫随意、即景生情的咏叹里,处处流露出对自然风物的玩赏之情、对人生世态的顺遂之心。他和废名一样拒绝世俗,却无废名的贵族气和怀疑精神;他和废名一样常常顾影自怜,却无废名从禅宗而来的出世情怀;他有废名的内向、恬淡和隽永,却无废名的奇思、玄理和深奥。他究竟来源于何方?我们实在难以明确断案。但可以确定的是,许辉在五彩缤纷的当今文坛,风格独树一帜,仅此,我们对他就得另眼相看。

五

许多特色鲜明的事物有长处就有短处,并且其长处与短处往往因果相连。在我看来,许辉以散文化笔调、客观化态度营造他的小说世界,似乎有两个问题值得思考和注意:

其一,小说可以淡化情节、淡化故事,但不能淡化人物。许辉的中短篇小说写人物,大致可分三种情况:一类不注重写人物,一类轻描淡写勾勒人物,一类工笔重彩描画人物。前者如《夏天的公事》,从头到尾主要写李中外出参加一个会议的过程和见闻,很少集中笔墨塑造人物形象,因而读完这个中篇没有一个栩栩如生的人物在脑中浮现。中者如颇受好评的短篇《碑》,"相貌打扮都不起眼"的王石匠及其生存状态,无疑是作者发现并赞赏的神乎其技、超凡脱俗的奇人,但对他的描写过于吝啬和简约,我们得到的只是几笔线条简约的速写,而不是血肉丰满的典型。后者如《鄢家岗的阚娟》《幸福的王仁》等,虽然浓墨重彩地描绘了人物,但笔触所涉多是人物的外在言行及相关事件的呈露状态,缺乏鞭辟入里的刻画和深入概括的提炼,人物形象的深度和广度均有提升的空间。

其二,尽管文无定法,但有话则长,无话则短,崇尚言简意赅和张弛有度,似乎是好文章的共同要求。我以为,许辉小说在以散文化笔法铺陈叙事时,部分篇章段落略显有些拖沓,节奏略嫌缓慢且缺少变化。私下乱想,《夏天的公事》若删减一些,可能比现在更有分量。我们的小说创作,往往在某些方面、某一点上有所突破和建树,而整体玉润珠圆、无懈可击尚难做到。池莉、迟子建、苏童等均未逃出此运,达到从心所欲不越矩的咳唾成珠的境界。我知道,我是站着说话不腰疼,况且所言已属苛求,但作为朋友,爱之深则责之严,不知许辉兄能够理解否?

话说到这儿,还有一点不吐不快。许辉小说创作在20世纪80年代末90年代初形成一个高潮,曾于1990年和1992年两次获得上海文学奖、1993年获得《萌芽》文学奖、1994年获得庄重文学奖等诸多奖项,数篇作品被收入北大、复旦知名教授主编的《中国当代文学作品精品选》《百年文学经典》等大学教材或文学选本。此后多年来,许辉对文学不改初衷,小说及散文写作一直没有间断,《没有结局的爱情》在长篇写作上有所突破,但总体看,其创作犹如滚滚流水,虽一路向前,却波澜不惊,没有卷起超越自己的更大狂涛巨浪。原因何在?是90年代后商品经济大潮搅动了对文学孜孜以求的宁静的创作心境?是面对斑斓复杂、眼花缭乱的社会生活难以发现真正契合自己的创作形象?是大众文化的泛滥重塑了社会浮躁的接受心理,使其作品只能处于被冷落的境地?也许与这种种原因都沾边,也许全无关联,这里只是姑妄言之。

这几年,常在报刊见到许辉涉猎广泛的读书笔记,尽管觉得"和自己的夜晚单独在一起"作为读书笔记的标题有点花哨,但他认真读书及将心得诉诸文字的做法,很让人佩服。我想,他这样下功夫狠命读书,不就是在集聚能量,为创作更为厚重的作品做准备吗?我们期待着!

2011年1月17日初稿

2011年1月26日改定

原载于《许辉研究》,该书由黄山书社2013年5月出版。

鲁迅的侠骨与柔肠

一

鲁迅对于20世纪的中国文人来说,仿佛阳光洒落到山林里,不论你是头顶烈日脚带阴影在山道上行走,还是寻找一片树荫小歇以躲避紫外线的照射,都能感到他是一个巨大的存在,都会有形无形或多或少地受到他的影响。在鲁迅诞生140年、逝世已经85年后的今天,他对于我们似乎并不陌生和遥远,他的精神烛照和血脉温度,虽有历史烟尘的覆盖和时代风雨的阻隔,却仍如冬天取暖的炭盆,让人感到温暖。

鲁迅对中国现当代文人心灵的浸染,当然主要源于他卓异的文化创造。他的《呐喊》《彷徨》等独树一帜的小说集,实现了如茅盾所说的,中国现代小说在鲁迅手中诞生,亦在鲁迅手中成熟。他的《野草》《朝花夕拾》《二心集》《华盖集》等一系散文杂文作品,如其《写在〈坟〉后面》所言,既"时时解剖别人","更无情面地解剖自己",具有很高的思想和艺术价值。他在中国现代文学史上不仅是无可争议的奠基人,而且也以对"国民性"的深刻洞悉和对世道人心的冷静剖析,成为中国现代思想解放的重要开拓者。除了作品的内在价值外,鲁迅对中国现当代文化的构建产生的重大影响,也有不可小觑的外因作用,即近百年来特殊的接受史推动了其作品经典化进程的增强和拓展。

撇开纯文学自身的传播不谈,鲁迅逝世不久,毛泽东1940年在《新民主主义论》这篇雄文中就对他盖棺定论道:"鲁迅是中国文化革命的主将,他不但是伟大的文学家,而且是伟大的思想家和伟大的革命家。鲁迅的骨头是最硬的,他没有丝毫的奴颜和媚骨,这是殖民地半殖民地人民最可宝贵的性格。鲁迅是在文化战线上,代表全民族的大多数,向着敌人冲锋陷阵的最正确、最勇敢、最坚决、最忠实、最热忱的空前的民族英雄。鲁迅的方向,就是中华民族新文化的方向。"

通观毛泽东的著述,他衡人眼光极高,对秦皇汉武、唐宗宋祖等等都颇有微词。给予鲁迅如此高的评价,不仅远超他对古今中外任何名人的评骘,也以其特殊的身份和地位,确立并强化了鲁迅在现当代文坛无与伦比的位置和意义。在我十来岁到二十多岁最渴望读书的岁月,其他书都闹"书荒"难以寻觅,唯有《毛主席语录》《毛泽东选集》和《呐喊》《彷徨》等鲁迅作品唾手可得。一本《鲁迅语录》,我不知翻开合上多少遍,说有多少理解自然是自欺欺人,不过是记住了"痛打落水狗"之类的只言片语,却在幼嫩心灵上刻下难以磨灭的槽痕。20世纪70年代后期我上大学时,安师大中文系于现代文学史课程之外,还有李顿先生开设的鲁迅专题讲座。一个学期颇为精彩的讲座听下来,连带细读了一些鲁迅小说及杂文名篇,鲁夫子的轮廓由模糊逐渐变得稍微清晰起来。

这一认识鲁迅的过程,可以说是一种五味杂陈的体验:既对他凛然孤傲和坚韧不屈的人格形象肃然起敬,佩服他作为一代伟人的睿识和洞见,又为他常常不被时代和同辈理解而遗憾惋惜,对他性格的执拗和内心的痛楚及无奈感到惊诧与叹息。随着年岁增长,有时重翻鲁迅著作,体悟他当年心事浩茫连广宇的忧患意识、直面惨淡人生的左冲右突、暗夜里近乎绝望的长歌当哭,以及诸多无可奈何的感慨和隐忍,越发感到他的博大精深和丰赡复杂。这篇小文,当然无法勾勒鲁迅的全貌及其丰富而隐秘的心灵世界,只能挂一漏万地谈谈他的侠骨与柔肠,从一个侧面略显其神采。

二

所谓侠骨,是指见义勇为、当仁不让的性格和气质。《水浒传》电视剧里《好汉歌》唱词"路见不平一声吼,该出手时就出手,风风火火闯九州",以及人们常说的"仗义执言""拔刀相助"等等,大约体现的就是民间大众对豪侠义士的看法。

鲁迅年轻时就确立了积极入世的人生态度,颇有"天下兴亡,匹夫有责"的侠骨义胆。他21岁留学日本,曾写下"灵台无计逃神矢,风雨如磐暗故园。寄意寒星荃不察,我以我血荐轩辕"的诗篇,发誓要唤醒和改变风雨如磐的"故园",为自己深爱的祖国,即便献上鲜血和生命也在所不惜。这首诗,是鲁迅以笔为剑刺破笼罩中国夜幕的先声,表露了他年轻时确立的人生目标和志向,为其毕生执着追求、不懈奋斗奠定了基调。

作为中国新文学创作最具实力和实绩的主将,鲁迅的豪侠义举首在以小说和杂文为武器,向封建"铁屋子"发起勇猛冲击。1918年,他在《新青年》上发表的《狂人日记》,不仅是中国现代文学史上第一篇真正意义上的白话小说,更以前所未有的思想深度揭露封建社会"吃人"的本质,控诉宗族制度和传统礼教对人精神的戕害。他随后"一发而不可收"创作的《孔乙己》《药》《风波》《故乡》《祝福》等系列作品,尤其是1921年在《晨报副刊》上连载的《阿Q正传》,通过对社会底层被压迫、被剥削的劳苦大众的描写,将他们不幸的生活遭际、麻木的精神状态、悲凉的命运结局和盘托出,生动而精准地刻画出当时国民的魂灵,寄寓了作者"哀其不幸,怒其不争"的同情和愤懑。他在《我怎样做起小说来》里说:"我的取材,多采自病态社会的不幸的人们中,意思是在揭出病苦,引起疗救的注意。"

如果说鲁迅的小说是驱散社会阴霾的长枪大炮,那么,他的杂文则是刺向旧营垒的匕首投枪。翻开鲁迅十多本杂文集,犀利的评论、无情的批判、不屈不挠的论战,"对有害的事物,立刻给以反响和抗争"(《且介亭杂文·序言》)的锋芒英气逼人。他在《记念刘和珍君》中说:"真的猛士,敢于直面惨淡的人生,敢于正视淋漓的鲜血。……苟活者在淡红的血色中,会依稀看见微茫的希望;真的猛士,将更奋然而前行。"这里刻画的"真的猛士"的形象,可说是鲁迅作为文坛斗士,为民族和社会改良进步"不克厥敌,战则不止"的精神写照。

更为可贵的是,鲁迅不仅坐而言,而且起而行。1925年5月,"女师大风潮"升级,他起草《对于北京女子师范大学风潮的宣言》发表在《京报》上,支持学生正义斗争,被教育总长章士钊免除教育部佥事职务。1926年"三一八惨案"发生,他撰文抨击段祺瑞政府屠杀学生的罪行,遭追捕后不得不远赴厦门大学任教。1927年"四一二反革命政变"爆发,他以中山大学教务主任身份召开紧急会议,商讨营救被捕进步学生,遭遇阻拦后而愤然辞职。1931年1月,"左联"五位青年作家被国民党特务逮捕并杀害,他不仅义愤填膺地吟出"忍看朋辈成新鬼,怒向刀丛觅小诗"诗句,还写出《中国无产阶级革命文学和前驱的血》

等多篇文章纪念,尽管面对受牵连遭追捕的威胁也无所畏惧……

如此等等豪侠义举,在鲁迅可谓指不胜屈。以其对世事的洞明,他完全知晓做此类事的后果,也完全可以躲在象牙塔里为学术而学术,或安心在校园里教学和写作。但他明知山有虎,偏向虎山行,目的如其《我们现在怎样做父亲》所说:"肩住了黑暗的闸门",让中国及青年一代向着"宽阔光明的地方去"。正是有着这样坚定而崇高的信念,他临终前在《死》这篇带有遗嘱性质文章的最后,以豪侠义无反顾的语气写道:"我的怨敌可谓多矣,倘有新式的人问起我来,怎么回答呢?我想了一想,决定的是:让他们怨恨去,我也一个都不宽恕。"

三

不过,鲁迅绝非只有刚毅、冷酷、严峻、硬气的一面,他作为眼光深邃和情感丰盈的文学家与思想家,也有宽和、热情、怜悯、柔软的一面。并且,其柔肠百转的细腻和情深,与其侠肝义胆的刚强和勇毅一样鲜明突出,恰如江河水流,既能汹涌澎湃,又能平缓如镜,只是因时因地不同却又源自一体,既彼此衬托又相互为用。在许多情况下,我们对人对事责之深,往往是因为爱之切;而对其爱之切,则多半会责之深。鲁迅诗词里许多夫子自道的名句,如"横眉冷对千夫指,俯首甘为孺子牛""无情未必真豪杰,怜子如何不丈夫"等等,无不深切感人地呈现了他兼具侠骨与柔肠的人格和性情。

与鲁迅有颇多交往的著名记者曹聚仁,在其 1956 年出版的《鲁迅评传》里记载这样一件事:鲁迅和弟子孙伏园一次到陕西讲学一个月,得到三百元酬金,鲁迅和孙伏园商量:"我们只要够旅费,应该把陕西人的钱,在陕西用掉。"随后,鲁迅得知陕西易俗社经费紧张,就决定将这钱捐出去。西北大学的工友对他们的照顾非常周到,鲁迅也决定多给他们一些酬劳,但其中另一位也来讲学的朋友不赞成这样做。鲁迅当朋友面没说话,退而对孙伏园讲:"我顶不赞成他说的'下一次不知道什么时候才来'的话,他要少给,让他少给好了,我们还是照原议多给。"从这件平凡小事一波三折的细节上,足以见出鲁迅不仅对人对事具有深广的同情心,而且精神上保持洁身自爱的高洁品德。

鲁迅的柔肠百结,还特别表现在他对青年文艺家的扶持和友谊上。他1925年发起成立未名社,热情推介韦丛芜、台静农、李霁野、韦素园等初出茅庐文学青年的作品,在文坛传为佳话。萧红、萧军、叶紫、艾芜、徐梵澄等青年作家遇到迷茫和困难,冒昧向心仪偶像鲁迅求教。他尽管异常繁忙,还是抽时间与他们通信和会面,为他们的作品写序并帮助出书。萧红、徐梵澄等人的回忆文章,字里行间无不透溢着鲁迅高大形象的亲切与温暖。尤为凸显鲁迅为人诚挚和深情者,当推他与瞿秋白的交往,以及瞿秋白死后鲁迅为祭奠亡友而表现出的超凡绝尘的风仪。

鲁迅与瞿秋白1932年才在上海谋面相会,但交谈之下,心心相印,彼此都相见恨晚。1933年盛夏,瞿秋白选编一册《鲁迅杂感选集》,撰写一篇洋洋洒洒一万七千言的序言,第一次对鲁迅及其杂文做出客观、准确、全面的描述,对鲁迅的创作历程和思想演进轨迹,做出清晰的梳理和精当的分析。鲁迅作为变革时代创建新思想和新艺术范式的一代高才,时有单骑绝尘、知音难觅的孤独和寂寞。他读了序言,仿佛俞伯牙遇到钟子期,大有高山流水遇知音的感动、欣喜和快慰。他压抑不住自己的兴奋,挥毫写下一副饱蕴深情又别具境界的对联"人生得一知己足矣,斯世当以同怀视之",赠送给瞿秋白。

1934年初,瞿秋白奉命离开上海奔赴江西苏区工作,临行前特地到鲁迅家中道别。鲁迅依依难舍,长谈至深夜后,坚持留其在家过夜。他执意将床铺让给年龄小自己近二十岁的瞿秋白,自己睡在地板上,以表尊重和惺惺相惜之情。谁料此次惜别竟成永诀。1935年2月,瞿秋白在转移香港的途中,在福建长汀被捕,6月18日高唱《国际歌》于刑场慷慨就义。噩耗传到上海,鲁迅悲痛欲绝。他跑到冯雪峰家里激愤地说:"我决定编一本秋白的作品集,作为一个纪念,一个抗议。一个人给杀掉了,作品是不能给杀掉的,也是杀不掉的!"

此时,鲁迅的肺病已经比较严重,离其1936年10月去世仅一年多时间。但他抱着病痛之躯,把瞿秋白的翻译文稿一一整理,编选出两大卷近六十万字的《海上述林》,以诸夏怀霜社的名义出版。"诸夏"指全国民众,"霜"取瞿秋白原名瞿霜之字,"诸夏怀霜"即寓意全国民众怀念瞿秋白。《海上述林》编妥后,许多印刷厂怕惹麻烦不敢承印。鲁迅找同乡老友、开明书店经理章锡琛帮忙,在开明书店的美成印刷厂打出纸型,然后托友人内山完造辗转送往日本东京印制。此书用重磅道林纸精印而成,配有玻璃版插图,以皮革镶书脊,书名烫金,极为精美,上卷面世不久,鲁迅就逝世了。

鲁迅晚年在上海,高强度不间断写作所得的稿费,是其主要经济收入来源,可说每一个铜板都是其呕心沥血的结果。《海上述林》不论是编选校对、装帧设计,还是购买纸张、联系印刷,包括广告拟定宣传等,全是鲁迅亲力亲为,一手包办。这不仅需要承担不小的经济压力及费用,更需要耗费大量宝贵的时间和心血。对于一位重病缠身、不久于人世,且肩负家庭生活重担的文人来说,如此付出意味着什么,鲁迅自然心知肚明,却知其不宜为甚或不可为而拼力为之。这种几乎是赔上身家性命不图回报为祭奠一个逝者的奉献,世间几人能够做到?

嗟乎!古有季札挂剑之美谈流传青史,今有鲁迅为亡友编书之佳话谱写新篇,其"斯世当以同怀视之"的深情和厚德,能不令人感佩哉!

2021年7月30日完稿于合肥书香苑

原载于《群言》2021年第9期,《人民政协报》2021年10月18日转载。

朱光潜美学的风雅异韵

纵览中国近百年学术人物,朱光潜先生作为一代美学大师,其学术和人生在不少方面都是一个卓异的存在,呈现出与同时代学者颇为不同的风雅异韵,堪称20世纪中国学术文化一道特异而亮丽的风景。

一 通俗易懂与渊博精深

朱光潜先生一生著述宏富。安徽教育出版社1987至1993年出版的《朱光潜全集》皇皇20卷,700余万字。中华书局正在陆续推出的《朱光潜全集(新编增订本)》,新增佚文近百篇,多达30卷,总字数约1000万字。

避开众多高质量的翻译作品不谈,朱先生的撰述若从表达方式和阅读难度上分,大体可划为研究型和通俗型两类,即既有许多严谨扎实、脍炙人口的学术专著,也有大量通俗易懂、有口皆碑的普及读物。前者如《悲剧心理学》《文艺心理学》《诗论》《克罗齐哲学述评》《美学批判论文集》《西方美学史》《美学拾穗集》等,后者如《给青年的十二封信》《谈美》《我与文学及其他》《谈文学》《谈修养》《谈美书简》等。

如果说,前者学术专著以开拓性、厚重感著称,那么,后者普及读物则以知识性、可读性见长;如果说前者主要以材料翔实、论证缜密为特色,那么后者则更多呈现娓娓道来、亲切有味的风貌。

近现代以来的著名学人,当然不乏重视和写作通俗读物者,如顾颉刚作《国史讲话》、艾思奇作《大众哲学》、朱自清作《经典常谈》、李四光作《中国地势变迁小史》等,均堪称"大家写小书"的翘楚。朱光潜先生与他们不同之处在于:上述学者写通俗读物多半偶一为之,而朱先生却纵贯一生。从1929年开明书店出版《给青年的十二封信》,到1980年上海文艺出版社推出《谈美书简》,他毕生撰写的第一部和最后一部著作(翻译作品除外),都是典型的通俗读物。对此,朱先生自己毫不讳言,他在晚年所著自传里说:"我的大部分著作都是为青年写的。"[1]这表明为青年撰写通俗读物,不仅在朱先生整个著述中占有相当的分量,而且在其心目中占有较高的地位。

朱先生的通俗著述如《给青年的十二封信》《谈美》等,出版至今已近90年,不仅是民国时期的畅销书,也是今天的常销书,曾拨动许多人的心弦。法国文学专家罗大冈当年就为其"广博的知识、明净高洁的文风"深深吸引,惊呼"我碰到真正的老师了"!他说,朱先生的读物"给我印象那样深刻,以至决定一辈子的爱好和工作方向"。[2] 著名学者舒芜直到晚年都"很宝重它(指《给青年的十二封信》),常常翻

---

[1] 朱光潜:《作者自传》,《朱光潜全集》第1卷,安徽教育出版社1987年版,第3页。

[2] 罗大冈:《得尊敬的智力劳动者——赞朱光潜先生的学风》,载1986年5月26日《人民日报》。

读",认为"现在重看还觉得是上乘的散文佳作"。[①] 1994年,我在英国做访问学者,遇到几位来自台湾的硕士研究生,听说我追踪朱先生当年留学英国的足迹并搜集相关研究资料,竟异口同声说读过他的《给青年的十二封信》《谈美》,可见好书如夜空中的北斗,即便在异地他乡,也会云灿星辉。

朱先生通俗读物的魅力从何而来？切实的话题、丰厚的学识、透彻的说理、亲切而优美的文风,应是其大获成功的主要原因。他通俗读物所谈论的议题,并非仅从书本中来、从已有概念中来,而是从生活中来、从青年所关心或所困惑的问题中来。他以深厚的国学修养和广博的西学知识为基础,以循循善诱、娓娓动听的解说为向导,带你走入如何读书、如何作文、如何参与社会、如何面对困难、如何欣赏美和艺术、如何成就精彩人生等浅近而又幽深的堂奥,字里行间无不透溢着"博观而约取、厚积而薄发"的神采。他在中国与世界、历史与现实的大舞台上,为你展示和点评不同人生理念和不同生活态度带来或消沉或奋进,或犹疑或坚定,或拘谨或洒脱,或平庸或卓越的人生百态,在剥茧抽丝、层层深入的剖析中帮你释疑解惑,领悟生活的丰富多彩和人生的价值所在。

朱先生不同时期写给青年读者的书,当然有寸长尺短之别,但总体看都相当精彩,与其说是通俗读物,不如说是说理散文。通俗读物与说理散文无疑有许多交叉重叠,但也有一定的楚河汉界。如果说,通俗读物主要着眼于对某一领域知识的简明介绍,或是对社会人生道理的一般讲叙,那么,说理散文则在传授知识或道理的同时,更注重将作者个人对生活的体验、情感和思想,以优美畅达的文字表达出来。

[①] 舒芜:《敬悼朱光潜先生》,载1986年4月6日《中国文化报》。

朱先生曾反复说:"我所要说的话,都是由体验我自己的生活,先感到(feel)而后想到(think)的。换句话说,我的理都是由我的情产生出来的,我的思想是从心出发而后再经过脑加以整理的。"[1]这就是说,他的通俗读物并非只是知识的罗列、材料的堆积和常理的叙述,而是注入了自己诸多切身的感受和独到的体悟,加上其文笔有行云流水般随物赋形的本领,因而在给人许多人生启迪和感动的同时,还给人带来欣赏美文悦心明智的享受。

考察近现代学者和作家,尚没有一位像朱先生这样,既在学术研究领域深耕细作,硕果累累,又在通俗读物领域辛勤劳作,成就斐然。他的通俗读物远离简单应时和浅薄粗陋,并非学术专著以外可有可无的点缀,而是具有很高的独立存在的价值——对他自己而言,是其学术成果的重要组成部分,有的堪称熠熠生辉的亮点;而对中国现代学术文化来说,则是产生广泛影响的佳作,可谓不可多得的珍品。他的学术研究和通俗写作既相互区别,又紧密联系;既各自为政,又互为补充。两者彼此影响,取长补短,不仅使高头讲章的学术专著呈现明晰好读的散文风貌,而且使面向青年的普及读物彰显言简意深的学术胜境。季羡林先生评价朱先生说:"他对中外文学都有精湛的研究,这是学术界公认的。他的文笔又流利畅达,这也是学者中少有的。"[2]渊博精深与通俗易懂,似乎彼此对立相互矛盾,然而在朱光潜身上却得到完美统一。

---

[1] 朱光潜:《给青年的十二封信·跋》,《朱光潜全集》第1卷,安徽教育出版社1987年版,第81页。朱先生还在《谈文学》《谈修养》两书的序言中表达过类似的意思,请参见。

[2] 季羡林:《他实现了生命的价值》,载1986年3月14日《文汇报》。

朱先生在20世纪40年代曾这样总结自己写文章的特点："我的写作风格一直到现在还是在清醒流畅上做工夫,想做到'深入浅出'四个字。"①我以为,做学问和写论文之妙,即在于深入浅出。只有入之深,才能做到成竹在胸、烂熟于心,入之不深,则难免生吞活剥、捉襟见肘;只有入之深并出之浅,才能做到举重若轻、言简意赅,而出之不浅,则难免艰深晦涩,让人望而生畏。庄子曾描述庖丁解牛、轮扁斫轮等技术纯熟、工多成艺的故事,做学问能真正做到深入浅出,其境界庶几可近似之。"深入浅出",这是一代美学大师不该被忽略的学术风采,也是他留下的一份值得传扬光大的宝贵遗产。

二 开路先锋与稳坐中军

朱光潜先生做学问起步早,起点高。1921年,他24岁,还是香港大学教育系二年级大学生,就在当时全国标志性刊物《东方杂志》上发表论文处女作《弗洛伊德隐意识与心理分析》;同年,他还在很有影响的期刊《改造》上推出《行为派Behaviourism心理学之概略及其批评》,一时颇受关注,可谓一鸣惊人。此后,他一发而不可收,直至1986年仙逝,近千万字文质俱佳的论文、专著和译作等,如倾泻而下的瀑布,源源不断地流入现代学术文化的深潭大泽,在美学、心理学、文艺学、比较文学、教育学等诸多领域激起飞溅浪花,荡漾天光云影,为中国现代学术文化长卷浓墨重彩地描绘了自己的七宝楼台,开拓了学术文化

---

① 朱光潜:《记夏丏尊先生》,载《生活与学习》第1卷第5—6期,1946年5—6月出版。此文安徽教育出版社出版的《朱光潜全集》漏收,转引自宛小平《朱光潜年谱长编》稿本。

的新境界。

青年朱光潜跨入学界,并非仅从某一学科谨慎试步,单线作战,而是一开始就多路进发,多点突破,在诸多学科领域显示出强大的学术爆发力。

在心理学领域,除上面提及的研究弗洛伊德和行为派的文章外,他还发表《完形派心理学之概略及其批评》(《东方杂志》第 23 卷第 14 号,1923 年 7 月)、《现代英国心理学者之政治思想》(《留英学报》1928 年第 2 期)等系列论文,出版《变态心理学派别》(开明书店,1930 年)、《变态心理学》(商务印书馆,1933 年)两部专著。高觉敷先生早年曾评价说:"孟实先生虽算文学和心理学间的'跨党'分子,然而他在心理学上对国人的贡献,实超过于一般'像煞有介事'的专门家之上。譬如我们现在都知道弗洛伊德,但是介绍弗洛伊德学说的,算是他第一个。我们现在已习闻'行为主义',但是介绍行为主义的,也是他第一个。我们现在已屡有人谈起考夫卡和苛勒,但是评述完形派心理学的,又是他第一个。"[1]高觉敷先生堪称心理学泰斗,这里所说的三个"第一"事实,足以表明朱先生在我国心理学发展史上应占有一席之地。

在美学、文艺学领域,他更是出手不凡。1924 年面世的第一篇美学论文《无言之美》,对中国传统审美趣味的含蓄特征发微抉隐、钩深

---

[1] 高觉敷:《变态心理学派别·序》,《朱光潜全集》第 1 卷,安徽教育出版社 1987 年版,第 193 页。

致远,曾让朱自清、夏丏尊等啧啧赞叹。① 1927年,他在《东方杂志》上连载以《欧洲近代三大批评学者》为题的三篇论文,②分别系统评述法国圣伯夫(Sainte Beuve)、英国阿诺德(Matthew Arnold)、意大利克罗齐(Benedetto Croce)的批评理论和美学思想,为我国学术界首次掀开欧洲美学和文艺批评代表人物的面纱。随后,他不仅在法国斯特拉斯堡大学出版社出版英文著作《悲剧心理学》(1935年),还在上海开明书店推出《谈美》(1932年)、《文艺心理学》(1936年)两部专著。向培良当年即评价说:在我国学者所著美学和文艺学著作中,"能以卓特见解,自成一家之言的,不能不自朱先生的《文艺心理学》始"③。张景澄更是指出:"文学批评的理论建设,若以中国作品作为针对的鹄的,在国内尚无其人,这本《文艺心理学》可说是阴天里掀开一片蓝天了。"④朱先生著述对中国现代美学的拓荒作用,由此类评价可见一斑。

在比较文学领域,他1926年发表的《中国文学之未开辟的领土》(《东方杂志》第23卷第11号),揭示中国诗歌与西方诗歌从源头到流变的不同特征,并对其差异及原因做了深入分析。他还以《中西诗在情趣上的比较》(《申报月刊》第3卷第1期,1934年1月)、《长篇诗在

---

① 朱自清1932年曾说:"八年前我有幸读孟实先生《无言之美》初稿,爱它说理的透彻。那篇讲稿后来印在《民铎》里,好些朋友都说好。"参见朱自清:《文艺心理学·序》,载《朱光潜全集》第1卷,安徽教育出版社1987年版,第522页。

② 朱光潜:《欧洲近代三大批评学者》,分别载第24卷第13号、第14号、第15号《东方杂志》,1927年7月—9月。

③ 向培良:《"文艺心理学"》,载1936年9月3日《大公报·文艺副刊》第46期。

④ 张景澄:《朱光潜的〈文艺心理学〉》,载1936年12月《国文周报》第13卷第46期。

中国何以不发达》(《申报月刊》第 3 卷第 2 期,1934 年 2 月)、《从"距离说"辩护中国艺术》(《大公报·文艺副刊》第 32 期,1935 年 10 月)等系列论文,对中西文学的异同做了广泛而深入的考察,并对比较文学的理论和方法问题提出许多精辟见解。1943 年,国民图书出版社出版的他最富"独到见解"的专著《诗论》,既用西方诗论来解读中国古典诗歌,又用我国诗话及创作实践来阐释西方诗论,在中西比较互释中提出许多让人耳目一新的论说,被著名学者张世禄誉为是接受外来影响"近于消化地步"的"惊世之作"。[①] 我国首部《中国比较文学年鉴》称朱先生为"中国比较文学事业的开拓者"[②],绝非言过其实。

在教育学领域,他 20 世纪 20 年代曾发表许多有思想、有锋芒的论文。如 1922 年 3 月 30—31 日在《时事新报》上连载的《怎样改造学术界?》,针对当时思想文化教育界存在的种种弊端,提出精神改造、环境改造、人才培养等诸多措施和办法,表现出少有的改造教育和社会的睿识与激情。紧随其后发表的《智力测验法的标准》(载《教育杂志》第 14 卷第 5 号,1922 年 5 月)、《在"道尔顿制"中怎样应用设计教学法》(《教育杂志》第 14 卷第 12 号,1922 年 12 月)、《私人创校计划》(载《民铎》第 5 卷第 4 期,1924 年 6 月)等等,借鉴西方教育的成果及理念,研究中国办学和教学的改进途径,为中国教育发展吹进阵阵新鲜空气。

以上描述,仅是对朱先生早年闯荡学界矫健身影的简略勾勒。从这匆匆掠影中已可领略,青年朱光潜在学术疆场上跃马扬鞭、纵横驰

[①] 张世禄:《评朱光潜的〈诗论〉》,《国文月刊》第 58 期,1947 年 7 月。
[②] 北京大学比较文学研究所:《中国比较文学年鉴(1986 年)》,北京大学出版社 1987 年版,第 406 页。

骋的气概,攻城略地、勇猛精进的成就。然而,他为学有锐意进取、初生牛犊不怕虎的勇气,也有脚踏实地、严谨细致的作风。通览他的著述,尤其是他毕生专注的美学研究,不论是专著还是论文,从选题到观点、从材料到论证,或介绍西方学说,或阐述一家之言,均可见出别具之慧眼和独到之匠心,而其所引证材料,要么直接译自西方原著,要么发掘于中国典籍,绝难窥见与别人相似或雷同之处。他的学术生涯,横跨大半个世纪,伴随时代波涛的翻滚和激荡,其研究重点和学术思想也有迁移和更新。但不论社会思潮如何变幻,他多能立足学术前沿,悉心研究,坦率发声,铺路架桥,嘉惠学人;他的研究成果,多发人之所未发,常处学术先锋,却从未剑走偏锋,流于偏激和偏颇,而是实事求是,表率群伦,其披荆斩棘之作用,中流砥柱之地位,同辈学人中罕有可与比肩者。

一般说来,开路先锋多探索摸进之功、冲锋突破之力,而稳坐中军的将帅则长于运筹帷幄,专于排兵布阵。朱先生博采西方美学之花,嫁接中国传统之木,不断开辟新论题、提出新观点,其开路先锋作用显而易见。然而,他从不以先锋自诩,更不以北大名师和学术名家的身份招徒聚众、摇旗呐喊,颇有龚自珍所说"一事平生无齮齕,但开风气不为师"的风仪。不过,朱先生不立门户、不拉山头,却春风化雨、润物无声,沾溉学林、泽被众生,如唐之韩愈、宋之欧阳修,"天下翕然而师尊之"。读中国现代美学史,朱先生既是开疆拓土的勇士,又是深孚众望的将军;开路先锋与稳坐中军的形象,在他身上赫然并立又融为一体。这一点,联系下文论述,将会更加彰明昭著。

三　人生跌宕与进退有常

古老中国蹒跚迈入20世纪,如奔流的长江通过三峡天险:上半叶内忧外患频仍,社会动荡不安;下半叶改换天地,又遇"左"倾思潮泛滥,以致酿成十年"文革"灾难;直至拨乱反正改革开放,才闯过激流越过险滩,迎来"潮平两岸阔,风正一帆悬"的壮阔景观。朱先生一生,在时代涡流的裹挟下,载沉载浮,屡经坎坷,其最大的波折,就是新中国成立这一翻天覆地的变化对他的挑战。

1949年10月,天安门广场的礼炮轰鸣,给朱先生带来欣喜的同时,也让他忧心忡忡,担惊受怕。他作为屈指可数的民国政府教育部的"部聘教授",不仅先后任四川大学文学院院长、武汉大学教务长兼外语系主任、北京大学西语系主任兼文学院代理院长等,还被推选为国立中央研究院院士、国民党中央监察委员会常委。1948年9月,蒋介石在北平宴请知名人士,朱先生不仅是受邀对象,当时《中央日报》头版还刊有蒋介石与他碰杯的照片。[1] 如此这般曾经的身份、地位、名望和荣耀,一下变成他迈入新社会的包袱、过错、耻辱乃至罪恶。换了人间的新时代,考验他的适应能力和应变智慧。

精神负担无法解除,现实变故接踵而至。军事管制委员会接管北大后,撤销他的西语系主任等一切职务,并于1950年4月要他按规定到北京市公安局登记,接受管制8个月。1951年秋,声势浩大的"知识

---

[1] 朱光潜曾就此事说:"在辽沈战役中,蒋介石由沈阳逃回北京,妄想安抚人心,请教育界二三十人吃饭,我也参加了。"《朱光潜全集(新编增订本)》第10卷,中华书局2012年版,第277页。

分子思想改造运动"展开,他先后被定为西语系和北大全校的重点批判对象,每天小会接着大会,不是自我检讨,就是接受批判。他那一本本让人倾心的著作,一夜间统统由"香花"变成"毒草",无不受到猛烈抨击。1952年夏,北京大学从沙滩迁到西郊原燕京大学校址,朱光潜一家也离开中老胡同教授宿舍,被惩罚性地搬到新北大校园南门旁一间不足30平方米、简陋破败的平房里。1953年实行新工资方案,他原是北京大学乃至全国寥若晨星的几位"部聘"一级教授,可在这次工资调整中,被断崖式降为七级教授,不仅收入大幅减少,对其精神和人格更是一种羞辱、伤害。

然而,作为具有深厚学养和坚韧定力的大学者,朱先生面对时代巨变带来的人生落差和磨难,并没有怨天尤人,更没有自暴自弃,而是调整心态,坦然接受,直面困境,积极应对。他一面洗心革面,多次公开检讨,①真诚反省自己的过去,以丢掉包袱,跟上时代前进步伐;一面积极投身新中国的建设和实践,除在北大带两个班的翻译课以外,还于1951年初参加北京院校教师西北土地改革参观团,赴陕西省长安县东大村直接参加土改运动。他将观感及发现的问题,分别写成《从参观西北土地改革认识新中国的伟大》《从土改中我明白了阶级立场》②等文章。中央统战部把朱光潜及参观团部分教授所写材料上报党中央,毛泽东于1951年3月18日批示:

---

① 参见朱光潜《自我检讨》(载1949年11月27日《人民日报》)、《最近学习中几点检讨》(载1951年11月26日《人民日报》)。此两文分别收入《朱光潜全集》第9卷第537页、第10卷第19—24页,安徽教育出版社1993年版。

② 朱光潜:《从参观西北土地改革认识新中国的伟大》,1951年3月27日《人民日报》;《从土改中我明白了阶级立场》,1951年4月13日《光明日报》。

漱石、子恢、小平、仲勋同志：

  民主人士及大学教授愿意去看土改的，应放手让他们去看，不要事先布置，让他们随意去看，不要只让他们看好的，也要让他们看些坏的，这样来教育他们。吴景超、朱光潜等去西安附近看土改，影响很好。要将这样的事例教育我们的干部，打破关门主义的思想。①

  朱先生的真诚改过和积极作为，赢得毛泽东主席的赞赏，自然得到组织的肯定和接纳。1956年5月，经中央统战部安排、北京大学党委同意，朱先生在北大加入中国民主同盟，并作为民盟界别的代表，于1957年2月出席全国政协二届三次会议，被增补为全国政协委员（此后历任第三、四、五届全国政协委员，第六届全国政协常委）。就这样，他由一个被监管、被批判的旧知识分子，逐步成为新中国知识分子思想改造运动的典型，成为新政府的重要统战对象，其生活待遇也随之大为改善。他不仅由七级教授重新恢复为一级教授，工资标准大幅提高，住房条件也彻底好转，搬进北大东门外靠近清华园的燕东园27号小洋楼里。

  不过，在那极"左"思潮甚嚣尘上的年代，尽管朱先生已成为重要统战对象，但对其错误思想的清算和批判却从未停止。当时党中央曾下发文件，在思想文化界"深入批判资产阶级唯心主义思想"，而他的美学思想则被定为资产阶级唯心主义思想的代表，因而对他的批判格

---

① 《毛泽东书信选集》，人民出版社1983年版，第405页。

外严厉,不仅规模大,而且时间长——这就是中国现代学术史上赫赫有名的持续六年之久的美学大辩论。

美学大辩论的揭幕文章,就是朱先生自我批判长文《我的文艺思想的反动性》(载《文艺报》第 12 期,1956 年 6 月)。在该文里,他对自己民国时期的丰硕学术成果几乎全盘否定,自认"我的文艺思想是从根本上错起的,因为它完全建筑在主观唯心论的基础上"。不过,虽然他在政治上对自己的批判十分严厉,以至认为主观唯心论的文艺观是"反社会""反人民"的,但涉及核心学术观点却坚守立场,并不轻易后退和让步。他明确说:

> 关于美的问题,我看到从前人的在心在物的两派答案,以及克罗齐把美和直觉、表现、艺术都等同起来,在逻辑上都各有些困难,于是又玩弄调和折中的老把戏,给了这样的答案:"美不仅在物,亦不仅在心,它在心与物的关系上面。"如果话到此为止,我至今对美还是这样想,还是认为要解决美的问题,必须达到主观与客观的统一。①

由于朱先生的"罪己文"本来就是上级组织竖起的唯心主义美学思想的"靶子",加上他在"美是主观与客观的统一"核心观点上并不随意屈从和改变,自然招致各方的"声讨"和"围剿"。当时许多知名学者如蔡仪、贺麟、黄药眠、李泽厚、侯敏泽、蒋孔阳、洪毅然等等,都先

---

① 朱光潜:《我的文艺思想的反动性》,《朱光潜全集》第 5 卷,安徽教育出版社 1989 年版,第 27 页。

后在《人民日报》《光明日报》《哲学研究》《新建设》等报刊发文对其口诛笔伐。美学大辩论中有近百位学者直接参与论战,全国各主要报刊发表了近四百篇论辩文章,其中大部分都是剑指朱先生,一时颇有"过街老鼠,人人喊打"之势。

面对来自各方的挞伐批判,朱先生政治上似乎幡然悔过、低头认罪,学术上虽有补苴罅漏,却决不低三下四,而是"有来必往,无批不辩"。他以大无畏的学术勇气秉笔直书,推出《美学怎样才能既是唯物的又是辩证的》《论美是客观与主观的统一》《"见物不见人"的美学》《生产劳动与人对世界的艺术掌握》等十数篇宏论,[①]指出参加美学论辩者,虽然主观意图上都想运用马克思主义,可思想方法上却犯有严重的形而上学和教条主义毛病。他在美学大辩论中对极"左"思潮和庸俗社会学的抵制与批驳,以及对人性论、人道主义、共同美感的张扬,不仅在人们内心引起很大震撼,而且为七八十年代到来的思想解放运动及人性论、人道主义讨论,埋下了思想的导火索。

朱先生曾幽默地称自己是美学大辩论中的"众矢之的",是供各路人马瞄准射击的"靶子"。实际上,他是一个用特种防弹材料制成的"靶子",实在不容易击倒或打穿,而许多唇枪舌剑批判他的人,却在对这个"靶子"反复追踪打击中,提升了自己的学术水准和名声。这一点,当年多次诘难和批判朱先生的"论敌"、西北师范大学教授洪毅然深有体会。他说:"50 至 60 年代原本起自对其过去美学思想之'批判'的那场全国性美学大讨论,终因其'笔战群儒',结果反而恰恰成为、实际正是他在客观上起着带动大家不断前进之作用,从而大大促

---

① 这些论文当时汇集为《美学批判论文集》,由作家出版社 1958 年 10 月出版。

进了美学研究空前普遍地蓬勃发展。"①

翻检20世纪中国学术史,在那"左"倾思潮波谲云诡、政治挟制学术残酷无情的岁月里,许多从旧社会过来的知识分子遭受批判时均忍辱含垢,噤若寒蝉。没有任何一位学人能够像朱先生这样,面对来自四面八方的围攻讨伐,不是胆小怕事、忍气吞声,而是挺身而出、据理力争,即便孤军奋战,也顽强拼搏,捍卫自己的学术尊严与品格,即他所说的"不隐瞒或回避我过去的美学观点,也不轻易地接纳我认为并不正确的批判"。② 这在当时批判胡适、胡风等各类"反革命集团",大规模"肃反"和"反右"的严酷形势下,堪称难以想象的奇迹。然而,朱先生却以弱小身躯中蕴藏的强大学术勇气和能量,以几乎是螳臂当车的气概创造了奇迹。

朱先生作为年过半百跨入新社会的旧知识分子,③人生大落大起,学术毁誉交加。他的出类拔萃之处,在于其屡遭批判贬黜之时,能自拔于现实悲苦之中而不失未来信念,处于困顿逆境之时仍坚信学术力量。他为学不断寻求、注重吸收,在处理政治与学术等种种繁难问题上,有变化更新,也有执着定见,愿意修正错误,亦敢于坚持真理。而在这执着与变化、定见与更新、修正与坚持之间,既有"识时务"的自我批判和自我保护,也有"不识时务"的固执己见和学术坚守。他一生的

---

① 洪毅然:《悼朱老》,《朱光潜纪念集》,安徽教育出版社1987年版,第68页。
② 朱光潜:《作者自传》,《朱光潜全集》第1卷,安徽教育出版社1987年版,第7页。
③ 郭沫若曾批评朱光潜为"反动文人",参见其《斥反动文艺》,载《大众文艺丛刊》第一辑《文艺的新方向》,1948年3月;另见邵荃麟:《朱光潜的怯懦和凶残》,载《大众文艺丛刊》第二辑《人民和文艺》,1948年5月。

进退取舍,自有分寸,不失法度,彰显了一代美学大师的人生睿智和学术风范。

2017年10月15日完稿于合肥书香苑

原载于2017年10月30日《光明日报》"学人"版

朱光潜学术人生的通达与执着

朱光潜先生被誉为"美学老人""美学大师",这些尊称缘于他是中国现代美学最杰出的开拓者和建设者。中国古代虽有丰富的美学思想,却没有建立起美学学科。王国维、蔡元培等人最早构思美学蓝图,但他们筚路蓝缕,更多是跑马圈地,打桩奠基,中华美学大厦远未耸立地表。朱光潜于20世纪30年代出版的《悲剧心理学》《文艺心理学》《谈美》《诗论》等,堪称中国第一批详备系统的美学专著。他绛帐北京大学和清华大学讲授相关美学课程,也在中国杏坛开美学课之先河。他翻译介绍的西方美学名著卷帙浩繁,从古希腊的柏拉图到德国的黑格尔到现代意大利的克罗齐,几乎完整展示了西方美学演化嬗变的历史长卷,其用力之勤和功绩之伟,至今无人望其项背。

朱光潜生于1897年,逝于1986年,九秩人生横跨晚清、民国和新中国三大历史时期,其六十多年学术旅程也和中国现代史一样,跌宕起伏,岁月峥嵘。读中国现代学术史,尤其现代美学史,不论沙尘蔽日之际,还是云灿星辉之时,朱光潜任凭风云变幻,坚守美学领地,开疆拓土,深耕细作,从未流于偏激,却处学术先锋,其披荆斩棘之作用、中流砥柱之地位,仿佛屹立万里波涛中的航标灯塔,导引中国现代美学巨轮破浪前行。

朱光潜学贯中西,博通古今,勤勉著述,成果丰硕。安徽教育出版社1987至1993年出版的首套《朱光潜全集》,厚厚20卷,700多万字。中华书局正在陆续推出的《朱光潜全集(新编增订本)》,皇皇30余卷,超过1000万字。在这次简短的讲座里,全面谈论朱先生的学术成就,无疑好高骛远、不切实际,比较可行的办法只能是以斑窥豹,通过跟踪和扫描他长途跋涉的某些重要脚印,窥探其学术殿堂的宏伟结构和独特造型,领略其学术人生豁达而严正、变通而执着的大家风范。

文言与白话的藕断丝连

朱光潜出生在激荡清朝文坛两百余年的桐城派的故乡,也是一户累代书香之家的子弟。他的祖父朱海门曾主持闻名故里的桐乡书院,作得一手漂亮的八股文,与桐城派后期古文大家吴汝纶颇有交谊。父亲朱黼卿终生笃志于学,在家乡开私塾学馆谋生行孝。朱光潜幼承庭训,6岁入父亲的私塾馆,后入吴汝纶创办的桐城中学,因写得一手好文章,深受国文教师的赏识,以至期望他接桐城派古文一线之传。

1919年五四运动爆发,朱光潜正在英国人主办的香港大学教育系读书。他接触到《新青年》等报刊宣传的新思想,心灵深处引起强烈震撼。他在《从我怎样学国文说起》里曾这样描述当时的心境:

> 我是旧式教育培养起来的,脑里被旧式教育所灌输的那些固定观念,全是新文化运动的攻击目标。好比一个商人,库里藏着多年辛苦积蓄起来的一大堆钞票,方自以为富足,一夜睡过来,满

市人都喧传那些钞票全不能兑现,一文不值。你想我心里服不服?①

最使他不服气,乃至痛心疾首的,是废除文言文,提倡白话文。这不仅因为他写得一手好文言,多年练就的一技之长将会变成无用之功;还因为提倡白话文的新派学者,猛力攻击桐城派古文及其代表作家,这对作为桐城派后裔的朱光潜来说,理智上难以接受,感情上更受伤害。陈独秀在那篇名噪一时的《文学革命论》中,就将朱先生所尊崇的精神益师"归方刘姚"(归有光、方苞、刘大櫆、姚鼐),打入"无一字有存在之价值"的"十八妖魔"之列。钱玄同更是把桐城文派直斥为"桐城谬种,选学妖孽"。对于这种无异于挖桐城人祖坟的偏激之言,朱光潜自然愤慨异常。他说,尤其文言文要改成白话文一点,于我更有切肤之痛。当时很多遗老遗少都和我处在同样的境遇。他们咒骂过,我也跟着咒骂过。《新青年》发表的吴敬斋的那封信虽不是我写的(天知道那是谁写的,我祝福他的在天之灵),却大致能表现当时我的感想和情绪。

一种语言负载着一种文化。它对于深深浸泡其中的知识分子来说,绝不仅仅是召之即来、挥之即去的文字工具,而是其心灵可以得到慰藉,情感赖以寄托的精神家园。

当时的北洋政府教育部,迫于声势浩大的五四新文化运动的影响,于1920年1月通令将小学一、二年级的国文一律改为语体文,同年4月又规定凡过去编的文言文教科书到1922年以后一律废止。此

---

① 朱光潜:《从我怎样学国文说起》,《朱光潜全集》第3卷,安徽教育出版社1987年版,第444页。

后,大中小学文言文教材逐步被白话文教材所代替,各种报刊更是争相使用白话文,以示跟上时代前进之脚步。至此,白话潮流,浩浩荡荡,大有顺之者昌,逆之者亡的势头,每个用惯了文言的人,都感受到一种强大的压力。

对于朱光潜来说,放弃文言文犹如告别栖息多年的故乡老宅,其过程当然是痛苦的。仿佛一个被迫背井离乡的游子,虽然将要开始新的精神旅程,但故乡那熟悉而亲切的身影,那长久培养起来的剪不断理还乱的浓浓乡情,怎能不引起他深深眷恋呢?

然而,朱光潜毕竟是一个现代青年,一个既有认识新事物的愿望,又正在接受现代大学教育的现代青年。他对于文言文改成白话文这点,虽然始而反对并在心里咒骂,但不久经过冷静的思考,经过一番剧烈的内心冲突,终于"看出新文化运动是必需的",并"放弃了古文和文言,自己也学着写起白话来了"。[1]

很快,他完成了自己的第一篇白话作品《福鲁德的隐意识说与心理分析》,于1921年7月发表在当时很有影响的《东方杂志》上。此后,他一发而不可收,写出了大量脍炙人口的论文和著作,不仅以丰富的学识和深刻的见解广受称誉,而且以优美的文字和清新的文风打动许多人的心灵。朱自清先生当年就称赞他的"文字像行云流水,自在极了"[2]。季羡林先生则说:"他对中外文学都有精湛的研究,这是学

---

[1] 朱光潜:《作者自传》,《朱光潜全集》第1卷,安徽教育出版社1987年版,第2页。

[2] 朱自清:《文艺心理学·序》,《朱光潜全集》第1卷,安徽教育出版社1987年版,第525页。

术界公认的;他的文笔又流利畅达,这也是学者中少有的。"①

朱光潜先生何以能有这样的好文笔?这当然需要有对文字的敏锐感觉,需要有"文章不厌百回改"的反复推敲的精神,同时原先的古文训练也功不可没。朱光潜以自己的切身体验,对文言和白话两者的特点及短长曾有独到分析:

> 文言白话之争到于今似乎还没有终结。我做过十五年左右的文言文,二十年左右的白话文,就个人经验来说,究竟哪一种比较好呢?把成见撇开,我可以说,文言和白话的分别并不如一般人所想象的那样大。第一,就写作的难易说,文章要做得好都很难,白话也并不比文言容易。第二,就流弊说,文言固然可以空洞俗滥板滞,白话也并非天生地可以免除这些毛病。第三,就表现力说,白话与文言各有所长,如果要写得简练、含蓄、富于伸缩性,宜于用文言;如果要写得生动、直率、切合于现实生活,宜于用白话。这只是就大体说,重要的关键在作者的技巧,两种不同的工具在有能力的作者的手里都可以运用自如。我并没有发现某种思想和感情只有文言可表现,或者只有白话可表现。②

这段话说于20世纪40年代初(1943年)。当时整个社会对文言文多讨伐、贬责之声,朱光潜却在文言与白话的比较中,充分肯定文言文的意义和价值。由此他认为,新文学倡导者所说的"文言是死的,白

---

① 季羡林:《他实现了生命的价值》,1986年3月16日《文汇报》。
② 朱光潜:《从我怎样学国文说起》,《朱光潜全集》第3卷,安徽教育出版社1987年版,第445页。

话是活的",乃不负责任的偏激之词。因为"文言文所能有的毛病,白话文都能有;白话文所能有的毛病,文言文也在所不免"。

其实,任何一种语文和文学都有历史连续性,白话本身也是从文言脱胎而来,文言与白话并非两种截然不同的语文。白话文必须继承文言文的遗产,才可能更加丰富,更加富有表现力和感染力。文言文尽管不是流行的语言,但它承载着几千年的文化遗产,也是我们今天表达思想感情不可或缺的工具,如古代诗文里的许多字句及结构都为白话文所常用,更何况我们继承弘扬传统需要读经典,必须掌握文言文知识。

朱光潜在20世纪三四十年代"废除文言文、提倡白话文"已成一边倒的舆论情势下,对文言和白话的特点及关系能做出如此理性分析,凸显其为学实事求是、通达平正、不随时俗、独立思考的品质。

西学与中学的移花接木

朱光潜1918年至1923年在香港大学获学士学位,1925年至1928年在英国爱丁堡大学获硕士学位,1929年至1933年在英国伦敦大学和法国斯特拉斯堡获博士学位。他前后在西方人主办的大学里攻读13年,是同辈文人学者中留学时间最长、浸淫西方文化甚为深广者。他新中国成立以前出版许多重要著作,如《给青年的十二封信》(1929年)、《变态心理学派别》(1930年)、《谈美》(1932年)、《悲剧心理学》(1933年)、《变态心理学》(1933年)、《文艺心理学》(1936年)、《诗论》(1943年)、《谈修养》(1943年)、《谈文学》(1946年)、《克罗齐哲学述评》(1948年)等。这些享誉当时并影响至今的佳作,多半写于他在英国和法国留学期间。

尽管上述著作多数撰写于英国和法国,尽管它们广泛运用了西方的理论和方法,但所阐述的美学和文艺学问题,绝不只是西方理论的简单照搬和介绍,而是处处注意结合中国文艺和审美实际,在两者相互对照比较中探寻美学和文艺学规律。中西融汇,古今贯通,这是朱光潜治学的重要方法,也是他治学的突出特点。

《文艺心理学》是我国第一部系统探讨美感经验和审美心理生成过程的专著,自20世纪30年代出版以来一直广受赞誉。该著虽然以现代西方美学理论为立论基础,但他用中国传统中的"静观自得""物我两忘"思想来阐释意大利美学家克罗齐的"直觉说",用中国古代文人推举的"超然物表""潇洒出尘"的人生境界来解析英国心理学家布洛的"距离说",用老子和庄子崇尚的"天人合一""物我同一"的观念来论证德国心理学家立普斯的"移情说"等等,无不强烈地表现出打通中西、古今共治的色彩。

《谈美》是朱先生另一部广受好评的佳作,它从人生和艺术的结合上谈论美感形成规律,探讨人生艺术化的意义。该书从标题到具体论述,处处把西方美学理论与中国传统美学思想熔于一炉,两者互释、彼此融合,几乎达到玉润珠圆的境界。如他谈艺术与实际人生的距离,所用标题为"当局者迷,旁观者清";谈宇宙的人情化(即移情作用),所用标题为庄子的典故"子非鱼,安知鱼之乐";谈艺术与游戏的关系,所用标题为孟子的名句"大人者不失赤子之心";谈诗歌创造与格律的关系,所用标题为孔子的格言"从心所欲不逾矩"等等。仅从这里,我们足可领略朱先生治学古今中外融会贯通的风采。

学术研究贵在创新,贵在对研究对象有自己独到的感悟和发现。《诗论》作为朱先生自认"比较有点独到见解"的成果,不仅是中国诗学从传统偶感随笔形态转向系统理论形态的一部具有开创意义的名著,更在于它"用西方诗论来解释中国古典诗歌,用中国诗论来印证西方著名诗论",在比较文学方面开拓了中西诗学互相阐释的先河。《诗论》在中西诗学比较互释方面,开人眼界的创获很多,略举两例,以呈状貌。

其一,赋与诗的关系及中西诗格律。

千百年来,谈到中国文体演变,多以为"赋自诗出"。班固《两都赋·序》说:"赋者,古诗之流也。"挚虞《文章流别论》也说:"赋者,敷陈之称,古诗之流也。"后人遵从此说,多注意古诗对赋的影响,而对于赋给予律诗的影响则绝少考虑。朱先生别具匠心,发现讲究铺陈、对举、韵节的汉赋,对律诗的形成具有不可忽视的作用。他指出:律诗的两大要素,即意义的对偶和声音的对仗,都是最先出现在赋中,并首先由赋家兼诗人的曹植、鲍照、谢灵运等自觉或不自觉地运用到诗里。如曹植的诗句"秋兰被长坂,朱华冒绿池""潜鱼跃清波,好鸟鸣高枝",便俨然是对偶句的形态;到了谢灵运的《登池上楼》和鲍照的《代出自蓟北门行》等,则呈露全篇排偶的端倪。由此逐渐推广开来,慢慢发展成熟,及至唐朝,终成律诗极盛时代。此后,律诗不仅是中国诗歌中影响最大、发展最为充分的诗体,而且对唐以后的词曲及散文演进,都不同程度留下了雨过地湿的痕迹。

然而,西方人在艺术中也有注重对称的倾向,为什么他们的诗没有走上排偶的路呢?朱先生指出:中文字全是单音,一字对一音,如"桃红柳绿""我去君来",稍有比较,即成排偶。可西方文字,不论是英文、法文、德文还是其他文字,都是单音字与复音字相错杂,意义可以对称而词句却参差不齐,难以两两相对,犹如"司马相如"和"班固"都是专名却不能相对的道理一样。不仅如此,中文与西文在语法规则方面亦有重大差异:西文的文法严密,中文的语法比较疏简且较有弹性。如"香稻啄余鹦鹉粒,碧梧栖老凤凰枝"两句诗,若依原文结构直译为英文、法文或德文,即漫无意义,而在中文里却不失为佳句。由此朱先生说:"单就文法论,中文比西文较宜于诗,因为它比较容易做得工整简练。"这话讲在五四以后推崇西方诗而贬斥旧体诗的时代,不仅见识卓著,更显学术勇气。

其二,中西爱情诗的异同及原因探讨。

在进行中西诗歌比较时,朱光潜先生还对中西爱情诗的差异提出独到见解。他指出:"西方爱情诗大半写于婚媾之前,所以称赞容貌、诉申爱慕者多;中国爱情诗大半写于婚媾之后,所以最佳者往往是惜别悼亡。西方爱情诗最长于'慕',莎士比亚的十四行诗、雪莱和布朗宁诸人的短诗是'慕'的胜境;中国爱情诗最善于'怨',《卷耳》《柏舟》《迢迢牵牛星》,曹丕的《燕歌行》,梁元帝的《荡妇秋思赋》以及李白的《长相思》《怨情》《春思》诸作是'怨'的胜境。"[①]

为什么中西爱情诗有这种差异?第一,西方社会侧重个人主义,爱情在个人生命中最关痛痒。说尽一个诗人的恋爱史,差不多就说尽他的生命史。中国社会侧重国家主义,文人大半生光阴在仕宦羁旅,"老妻寄异县"是常事。他朝夕相处的往往不是妇女,而是同僚与文字友,所以中国诗里友朋赠答和君臣恩谊是常见的母题,而这在西方诗中却几无位置。第二,西方受中世纪骑士风气影响,尊敬女子受社会称颂,女子受教育程度比较高,在学问和情趣上往往可以和男子契合。在中国得之于朋友的乐趣,在西方一般都可以得之于妇人女子。中国受"男尊女卑"传统观念影响,男子往往把女人看作一种牵挂或不得

[①] 朱光潜:《中西诗在情趣上的比较》,《朱光潜全集》第3卷,安徽教育出版社1987年版,第76页。

有的一种累赘。女子最大的任务是传嗣,其次是当家,恩爱只是伦理上的义务,情投意合是比较罕见的事。第三,中西恋爱观也相距甚远。西方人重视恋爱,有"爱情至上"口号。中国人向来重视婚姻而轻视恋爱,真正的恋爱往往见于"桑间濮上"。至于文人,仿佛只有潦倒无聊者才肯公然寄情于声色,而他们向来为社会所诟病。更何况中国人的人生理想侧重功名事业,"随着四婆裙"多半被社会视为耻事呢!

检索20世纪三四十年代出版物,对中西诗歌进行如此比较研究,朱先生是第一人。他不仅可说是中西比较诗学研究的开拓者,而且抬脚举步就迈上很高的起点,其研究视野的广度、把握问题的精准度、挖掘缘由的深度,多道前人所未道,给人拨云见日、豁然开朗之惊喜。在近百年中西文化激烈冲突的大背景下,朱光潜以学者的冷静和睿智,移西方美学之花,接中国传统之木,于中国现代美学的百花园中,培植出一株株清香迷人的奇花异卉,给我们许多娱心明智的教益和启示。

政治与学术的进退有据

伴随1949年10月天安门广场礼炮声的轰鸣,朱光潜步入新社会。中国历史上这一翻天覆地式的重大事件,也给朱光潜的学术生涯和个人生活带来沧海桑田之巨变。这不仅表现在他原来那一本本让人倾心的著作,一夜间统统由"香花"变成"毒草",遭到来自各方的贬责和抨击;还因为他曾参加国民党,担任国民党中央监察委员,以及在旧社会的广泛影响,被视为"反动文人"而一度接受北京市公安局监视性"管制"。北京大学撤销他西语系主任的职务,还在思想改造运动中将其定为重点批判对象,使其受到一系列严厉的甚至侮辱人格的批判。1953年实行新工资方案,他原是全国少数几个"部聘"一级教授,却意外地被降格评为七级教授,生活待遇也由此一落千丈。

然而,尽管个人遭际让他倍感委屈、压抑、惶惑乃至忧惧,但他看到新中国到处一派生机勃勃、光明灿烂的景象,看到共产党干部带领人民艰苦奋斗、克服困难的大无畏精神,仍从内心接纳和拥护新社会的到来。他诚恳接受思想改造,认真对待每次检查,希望通过洗心革面,融入新社会,跟上时代前进的步伐。面对当时接二连三、各式各样的批判斗争会,面对那怒目而视的眼神和不堪入耳的秽言恶语,他"总是神态自若,毫无沮丧表情"①,一如菩萨低眉、老僧入定,任人指摘,恝然默对。他一边忍受屈辱,一边加强学习,以卧薪尝胆的精神苦攻马列,期望以马克思主义清算自己过去的错误思想,指导今后学术研究,为中国当代美学建设继续添砖加瓦,献计出力。

沧海横流,方显出英雄本色。朱先生顶着各种批判的枪林弹雨,以他掌握的马克思主义为武器,一面真诚检讨和批判自己的过去,一面以过人的胆识和坚韧的毅力,维护和构建中国当代美学的学术品格,终于在中国当代学术史乃至思想史上写下辉煌的篇章。这一点,他在20世纪五六十年代美学大辩论中的卓异表现,尤其引人瞩目和感佩。

20世纪五六十年代的美学大辩论,发端于《文艺报》组织的"对朱光潜唯心主义美学思想的批判",其揭幕文章就是该刊1956年6月登载的朱先生自我批判长文《我的文艺思想的反动性》。在该文里,朱先生对自己新中国成立前的丰硕学术成果几乎全盘否定,自认"我的文艺思想是从根本上错起的,因为它完全建筑在主观唯心论的基础上"。他还检讨自己鼓吹"超社会、超政治、超道德"的文艺观,与"进步的革

---

① 朱虹:《我的老师朱光潜先生》,《人民文学》1986年第5期。

命的文学"相对抗,是射向革命文艺的一支支"冷箭"。①

美学大辩论前后,思想文化界接连发生几件震慑人心的大事。1955年"胡风集团"案爆发,著名左翼文艺理论家胡风以"反革命"罪被捕入狱,并在思想文化界株连甚广,大规模"肃反"运动随之开始。次年,"百花齐放,百家争鸣"方针提出,文艺界掀起反对"丁陈反党集团"的斗争。又次年,"双百方针"演化为"引蛇出洞",声势浩大的"反右"运动展开,大批知识分子蒙冤受难。在这种社会政治背景夹缝中展开的美学大辩论,作为资产阶级唯心主义美学思想的代表人物,朱光潜当然只能以当时社会所要求和规定的"话语",对自己不惜责骂乃至丑化。可是,尽管他在政治上对自己的批判十分严酷,以至认为主观唯心论的文艺观是"反社会""反人民"的,但涉及核心学术观点却坚守立场,并不轻易后退和让步。他在《我的文艺思想的反动性》里明确说:

> 关于美的问题,我看到从前人的在心在物的两派答案,以及克罗齐把美和直觉、表现、艺术都等同起来,在逻辑上都各有些困难,于是又玩弄调和折中的老把戏,给了这样的答案:"美不仅在物,亦不仅在心,它在心与物的关系上面。"如果话到此为止,我至今对美还是这样想,还是认为要解决美的问题,必须达到主观与客观的统一。②

---

① 朱光潜:《我的文艺思想的反动性》,《朱光潜全集》第5卷,安徽教育出版社1989年版,第11—39页。
② 朱光潜:《我的文艺思想的反动性》,《朱光潜全集》第5卷,安徽教育出版社1989年版,第27页。

由于朱先生自我批判的长文是由组织树起的唯心主义美学思想的"靶子",加上他在"美是主观与客观的统一"核心观点上并不随意屈从和改变,其"罪己文"发表后,很快招致来自四面八方的"围剿"。当时许多知名学者如蔡仪、贺麟、黄药眠、侯敏泽、李泽厚、蒋孔阳、洪毅然等等,都在《人民日报》《光明日报》《哲学研究》《新建设》等报刊发文对其口诛笔伐。美学大辩论持续6年间,有近百位学者直接参与论战,全国各主要报刊发表了近四百篇论辩文章,其中大部分都是"讨伐"朱先生的,一时颇有"过街老鼠,人人喊打"之势。

令人惊异的是,在当时"左"雾弥天的社会氛围里,朱光潜先生对来自各方的严厉批判,政治上似乎完全幡然悔过、脱胎换骨、低头认罪,成为一条"死老虎",学术上虽有补苴罅漏,却决不愿低三下四、忍气吞声,大有"困兽犹斗"之气概。他挺身而出,孤军奋战,"有来必往,无批不辩",秉笔书写《美学怎样才能既是唯物的又是辩证的》《论美是客观与主观的统一》《"见物不见人"的美学》《生产劳动与人对世界的艺术掌握》等十余篇宏论,指出参加美学论辩者,虽然主观意图上都想运用马克思主义,可思想方法上却犯有严重的形而上学和教条主义的毛病。他一面反复申述和捍卫自己认为正确的见解,提出和阐述了"物甲""物乙"说、"花是红的"与"花是美的"区别、"自然的人化"与"人的本质力量对象化"等一系列重要观点,一面对众多美学家普遍存在的极"左"思潮和教条主义进行严肃批评,为诊治当时中国思想文化界严重感染的庸俗社会学弊病,起到难能可贵的作用。

朱先生曾幽默地称自己是美学大辩论中的"众矢之的",是供各路人马瞄准射击的"靶子"。实际上,他是一个用特种防弹材料制成的"靶子",实在不容易击倒或打穿,而许多唇枪舌剑批判他的人,却在对这个"靶子"的反复射击中,提升了自己的学术水准和名声。这一点,当年多次批判朱先生的"论敌"洪毅然深有体会。他说:"50 至 60 年代原本起自对其过去美学思想之'批判'的那场全国性美学大讨论,终因其'笔战群儒',结果反而恰恰成为、实际正是他在客观上起着带动大家不断前进之作用,从而大大促进了美学研究空前普遍地蓬勃发展。"[1]

综观朱先生学术人生,他深谙中华传统,精研西方学术,脚踏中西文化,穿越 20 世纪,为构建中国现代美学大厦,孜孜以求,锲而不舍,"焚膏油以继晷,恒兀兀以穷年",奉献毕生心血。他为学不断寻求、注重吸收,在处理古与今、中与西、政治与学术等种种繁难问题上,有执着定见,也有变化更新,愿意修正错误,亦敢于坚持真理。而在这执着与变化、定见与更新、修正与坚持之间,既有"识时务"的自我批判,也有"不识时务"的固执己见,其进退取舍,自有分寸,不失法度。他的学术人生,"以出世精神,做入世事业",既轰轰烈烈,又静穆隽永,既清澈似水,又凝重如山,是一部浅近而深奥的大书。今天所谈,只是浅尝辄止,翻开某些篇章,阅读几个片段,欲知其中精彩详情,暂无下回分解,请各位自己品读朱先生文集,相信大家会获得如入宝山的喜悦和快慰。

原载于 2016 年 9 月 8 日《光明日报》"光明讲坛"版

---

[1] 洪毅然:《悼朱老》,《朱光潜纪念集》,安徽教育出版社 1987 年版,第 68 页。

朱光潜论中国诗的声律及诗体衍变

朱光潜先生以治西方美学著称于世,实际上他对中国古典美学,尤其是中国古代诗学也有精湛的研究。他于20世纪40年代初出版的《诗论》①,是中国诗学由传统的偶感随笔形态,转向现代系统理论形态的一部具有开创意义的专著,堪称"中国现代诗学的第一块里程碑"②。这部著作有许多开人眼界的论述,其中第八章至第十二章五章,在中西诗歌节奏和声韵的多项比较中,探讨中国诗的声律特点及诗体衍变,新见迭出,尤见功力。笔者多年来深感这部分文字极有学术价值,一直翘首盼望有人对它做出切实的评论,并在其基础上做进一步的学术推进。然而,除张世禄先生20世纪40年代在《评朱光潜

---

① 《诗论》,1943年由国民图书出版社首版,1948年由正中书局出版增订版,1984年由三联书店出版第三版。后收入《朱光潜全集》第3卷,安徽教育出版社1987年版。

② 参见李黎:《中国现代诗学的第一块里程碑——读朱光潜先生的〈诗论〉》,《读书》1986年第8期。

〈诗论〉》的书评里,对这部分内容有所涉猎外,①海内外众多的朱光潜研究论著和中国诗学研究论著,对其几乎都没有给予应有的重视。笔者私下曾向多位朱光潜研究和中国诗学研究学者垂询,他们都对《诗论》这部分内容所显示出的渊博学识和真知灼见赞不绝口,同时又感慨中国诗的声律是个非常专门化的领域,加之朱先生是在中国与西方多语种诗歌的音律比较中来探讨问题,因而面对它在学术上让人颇有"河伯见海若"之感,自然难免留下"诗家总爱西昆好,独恨无人作郑笺"的遗憾了。本文不揣浅陋,尝试评述《诗论》中的声律论及其相关问题,考察其取得的成就和存在的缺欠,意在抛砖引玉,一方面引起学术界对《诗论》这部分成果的重视,另一方面则期望得到方家的批评指正。

一

声音的节奏,主要于长短、高低、轻重三方面见出。朱光潜指出:"因为语言的性质不同,各国诗的节奏对于长短、高低、轻重三要素各有所侧重。"古希腊诗与拉丁诗都偏长短,读一个长音差不多等于读两个短音所占的时间,长短有规律地相间,于是出现很明显的节奏。而在欧洲各国诗中,似乎并不重视音的长短,而更重视音的轻重,比如英文诗,其音步即以"轻重格"(iambic)为最普遍。② 请看朱光潜引以为例的莎士比亚名句:

---

① 参见张世禄:《评朱光潜〈诗论〉》,载《国文月刊》第58期,1947年7月。
② 参见《诗论》第八章,《朱光潜全集》第3卷,安徽教育出版社1987年版,第155—156页。

```
To be │ or not │ to be; │ that is │ the ques │ tion
轻重  │ 轻重   │ 轻重    │ 重轻    │ 轻 重    │ 轻
```

这句话出自莎士比亚戏剧《哈姆雷特》第三幕第一场,是一句剧诗,是英诗中"轻重五步格"的变体。严格说来,朱先生引这句诗来说明"轻重格"是英诗中"最普遍"现象并不妥当。因为其第四步如依音律读,重音应在第二音"is"上,而实际读时重音却应放在第一音"that"上,并且第五步后还多一音,可说并不是典型的"轻重五步格"诗句。其实,英诗中的音律虽可适当变化,但在十四行诗里,每行均是标准的"轻重五步格":

```
And that │ my Muse, │ to some │ ears not │ unsweet
轻  重   │ 轻  重    │ 轻 重   │ 轻 重    │ 轻 重
```

英诗中的十四行诗都是这样,每行十个音节,这十个音节均按"轻重|轻重|轻重|轻重|轻重"的次序,组成五个音步,所以叫"轻重五步格"。每行诗的声音节奏美,就在这轻重音的交替变化和重复中见出。

与英语诗句重视"轻重格"不同,中国诗句则重视"平仄律"。平仄由字音的声调区别(即平上去入四声的区别)构成。中国诗的平与仄的分别究竟是什么,音韵学家们的回答并不一致,有的说是长短音之分,有的说是高低音之分,也有的说是轻重音之分。朱光潜认为,"平仄的分别不能以西诗的长短轻重比拟","拿西方诗的长短、轻重、高低来比拟中国诗的平仄,把'平平仄仄平'看作'长长短短长''轻轻重重轻'或'低低高高低',一定要走入迷路"①。这一见解是比较符合中国诗实际的。因为中国诗中的每个音的长短高低,既可以随文义语气影响而有伸缩(如"君问归期未有期,巴山夜雨涨秋池",这两句诗中的"君"字和"巴"字都是平声字,按说应读长音,但在这里却只能读成短音);有时又受邻音的影响而略有变化(如"迢迢牵牛星,皎皎河汉女""无边落木萧萧下,不尽长江滚滚来"之中的叠音字,按说两字同声同韵,读音也应一样,但实际上叠音字读时都是先抑后扬,在音的长短高低轻重上仍略有分别)。

更为特别的是,在希腊拉丁诗中,一行不能全是长音或短音;在英文诗中,一行不能全是重音或全是轻音,假如那样,诗句就不会有节奏。但是在中文诗中,一句可以全是平声,如"关关雎鸠""修条摩苍天""枯桑鸣中林"等;一句也可以全是仄声,如"窈窕淑女""岁月忽已晚""利剑不在掌"等等。这些诗句虽非平仄相间,但仍有起伏节奏,读起来并不拗口。由此可知,平仄有规律的交替和重复,虽然也可以形成节奏,但对中国诗的节奏影响并不鲜明,或者说,平仄的主要功用并不在节奏方面。

那么,平仄在中国诗中究竟起什么作用呢?依朱光潜看,其作用主要是造成诗的音调和谐。"节奏"(rhythm)与"和谐"(harmony)是两个应该分清的概念。节奏主要指声音有规律,和谐主要指声音悦耳。比如磨坊的机轮声和铁匠铺的钉锤声都有节奏而没有和谐,而古寺的钟声和森林的一阵风声都可以有和谐而不一定有节奏。节奏自然可以帮助和谐,但和谐并不限于节奏,它的要素是"调质"

---

① 朱光潜:《诗论》第八章,《朱光潜全集》第3卷,安徽教育出版社1987年版,第165页。

(tonequality)的悦耳性。诗歌语言的音乐美,一方面在节奏,在音的长短、高低、轻重的起伏,另方面也在调质,在字音本身的和谐以及音与义的协调①。请看白居易《琵琶行》中的名句:

大弦嘈嘈如急雨,小弦切切如私语;
嘈嘈切切错杂弹,大珠小珠落玉盘。

这里,不仅一系列双声叠音词起到了有助声音和谐的作用,而且平仄声的有规律搭配更是造成其音乐美达到完美境界的重要缘由。比如第一句"嘈嘈"就绝不可换仄声字,第二句"切切"也绝不可换平声字;第三句连用六个舌齿摩擦音,"切切错杂"状声音短促迅速,如改用平声或上声,效果绝不相同;第四句以"盘"字落韵,第三句如换平声的"弹"字为去声的"奏"字,意义虽相同,可听起来就不免拗口。凡是好的诗歌,平仄声一定都摆在各自最适宜的位置,不可轻易相调换,如调换后声音和谐的效果就大不一样。从此例可知,中国诗的平仄是借助有规律的音调抑扬变化,以造成音调的和谐优美。朱光潜说"它对于节奏的影响虽甚微,对于造成和谐则功用甚大"②,是为确论。

比较《诗论》对"声"的论述和这里的阐述可发现,我们避免了朱

---

① 朱光潜:《诗论》第八章,《朱光潜全集》第 3 卷,安徽教育出版社 1987 年版,第 167 页。
② 朱光潜:《诗论》第八章,《朱光潜全集》第 3 卷,安徽教育出版社 1987 年版,第 171 页。

光潜反复使用的一个中心概念"四声"①,主要原因是他在使用这一概念时出现了重要失误。这一点,音韵学家张世禄于20世纪40年代末就曾指出:

> "四声"的声,跟"声母"的声,绝对不可相混。前者是指字调的分别,后者是指字音起首的辅音。朱氏此书第八章论"声",讲到中国的"四声"问题,有几处不免与"音质"的问题相纠缠起来。如说"中国诗音律的研究,向来分'声'(子音)'韵'(母音)两个要素。……现在分析声的性质,声就是平上去入",几乎使读者要误认"声母"的声和"平上去入"的声为一件东西了!这或许是叙述时偶尔的疏忽。可是朱氏在这一章里所提出的四声"调质"的分别,确是把字调的现象和音质问题混为一谈。他说"四声不但含有节奏性,还有调质(即音质)上的分别。凡读书人都能听出四声,都知道某字为某声,丝毫没有困难,但是许多音韵学专家都不能断定四声的长短、高低、轻重的关系。这可证明四声最不易辨别的是它的节奏性,最易辨别的是它的调质或和谐性"。这里所提出的"调质",明明说即是"音质",实在使读者很难了解朱氏所指的"四声"的分别,是属于语音上的哪种现象?是否可以跟"声母""韵母"上的辨别,混为一谈!②

这里的批评言之有据,析理清晰,是很有道理的。朱先生在谈论

---

① 朱光潜《诗论》第八章里有这样几个小标题:"中国的四声是什么""四声与中国诗的节奏""四声与调质",可见"四声"是朱光潜论"声"的一个中心概念。
② 张世禄:《评朱光潜〈诗论〉》,《国文月刊》第58期,1947年8月。

"四声"时,确实有时将作为"音调"的声和作为"声母"的声混为一谈了,这是不应该出现的失误。但是,这一概念的混淆,并没影响其基本结论的正确。他的基本结论是:四声(实际就是指"平仄"①)对于中国诗的节奏影响甚微,对于造成和谐则功用甚大。这一看法今天几乎已是学术界的公论,而朱光潜在 20 世纪三四十年代就做了较深入的探讨。因之,张世禄批评他由于概念含混不清,"自然也得不到正确的结论"的话,不免有点过甚其辞。

二

既然平仄的主要作用在于造成音调和谐,而对于节奏的影响甚微,那么,中国诗的节奏究竟是由什么因素决定的呢?

朱光潜指出,"它大半靠着'顿'"②。在中国诗里,"顿"是由音组而形成的自然停顿。汉语一个字为一个音节,四言诗四个音节为一句,五言诗五个音节为一句,七言诗七个音节为一句,每句的音节是固定的。但一句诗中的几个音节并不是孤立的,一般都两个组合在一起形成顿。所以四言二顿,每顿二个音节;五言三顿,每顿的音节是二二一或二一二;七言四顿,每顿的音节是二二二一或二二一二。例如下

---

① 《诗论》中许多用"四声"的地方,若换成"平仄",意思没变,却可以避免概念混乱的毛病。不过这问题也颇复杂,也有的学者指出:"四声"所代表的是六朝的韵律论,而"平仄"所代表的是唐代的韵律论(参见日本松浦友久:《中国诗歌原理》,孙昌武、郑天刚译,辽宁教育出版社 1990 年版,第 197—200 页)。

② 朱光潜:《诗论》第九章,《朱光潜全集》第 3 卷,安徽教育出版社 1987 年版,第 172 页。

例诗句,如果我读时拉一点调,就形成这样的顿:

关关——雎鸠,——在河——之洲。
涉江——采芙——蓉,——兰泽——多芳——草。

五更——鼓角——声悲——壮,——三峡——星河——影动——摇。

这是按照旧诗读法而划分出来的顿,其中掺杂几分形式化的音乐节奏。在通常情况下,顿的划分既要考虑到音节的整齐,又要兼顾意义的完整。因此,上面后两句诗,也可顿成下式:

涉江——采——芙蓉,——兰泽——多——芳草。

五更——鼓角——声——悲壮,——三峡——星河——影——动摇。

由于兼顾了音和意两个方面,较近于语言的自然节奏,有时反而觉得更顺口。

值得补充的是,中国诗音节的组合不仅形成顿,还形成逗。"逗"也就是一句诗中最显著的那个"顿"。中国古、近体诗成句的一个基本习惯,就是一句诗必须有一个逗,这个逗把诗句分成前后两半,其音节分配是:四言二二,五言二三,七言四三。因为在中文诗里,一般多两字成一音组,这两个字就应该同时是一个义组,如果有三个字成一个义组,无论在五言或七言中,它最好摆在句末,这样才可避免头重脚轻的弊病。林庚先生指出,这是中国诗歌在形式上的一条规律,并称之为"半逗律"。他说:"'半逗律'乃是中国诗歌基于自己的语言特征所遵循的基本规律,这也是中国诗歌民族形式上的普遍特征。"①

明白了这一点,我们才能理解为什么有的句子凑成了五言或七言,却仍然不像诗句的道理。譬如下面诸例:

似梅花——落地,如柳絮——因风。

送终时——有雪,归葬处——无云。

静爱竹——时来——野寺,独寻春——偶过——溪桥。

对于这几个实例,朱光潜认为它们"在音节上究竟有毛病,因为语言节奏与音乐节奏的冲突太显然,顾到音就顾不到义,顾到义就顾不到音"②。实际上,这几例的毛病也在没有遵循中国诗成句的基本习惯,即五言二三、七言四三的"半逗律",而是写成了五言三二、七言三二二的句式,给人头重脚轻之感,与语言的先抑后扬的普遍倾向相违背。

在谈论中国诗的"顿"时,朱光潜提出了一个非常有趣的观点,即有些中文诗句存在着类似英文诗"上下关联格"(enjambement)的现

---

① 林庚:《关于新诗形式的问题和建议》,《问路集》,北京大学出版社1984年版,第247页。
② 朱光潜:《诗论》第九章,《朱光潜全集》第3卷,安徽教育出版社1987年版,第176页。

象。中文诗不论四言、五言或七言，一般一句是个独立整体，如"野树花初发，空山独见时"和"旧苑荒台杨柳新，菱歌清唱不胜春"这两联诗，每一联的前一句与后一句均可分开，并相对独立。这是大多数中文诗句的情况。但是，也有些中文诗，一联中上句和下句虽然分为两句，可是在意义上并不能拆开，如"翩翩飞鸟，息我庭柯""幸有弦歌曲，可以喻中怀""何不策高足，先据要路津""结庐在人境，而无车马喧""渭水东流去，何时到雍州""天台四万八千丈，对此欲倒东南倾"等等，均是形分两句、意为一体的例证。

对于这种把一个意义不能拆开的句子分为两部分，使声音成为有规律段落的现象，朱光潜认为很可拿来与英文诗的"上下关联格"相比较。英文诗（其他西文诗，如法文诗、德文诗也一样）的单位是"行"（line），每行不必为一句，上行的未表达完的意思可以自然转入下行去。譬如莎士比亚的诗句：

  …and blest are those
  Whose blood and judgement are so well commingled
  That they are not a pipe for fortune's finger
  To sound what stop she please.

这四行诗实际只是一句，每行最后一字于意义均不能停顿，所以需要连着下句一起读。英文诗在一句未完成的每行末尾既不停顿，为什么又要分行呢？这全是因为"无韵五节格"（blank verse）每行五个音步，上行音步的数目够了，不管意思表达多少，其余意思一律移到下行接着写，以至一句诗可写数行之多。英文诗的节奏如前面谈"声"时所述，与行的关系并不大，主要体现在每行五音步的轻重抑扬的配合上。

中文诗由于以句为单位,在多数情况下一句完了,意义也就完成,声音也就停顿,所以似乎没有"上下关联"的现象。朱光潜指出,"事实上仍是有的"。这有上面引的诸例可以为证。不过,"它与西诗'上下关联格'所不同者,在西诗行末意义未完成时,声音即不可停顿,必须与下行一气连读,在中国诗一'句'之末,意义尽管未完成而声音仍必须停顿,至少习惯的读法是如此"。"西诗'上下关联'时上行之末无须停顿,而中诗'上下关联'时则上一句之末必须停顿,这件事实也足证明'顿'对于中诗节奏的重要性"①。

朱光潜这里提出的中文诗中也有类似西方诗"上下关联格"的现象,并对两者的异同特点作了自己的分析,可以说揭橥了中国诗学中一个客观存在而又未被道破的新问题。这显示了他对中西诗歌及诗学修养深厚,咳唾成珠的大家风貌,对于我们认识中西诗歌的特点是很有意义的。

三

中国诗的节奏除了在"顿"上见出以外,在"韵"上也有明显体现。

押韵是字音中韵母部分的重复。按规律在诗歌的一定位置上重复出现同一韵母,就形成韵脚,产生节奏。这种由韵脚而产生的节奏,可以把涣散的声音联络起来,形成一个完整的整体,使前后诗句在声音上互相呼应,贯串一气。

---

① 朱光潜:《诗论》第九章,《朱光潜全集》第3卷,安徽教育出版社1987年版,第179—181页。

文学的俯察与仰观

关于中国诗用韵特点的探讨,齐梁以来,代不乏人。朱光潜谈论这一问题的贡献是,把中国诗歌的用韵现象,放在与西方各国诗歌的比较中加以考察,使中国读者既了解西方诗的用韵情况及其原因,又明白了"韵在中文诗里何以特别重要"的道理。

朱光潜指出:诗与韵本无必然联系,日本诗到现在仍无韵,古希腊诗全不用韵。诗是否用韵,与各国语言的个性密切相关。拿英文诗与法文诗对照,韵对法文诗较英文诗重要。法文诗从古至今,除一部分散文诗和自由诗外,总体上各种诗体都押韵。但英文诗长篇大著多半用无韵五节格,短诗虽用韵较多,但也有不用韵者,就整体言,英诗无韵的较有韵的为多。为什么会有这种差异?关键在于英文音的轻重很分明,音步又很整齐,节奏容易在轻重相间上见出,无须借助韵脚的呼应。法文诗因为音的轻重不分明,每顿的长短又不一律,节奏不容易在轻重抑扬上见出,所以需借助押韵脚来增加节奏性与和谐感。英文和法文的这种分别,可以说是日耳曼系语音与拉丁系语音的一个重要异点。[1]

知晓了韵对于英诗和法诗的分别及其原因,就不难了解韵对于中国诗的重要了。朱光潜说:

> 以中文和英、法文相较,它的音轻重不甚分明,颇类似法文而不类似英文。……中文诗的平仄相间不是很干脆地等于长短、轻重或高低相间,一句诗全平全仄,仍可以有节奏,所以节奏在平仄相间上所见出的非常轻微。节奏既不易在四声上见出,即须在其

---

[1] 朱光潜:《诗论》第十章,《朱光潜全集》第3卷,安徽教育出版社1987年版,第186—188页。

他元素上见出。上章所说的"顿"是一种,韵也是一种。韵是去而复返、奇偶相错、前后相呼应的。韵在一篇声音平直的文章里生出节奏,犹如京戏、鼓书的鼓板在固定的时间段落中敲打,不但点明板眼,还可以加强唱歌的节奏。①

中国诗何以重视"韵"？原因与法文诗需要韵的道理一样:主要是音的轻重不分明,音节易散漫,必须借助韵的回声来点明、呼应和连贯。中国诗歌的韵押在句尾,句尾总是意义和声音的较大停顿处,再配上韵,所以造成的节奏感非常强烈。中国诗歌的音乐美,押韵是十分重要的因素。

在探讨中西诗歌与韵的关系时,朱光潜还涉及一个值得注意的研究线索:

> 据现有的证据看,诗用韵不是欧洲固有的,而是由外方传去的。韵传到欧洲至早也在耶稣纪元以后。据十六世纪英国学者阿斯铿(Ascham)所著的《教师论》,西方诗用韵始于意大利,而意大利则采取匈奴和高兹诸"蛮族的陋习"。阿斯铿以博学著名,他的话或不无根据。匈奴的影响达到欧洲西部在纪元后一世纪左右,匈奴侵入罗马则在第五世纪。韵初传到欧洲,颇风行一时……②

---

① 朱光潜:《诗论》第十章,《朱光潜全集》第3卷,安徽教育出版社1987年版,第188页。

② 朱光潜:《诗论》第十章,《朱光潜全集》第3卷,安徽教育出版社1987年版,第187页。

这就是说,欧洲语言中本来并无用韵现象,后来欧洲各国的诗歌不同程度地用韵,主要是受到匈奴族的影响。如此说来,西方诗用韵与中国还存在着某种"事实"的联系。这是中西文化交流史上一件值得记载的事件,也是中西比较文学里一个十分值得开掘的研究课题。可惜朱先生只是点出问题而没有展开论述,他所提及的16世纪英国学者阿斯铿(Ascham)的《教师论》也一时不易寻觅,无法判定所论是否有确凿证据。不过,这里毕竟提出了问题,并披露了初步的研究线索,顺藤摸瓜地钻研下去,当会有较大收获,起码可以为中西文学及文化交流史填补上漏写的重要一笔。

四

1948年,《诗论》出"增订版"时续补第十一、十二两章,专门讨论中国古体诗向近体诗演变,即"中国诗何以走上'律'的路"的问题。这部分成果,是朱光潜学术著述中比较精彩的篇章之一,朱先生自己也较为看重。他晚年向人们告白《诗论》是自己"用功较多,比较有点独到见解的"著作时,曾特别点明:"《诗论》对中国诗的音律,为什么中国诗后来走上律诗的道路,作了一些科学的分析。"[①]他探讨"中国诗何以走上'律'的路"这问题所得到的结论是:

---

① 《朱光潜教授谈美学》,《朱光潜全集》第10卷,安徽教育出版社1987年版,第531页;另参见《诗论》三联书店1984年版"后记",《朱光潜全集》第3卷,安徽教育出版社1987年版,第331页。

一、声音的对仗起于意义的排偶,这两个特征先见于赋,律诗是受赋的影响。

二、东汉以后,因为佛经的翻译与梵音的输入,音韵的研究极发达。这对于诗的声律运动是一种强烈的刺激剂。

三、齐梁时代,乐府递化为文人诗到了最后阶段。诗有词而无调,外在的音乐消失,文字本身的音乐起来代替它。永明声律运动就是这种演化的自然结果。①

这三个见解,第二、三两点前人已有不同程度论述,如关于中国音韵研究受佛经翻译和梵音输入的启发,陈寅恪早在《四声三问》中便明确提出,并做了较详细的解说②;关于诗与乐分离后,诗必须在文字本身求音律的看法,刘大白在《中国旧诗篇中的声调问题》里也早有涉猎③。对于这些问题,朱光潜虽在有些地方做了自己的阐发,但总体上毕竟是陈述他们的观点。可是,第一点说明中国诗走上律的路,在意义排偶和声音对仗两方面,都受到赋的影响,却是朱先生的发明,颇具新意,堪称创见。

---

① 朱光潜:《诗论》第十二章,《朱光潜全集》第3卷,安徽教育出版社1987年版,第220页。

② 对陈寅恪的看法,近年有些学者如郭绍虞、管雄等提出不同意见。参见郭绍虞:《文笔说考辨》,载《文艺论丛》第三辑,上海文艺出版社1978年版,第303—357页;管雄:《声律论的发生和发展及其在中国文学史上的影响》,载《古代文艺理论研究》第三辑,上海古籍出版社1981年版,第18—44页。

③ 参见刘大白:《中国旧诗篇中的声调问题》,载《小说月报》号外,"中国文学研究号",商务印书馆1927年版。

自古以来,人们一直认为"赋自诗出"①。班固在《两都赋·序》里说:"赋者,古诗之流也。"刘勰《文心雕龙·诠赋》说:"诗有六义,其二曰赋。赋者,铺也。铺采摛文,体物写志也。"挚虞的《文章流别论》也说:"赋者,敷陈之称,古诗之流也。"②这种赋出于诗的看法,当然是不易之论。千百年来,人们遵从此说,似乎只习惯注意诗对赋的影响,而对于赋给予诗的影响则较少考虑,或者说,根本就忽视了这条考虑思路。朱光潜别具慧眼,发现律诗的两大要素,即意义的对偶和声音的对仗,都是最先出现于赋中,并首先由赋家兼诗人的曹植、鲍照、谢灵运等自觉或不自觉地运用到诗里,然后再逐渐推广开来,慢慢发展成熟,及至唐朝,终成律诗极盛时代。从此以后,律诗不仅是中国诗歌中影响最大、发展最为充分的诗体,而且对唐以后的词曲及散文演进,都留下了明显的影响痕迹。

本来,在《诗经》等古体诗中,虽然也有对句,如《小雅·无羊》描写牛羊的情况:"谁谓尔无羊?三百为群。谁谓尔无牛?九十其犉。尔羊来思,其角濈濈;尔牛来思,其耳湿湿",但这种对句似乎只是无意为之,不属有意谋划得来。可是在汉赋里,如枚乘的《七发》、班固的《两都赋》、左思的《三都赋》等,都显然存在有意求排偶的倾向,其中的骈语对句都明显多于散言句式。之所以如此,主要是因为"赋侧重横断面的描写,要把空间中纷陈对峙的事物情态都和盘托出,所以最容易走上排偶的路"③。这种讲究排偶的风尚,自然会影响到一些赋

---

① 刘勰:《文心雕龙·诠赋》。
② 挚虞《文章流别论》已佚,其论赋之语见《艺文类聚》卷五十六。
③ 朱光潜:《诗论》第十一章,《朱光潜全集》第3卷,安徽教育出版社1987年版,第200页。

家兼诗人的诗作,如曹植的诗句"始出严霜结,今来白露晞""秋兰被长坂,朱华冒绿池""潜鱼跃清波,好鸟鸣高枝",便俨然是对偶句了。到了谢灵运和鲍照手里,则开始显露出全篇排偶的端倪,如谢灵运的《登池上楼》《登江中孤屿》,鲍照的《代出自蓟北门行》等,都是明显的例证。所以,朱光潜说:"律诗第一步只求意义的对仗,鲍、谢是这个运动的两大先驱(当时虽无'律'的名称,'律'的事实却在那里)。在汉朝,赋已重排偶而诗仍不重排偶,魏晋以后诗也向排偶路上走,而且集排偶大成的两位大诗人谢灵运和鲍照,同时是词赋家。从这个事实看,我们推测到诗的排偶起于赋的排偶,并非穿凿附会了。"①

诗不仅在意义的排偶上受到赋的影响,而且在声音的对仗上也受到赋的启发。早在沈约提出"四声说"之前,陆机便在《文赋》里发表了"音声迭代"之说,在中国文艺理论史上首次着重提到声律问题并加以阐述。而陆机所讲的"音声迭代"理论,则是专指词赋而言,诗歌并不包括在内。晋宋之时,陆机的《文赋》、鲍照的《芜城赋》等,都大体已用平仄对称的声调。齐梁之间,梁元帝、江淹、庾信、徐陵诸人的赋,不但意精词妍,句式排偶,而且声音也是"前有浮声则后有切响"了。此时,律赋已连篇累牍,而律诗则凤毛麟角(仅何逊的几首五言可算工整的律诗)。"永明"诗人虽然注重句内各字的声律,但毕竟多属一种理论主张,实践上只是开其端倪,到隋唐时律诗才真正定型。正如宋祁在《新唐书》中所说:"唐兴,诗人承陈隋风流,浮靡相矜。至宋之问、沈佺期等,研揣声音,浮、切不差,而号律诗。"②

---

① 朱光潜:《诗论》第十一章,《朱光潜全集》第3卷,安徽教育出版社1987年版,第205—206页。

② 宋祁:《新唐书·第二〇二卷·杜甫传论》。

为什么赋讲究音和义的对称都先于诗？在朱光潜看，这是有一定原因的。他说：

> 词赋比一般诗歌离民间艺术较远，文人化的程度较深。它的作者大半是以词章为职业的文人，汉魏的赋就已有几分文人卖弄笔墨的意味。扬雄已有"雕虫小技"的讥诮。音律排偶便是这种"雕虫小技"的一端。但是虽说是"小技"，趣味却是十足。他们越做越进步，越做越高兴，到后来随处都要卖弄它，好比小儿初学会一句话或是得到一个新玩具，就不肯让它离口离手一样。他们在词赋方面见到音义对称的美妙，便要把它推用到各种体裁上去。艺术本来都有几分游戏性和谐趣。于难能处见精巧，往往也是游戏性和谐趣的流露。词赋诗歌的音义排偶便有于难能处见精巧的意味。[①]

中国诗歌的发展，如果说《国风》是民歌的鼎盛期，汉魏是古风的鼎盛期（或者说是民歌的模仿期），那么晋宋齐梁时代可说是"文人诗"的正式成立期。这一由"自然艺术"到"人为艺术"，由民间诗到文人诗，由浑厚纯朴诗风到精研新巧诗风的转变，其中介便是赋的影响。朱光潜这里所揭示的，是从诗体及文体本身衍变的角度，说明律诗这一重要文学现象的产生，在意义排偶和声音对仗方面并非突发事件，而是受到辞赋的流灌和滋养。这一看法新颖而独到，至今少有人论及，也少有人评价，似没有引起学术界的充分注意。笔者以为，只要细

---

① 朱光潜：《诗论》第十一章，《朱光潜全集》第 3 卷，安徽教育出版社 1987 年版，第 206—207 页。

心考察、比较汉魏及南北朝时期的辞赋和诗歌,朱先生的观点有大量的事实做根据,是值得认真对待的。

五

律诗和古体诗的最大不同,是在音和义两方面都讲究对仗排偶。但是,西方人也注重在艺术中对称的倾向,为什么他们的诗没有走向排偶的路呢?朱光潜讨论中国律诗发生、发展的过程和原因时,还在中西语言特点的比较中,考察了律诗在中国产生的语言基础,同时对中西诗歌在排偶对仗上的差异做了自己的分析。就笔者的阅读了解,这是最早从中西语言比较的角度,具体探讨双方诗歌表达特点的文字,20世纪60年代后西方中国诗学比较研究的代表人物刘若愚、叶维廉等人可谓是先驱。

朱光潜指出:中文字全是单音,一字对一音,因而诗句易于整齐划一。如"我去君来""桃红柳绿",稍有比较,即成排偶。可西方文字,不论是英文、法文还是德文等,都是单音字与复音字相错杂,意象尽管对称而词句却参差不齐,不易两两相对。例如英国维多利亚时代代表诗人丁尼生(Alfred Tennyson)《公主》(*The Princess*)里的诗句:

  The long light shakes across the lakes,
  And the wild cataract leaps in glory.
  (长长的金光在湖面摇荡,野性的瀑布在壮丽飞溅。)

这在英诗中已可算比较工整的排偶,但与中国律诗仍无法相比,原因就在于其意象虽成双成对,而声音却不能两两对称。比如"光"和

"瀑"两字,在中文里音和义都相对称;而在英文里,"Light"和"cataract"意义虽相对而音则多寡不同,难以成对,犹如"司马相如"和"班固"都是专名却不能相对的道理一样。[①] 美国斯坦福大学著名教授刘若愚(James J. Y. Liu)在其很受好评的《中国诗学》(*Chinese Poetics*)里说:"汉语最具特色的声韵美是汉字的单音节性及其固定的声调。一个英语词可能包含一个以上的音节,而汉字却一律为单音节。因此,在中国诗歌里,每行诗的音节的数目与汉字的数目是一致的。"他认为,中国诗所以产生律诗形式,而英文诗无法做到,关键即在"两者语言本身存在重要差异"[②]。这里的见解无疑是精辟的,可是与上述《诗论》中的观点相比,并无出其右者的胜见。朱光潜中西学养之深厚和学术眼光之敏锐,于此可见一斑。

中西文的不同,还表现在两者的语法规则具有重大差异。朱光潜指出:"西文的文法严密,不如中文字句构造可自由伸缩颠倒,使两句对得很工整。比如'红豆啄余鹦鹉粒,碧梧栖老凤凰枝'两句诗,若依原文构造直译为英文和法文,即漫无意义,而在中文里却不失其为精练,原因就在于中文语法比较疏简有弹性。再如'疏影横斜水清浅,暗香浮动月黄昏'两句诗没有一个虚字,每个字都实指一种景象,若译为西文,就要加上许多虚字,如冠词、前置词之类。中文不但冠词和前置词可以不用,即便主词动词亦可略去。在好诗里这种省略是常事,而

[①] 朱光潜:《诗论》第十一章,《朱光潜全集》第3卷,安徽教育出版社1987年版,第201页。

[②] 刘若愚:《中国诗学》,芝加哥大学出版社1966年版,第27—32页。

且很少发生意义的暧昧。"①这里的分析具体而实在,可谓语语中的。我们且以杜甫《旅夜书怀》里两句诗及其英译来加以说明:

星垂平野阔,
月涌大江流。

The stars drooping, the wild plain is vast,
The moon rushing , the great river flows.
——James J. Y. Liu

Stars descend, rimming the endless land,
The moon emerges, on the great river flowing.
——Bruce M. Wilson & Zhang Ting-chen

这两例英译,是笔者比较多种译文选出的最接近原文形式,并能较好传达原意者。然而即便这样,对照原文和译文可以一眼发现,杜诗原句对仗工整,而译作尽管已做出很大努力,仍无法做到两两相对②。这不仅因为在英文里音与义的关系较多变化(并非像汉语一字必定一音节,而是一字可能单音也可能复音);更因为英文的语法关系远较中文严密复杂,如上例既需加上"the""on"之类的冠词、介词,又需讲究时态及数的吻合(如第二例译文两句的前半段"Stars descend",

---

① 朱光潜:《诗论》第十一章,《朱光潜全集》第3卷,安徽教育出版社1987年版,第201—202页。

② 拙著《文学横向发展论》,上海文艺出版社1989年版,第236—243页。

"The moon emerges")等等。朱光潜说:"单就文法论,中文比西文较宜于诗,因为它比较容易做得工整简练。"①这话讲在五四以后推崇西方诗而贬斥中国旧诗的时代,不仅显示了朱先生的学术见识,更显示他的学术勇气。并且,这观点除引起许多中国学人的共鸣外,20世纪以来还被越来越多的西方诗人和学者所接受,如西方诗中的象征主义运动、超现实主义诗歌等,都有明显追求中国诗境的倾向。②

原载于《文学遗产》1999年第3期,收入中国社科院《文学遗产》编辑部编《学境——二十世纪学术大家名家研究》文集,上海古籍出版社2006年11月出版。

---

① 朱光潜:《诗论》第十一章,《朱光潜全集》第3卷,安徽教育出版社1987年版,第202页。

② 参见叶维廉:《中国现代诗的语言问题》,《中国古典诗中的传释活动》,两文均收入《中国诗学》,三联书店1991年出版。

融汇中西,探求古今

——纪念朱光潜先生一百周年诞辰

1996年10月14日,是朱光潜先生诞辰一百周年纪念日。朱先生辞世后,各种评述他学术思想和生平事迹的文字,时见中外报刊,汇集他毕生学术成就的《朱光潜全集》20卷,也陆续由安徽教育出版社出齐。细读《朱光潜全集》,我深感这位一代学人的人生旅程和学术道路,就是20世纪中国知识分子的一个缩影,其辉煌业绩和痛苦经历,同样让人感慨万千。

近一百年来中国社会的发展,实可谓道路曲折,命运坎坷。中西冲突激烈、社会动荡不安、内忧外患频仍、兵灾战祸连绵,这是20世纪上半叶苦难中国的写照。下半叶中国从外族欺凌和内部战乱的困境中摆脱出来,但接连不断的政治运动、甚嚣尘上的"左"倾思潮,以至"文化大革命",使她又长期陷入走历史弯路的巨大痛苦之中。这种状况,直到1978年实施改革开放的新政策以后,才得以根本改观。现代中国知识分子,随着时代波涛的翻滚,尤其是主要学术活动处于20世纪80年代以前的知识分子,多被卷入政治挟制文化的涡流里,潮涨潮落,载沉载浮。只有少数真正的大学者,任凭风起浪涌,壁立学术中流,取得令人仰视的成就。朱光潜的学术造诣,虽然在不同人眼里,会有寸长尺短之争,风雅异韵之辩,但排入少数"无双谱"大学者之例,或无可訾议。

朱光潜出生于清代末年(1897年),是当时全国学术文化重镇安徽省桐城县人。他幼承父亲庭训,广涉国学经典,沉潜把玩,多能熟读成诵。后入吴汝纶创办的桐城中学,深谙桐城派古文奥诀,因做得一手好文章,致使先生们指望他接桐城派古文一线之传。青年时代,他跨洋过海,先后在香港大学、爱丁堡大学、伦敦大学、巴黎大学、斯特拉斯堡大学苦读十三载,广涉博览西方学术文化,于文学、美学、哲学、心理学、教育学钻研尤深。现代中国学人,出国留学者甚多,但在洋学堂里坐冷板凳之久,少有出其右者。他的英文大著《悲剧心理学》,今天仍被西方学者所称引,自可不言;但眼光挑剔的英、澳学者,对其驾驭英语能力和明快文风期许嘉赏,或可称奇。[①] 朱先生的国学根基和西学素养,皆玉润珠圆,晶莹剔透,两者彼此照明,相映生辉,融会贯通,自成一代渊博大家。

朱光潜成名较早,也来得突然。20世纪20年代中后期,他在英国爱丁堡大学做学生,受挚友夏丏尊、叶圣陶之邀,为开明书店办的《一般》杂志(后改名为《中学生》)写稿,于是《给青年的十二封信》就远涉重洋,一封封地飞到中国青年的案头。随后结集出版的这本小书,犹如歌德当年的《少年维特之烦恼》,反响之热烈,流传之深广,是民国时期出版业的重要景观,至40年代中期,已印行三十多版。罗大冈先生

---

① 杜博妮(Bonnie S. McDougall):《从倾斜的塔上瞭望:朱光潜论二十世纪二十至三十年代的美学和社会背景》一文第26条注释,《新女学史料》1981年第3期,第254页。

当年在《一般》上读到部分篇章,就为其"广博的知识、明净高洁的文风"深深吸引,惊呼"我碰到真正的老师了"!他说:"该书给我印象那样深刻,以至决定一辈子的爱好和工作方向。"[1]舒芜先生至今"很宝重它,常常翻读",认为"现在重看还觉得是上乘的散文佳作"。[2] 1994年,我在英国访学,遇到几位在英读硕士的台湾女学生,听说我来英国搜集朱光潜研究资料,她们竟异口同声,都说读过朱先生的《给青年的十二封信》。我听后并不诧异,因为好书如和煦的阳光,虽可能在某处某时遭乌云遮蔽,但异地他日,自会云灿星辉。

然而,朱先生对自己这样出乎意料地被人注视,"心里很有些不愉快",他说"那是一本不成熟的处女作",后来写的才是"比较用心的作品"。[3]《变态心理学派别》《变态心理学》《悲剧心理学》《文艺心理学》《谈美》《诗论》《孟实文钞》《谈文学》《谈修养》《克罗齐哲学述评》,这一本本出版于20世纪三四十年代的著作,风流蕴藉,脍炙人口,足证其言不虚。近代以来,中体西用、西体中用,薄古颂今、薄今颂古,滔滔者天下皆是也。朱先生叙文情、探诗心、阐哲理、明学趣,不标古今中外、某家某派,却熔中外古今、各家各派于一炉,参照比较、互相发明,追来溯往、纵横捭阖,既通雅淹博,又深入浅出。最具特色者,美学理论,高深玄奥,而他析理透辟,却妙趣横生,其文如行云流水,光风霁月,别具动人魅力,非大学问、大手笔,绝难达此境界。梁宗岱先生

---

[1] 罗大冈:《得尊敬的智力劳动者——赞朱光潜先生的学风》,1986年5月26日《人民日报》。

[2] 舒芜:《敬悼朱光潜先生》,1986年4月6日《中国文化报》。

[3] 朱光潜:《谈修养·自序》,《朱光潜全集》第4卷,安徽教育出版社1987年版,第3页。

"对时辈不轻易许可,衡量人物标准很高,关于朱先生,他说'是专门学者,无论哲学、文学、心理学、美学,都做过一番系统的研究'"[1]。季羡林先生则评论朱先生说:"他对中外文学都有精湛的研究,这是学术界公认的。他的文笔又流利畅达,这也是学者中少有的。"[2]这些正可谓"桃李不言,下自成蹊"。

人生在世,时有身不由己、不期然而然之事。朱先生毕生钟情学术,鼓吹思想自由、教育独立,主张超脱现实、远离政治,但文名太盛,不免为盛名所累。四川大学文学院院长、武汉大学教务长、北京大学文学院代理院长,这一顶顶亦学亦官的帽子,于20世纪40年代相继戴到他的头上;"部聘教授"的头衔,也挂到他的名下。任武大教务长期间,依当时规矩,学校里"长"字号人物,必须加入国民党,于是他由反对党党派派,变成一党成员;随后还被推为国民党中央监察委员,此虽为有名无实的虚衔,社会声誉却不低。然而,朱先生毕竟是知识渊博、充满睿智的学人,能站得高、看得远、进得去、出得来、想得透、撒得开,这种种浮云虚誉、尘网名缰,岂可把他迷惑、牢笼?他虽由国民党委以学校要职,但不屑与党徒政客为伍,并不参加实际活动。国民党要人陈立夫、朱家骅、白崇禧等,曾多次到武汉大学游说或私访,别人前呼后拥,唯恐不及,可他总是设法"远远避开,有意不介入",[3]颇有洁身自好的风仪。北平解放前夜,他拒飞台湾地区,自有思想渊源,实非一朝一夕之故。

---

[1] 戴镏龄:《忆朱光潜先生》,《随笔》1986年第6期。
[2] 季羡林:《他实现了生命的价值》,1986年3月14日《文汇报》。
[3] 见戴镏龄上文,又张高峰:《我所崇敬的朱光潜老师》,1986年5月24日《人民日报》(海外版)。

中国文人自古便有"学而优则仕"的传统,"天下兴亡,匹夫有责"的观念,深入到每个知识分子的血脉之中。朱光潜青年时代,便抱教育救国理想,中年名震学坛,事功意识自会发展。他任数校要职期间,力倡以学明政、以教辅政,试图走通学术与庙堂合一的道路。应接大小会议,料理行政杂务,每日琐事缠身,理纷解结,在他竟能应付裕如,并抽出时间耕耘学术、撰文译书,成绩斐然(《谈修养》《谈文学》《克罗齐哲学述评》以及译作克罗齐的《美学原理》都是此时作品)。然而事功与学术之间,朱先生更加情系学术,40年代任川大文学院院长期间,自叹入蜀以来,疲于簿书酬对,人事多忧,所学几尽废①。由是之故,国民党当局任其为安徽大学校长,遭到其婉言回绝,他深恐卷入仕途过深,脱身不得,荒疏学术,抱憾终身。

1949年,随着天安门广场礼炮的轰鸣,朱光潜步入新社会。他努力接受新事物,希望跟上时代前进的步伐。然而,他的那些原来让人倾心的著作,一夜间统统由"香花"变成"毒草",无一不受到猛烈抨击,有的秽言恶语,直令稍有洁癖者难以复述。他面对排空浊浪,虽有自卫性检讨,但总体态度,却恝然置之,一如菩萨低眉,老僧入定,任人指摘,笑眼默对。五六十年代,声势浩大的美学批判运动,一顶"资产阶级唯心主义美学"的高帽,使他成为众矢之的、过街之鼠。面对四面八方的唇枪舌剑、口诛笔伐,他镇定自若,稳坐中军,不回避错误,更不盲从妥协,"有来必往,无批不辩",终以一派大家,卓然屹立,实可谓"沧海横流,方显出英雄本色"。"文革"之中,一次在北大东操场斗争"特号反动权威",挨斗者四人中,"翦伯赞、冯定、冯友兰三老都怒形

---

① 朱光潜:《致方东美》,《高等教育季刊》第1卷第1期(1941年6月)。此信收入《朱光潜全集》第9卷,安徽教育出版社1987年版。

于色,朱光潜先生则显出将生死置之度外的从容神态";回头在一朋友家,谈到那次批斗会,他竟题七绝一首,放言高论"轻诋前贤恐未公"①。试想那举世汹汹、众醉独醒的心态,其欲哭无泪之情、欲说还休之状,思量起来,很值得低回吟味。

康有为曾自言,学问至二十九岁已臻成熟,以后不求再改。胡适毕生讲究立说一致,"今日之我"绝不与"昨日之我"开战。两位先贤,不趋时尚固然难得,但对康有为,早有人戏谑,学问不求再改,以后活有何用？对于胡适,或可谓之像鸵鸟,碰到与旧说矛盾之事,便把头埋进沙堆。朱先生为学,态度与此迥异。他不断寻求,注意吸收,有执着定见,也有变化更新;而在执着与变化、定见与更新之间,自有分寸,不失法度。朱先生晚年皈依马列,于早期学说,补苴罅漏,面貌自有改观;此一转向,既有外力推动,亦有内在需求,一切出于至诚,绝非简单附势。他学马列,不蹈故常,不依陈说,对照英、法、德、俄多种文本,直探原典,自取精华,独开一流,别具风采。钱伟长、陶大镛说他"勇于追求真理而又不人云亦云",学习马列的态度,"实事求是而不敷衍了事",因而"在马克思主义著作的研究中避免了教条主义"②。这些赞语,看似平常,实有很重分量,可朱先生当之无愧。然而,信奉马列之后,他有时束缚其中,入乎其内有余,出乎其外不够,专注审美哲学,冷落美感心理,对早年颇下过一番功夫的20世纪重要美学家,如尼采、叔本华、弗洛伊德等,视若殃祸,避而不谈,这实如打枪的能手却来耍刀,虽非朱先生所愿,乃时代使然,终让人感到遗憾。

---

① 耿鉴庭:《朱光潜先生二三事》,1986年3月27日《北京晚报》。
② 钱伟长、陶大镛:《不厌不倦、风范长存——沉痛悼念朱光潜同志》,1986年3月21日《人民日报》。

融汇中西,探求古今

美学作为一门学科,并非固有国粹,乃移自西方。王国维、蔡元培诸君,于此道自有筚路蓝缕,以启山林之功,但美学大厦的真正营造,却始于朱先生之掌。他灵心慧眼,博采西方美学之花;妙手剪裁,嫁接中国传统之木。国人之有详赡系统美学专著,朱先生《文艺心理学》和《谈美》,开风气之先;华夏之有真正美学课程,他绛帐北大、清华,居杏坛之首。60年代,第一部《西方美学史》出现于中文世界,其博极群书,深思明辨,神而化之,熔铸伟词,至今无有企及者。更有柏拉图《文艺对话集》、莱辛《拉奥孔》、爱克曼《歌德谈话录》、黑格尔《美学》、克罗齐《美学原理》、维柯《新科学》等,这一本本西方美学经典译著,含英咀华,珠玉纷陈,搜异域奇花灵果,筑中土美学园囿,泽深思重,功垂不朽。读中国现代美学史,朱先生经过六十年风风雨雨考验,从未流于偏激,却处学术先锋,实事求是,表率群伦,其披荆斩棘之作用、中流砥柱之地位,迄今无人取而代之。

朱先生遗产,弥足珍贵者,还有人生态度和治学精神。他毕生奉行的座右铭,是"以出世的精神,做入世的事业"。[①] 因做"入世"的事业,他有儒家兼济天下、学以致用的热肠,有"天行健,君子以自强不息"的意志。因有"出世"的精神,他得道家超然物表、虚静无为的精髓,具有淡泊明志、宁静致远的神采。不管春和景明、风平浪静之时,还是黑云压城、波翻涛怒之日,他对学术始终锲而不舍,孜孜以求,"焚膏油以继晷,恒兀兀以穷年",真正做到"春蚕到死丝方尽,蜡炬成灰泪始干"。"左"雾弥天,十年"文革"之中,学人无不心灰意冷。朱先生写检查、挨批斗、蹲"牛棚"、扫厕所,受尽人间屈辱,但他泰山崩于前而

---

① 朱光生这条座右铭提出于1926年(见《悼夏孟刚》一文,《朱光潜全集》第1卷,第76页),以后在多篇文章中反复强调。

色不变,竟能凝神静气,一心经营寂寞而伟大的名山事业——翻译皇皇百万言的黑格尔《美学》。如此自拔于现实悲苦之中而不失未来信念,处于困顿逆境之时仍勤勉学术,若非胸襟旷达、眼光高远之士,若非将生命和学术融为一体、以学术为生命者,绝难想象。

朱氏一生,岁月峥嵘,文字生涯,跌宕辉煌。他脚踏中西文化,穿越20世纪,与苦难中奋斗的中国,一同走过从前。象牙塔、十字街、青云路、地狱门,酸甜苦辣、嬉笑怒骂,罪过恶名、荣誉功勋,他都经历过、品尝过。他的一生,进可为儒,退可为道,既轰轰烈烈,又静穆隽永;既清澈似水,又凝重如山,是一部浅近而深奥的大书。对于这部大书,我的阅读理解,自然只限于现在打开的书页、激活的文字,相信下次阅读,会有更多的意义涌现出来。

1995年10月初稿
1996年3月修订

原载于1996年3月28日《安徽日报》,《新华文摘》1996年第6期全文转载。

附录

君子文化与社会主义核心价值观
——中华文化的人格坐标和精神标识

习近平总书记在中央政治局第十三次集体学习时指出：培育和弘扬社会主义核心价值观必须立足中华优秀传统文化。牢固的核心价值观，都有其固有的根本。中华文化源远流长，积淀着中华民族最深层的精神追求，代表着中华民族独特的精神标识，为中华民族生生不息、发展壮大提供了丰厚滋养。他在中央政治局第十二次集体学习时还强调：要使中华民族最基本的文化基因与当代文化相适应、与现代社会相协调，以人们喜闻乐见、具有广泛参与性的方式推广开来。

中华传统文化博大精深，究竟哪些部分"积淀着中华民族最深层的精神追求，代表着中华民族独特的精神标识"，并堪称"中华民族最基本的文化基因"？这当然是一个宏大的课题，不同专家学者的回答，自会有风雅异韵之辩、寸长尺短之争。依笔者一孔之见，在汪洋浩瀚的中华传统文化中，最能代表中华民族深层精神追求和独特精神标识，并体现中华民族最基本文化基因者，非"君子文化"莫属也。

一 "君子"是中华民族效行相宜的人格形象

"君子"一词早在西周时期已广为流传,主要是对贵族或执政者的专称,而较少涉及人格内容的道德意蕴。如《尚书》卷十三说:"君子勤道,不作无益害有益,功乃成";《国语·鲁语上》说:"君子务治,小人务力"。这里的"君子",显然是执政者或贵族的代称。到了春秋末期,即《论语》产生的年代,通过孔子从不同侧面的反复解说和阐发,"君子"一词被赋予许多优秀道德的内涵,成为一种理想人格模式的称谓。

翻开《论语》,有关"君子"的论述俯拾即是:"君子喻于义,小人喻于利"[1];"君子坦荡荡,小人长戚戚"[2];"君子泰而不骄,小人骄而不泰"[3];"君子和而不同,小人同而不和"[4];"君子求诸己,小人求诸人"[5];"君子周而不比,小人比而不周"[6];"君子尊贤而容众,嘉善而矜不能"[7];"君子成人之美,不成人之恶。小人反是"[8]……这表明,孔子常在君子与小人的对举和比较中,肯定和褒扬君子是他心目中的道德高尚之人。在《论语》里,孔子也数次提到"圣人",但他明确对弟子

---

[1] 《论语·里仁》。
[2] 《论语·述而》
[3] 《论语·子路》。
[4] 《论语·子路》。
[5] 《论语·卫灵公》。
[6] 《论语·为政》。
[7] 《论语·子张》。
[8] 《论语·颜渊》。

说:"圣人,吾不得而见之矣,得见君子者,斯可矣。"①这就是说,圣人难以看见,也难以企及,但君子能够见到,也可以并应该努力做到。

作为孔子精心勾勒和塑造的可望可即、可学可做的理想人格,君子形象在中华文化数千年演进的历史长河中,受到上至历代思想家及文人士大夫,下至社会各阶层人士包括普通百姓的广泛认同和推崇。《周易》乾卦和坤卦中的名句:"天行健,君子以自强不息""地势坤,君子以厚德载物",被张岱年等学者认为是对中华民族精神核心内涵的最佳概括。《孟子》中"君子莫大乎与人为善"②;"焉有君子而可以货取乎"③;"君子以仁存心,以礼存心,仁者爱人,礼者敬人,爱人者人恒爱之,敬人者人恒敬之"④等众多论述,使君子人格的内蕴更加丰富,影响更加深远。

值得注意的是,君子不仅是儒家着力打造和推举的效行相宜的人格形象,道家学派和法家学派对君子概念及其人格内涵也颇为认同。人们耳熟能详的"君子之交淡如水,小人之交甘若醴,君子淡以亲,小人甘以绝",就是《庄子·山木》篇里的名言。荀子在构造他的礼法社会时强调:"法不能独立,类不能自行,得其人则存,失其人则亡。法者,治之端也,君子者,法之原也。"⑤在荀子看来,一个崇尚礼法的社会,如果没有君子这样品行高尚的人来参与和维护,那将会失去构建礼法社会的基本前提。

---

① 《论语·述而》。
② 《孟子·公孙丑上》。
③ 《孟子·公孙丑下》。
④ 《孟子·离娄下》。
⑤ 《荀子·君道》。

先秦诸子以后,历代思想家对"君子"概念的引述和阐发,同样不胜枚举。从西汉的董仲舒到东汉的王符,从唐代的孔颖达到宋代的程颐、程颢和朱熹,从明代的王阳明到清代的王夫之等,都从不同角度和方面对君子概念及君子文化做了很好的继承和发挥。明清时期流行很广的人生格言类著作,多半也将君子人格奉为典范和楷模。如《菜根谭》云:"君子处患难而不忧,当宴游而惕虑,遇权豪而不惧,对茕独而惊心",便是对君子安贫乐道、处安虑危、遇强不屈、见弱怜悯等优秀品格的赞扬。《围炉夜话》云:"君子存心,但凭忠信,而妇孺皆敬之如神,所以君子乐得为君子;小人处世,尽设机关,而乡党皆避之若鬼,所以小人枉做了小人。"这就是在君子与小人不同处世方式的比较中,充分肯定君子以忠贞和诚信为立身之本的做法。君子概念及其文化,不仅在中华历代典籍中汗牛充栋,而且一直活在历代中华儿女的心中。今天人们口头还常说:"君子一言,驷马难追";"君子爱财,取之有道";"君子成人之美";"君子不夺人所好";"以小人之心,度君子之腹";"宁愿得罪君子,不能得罪小人",因为"君子报仇十年不晚,小人报仇从早到晚"等等。

可以毫不夸张地说,"君子"是数千年中华优秀传统文化塑造的中国人效行相宜的理想人格或曰集体人格。儒家学说乃至整个中华传统文化,其中很重要的内容是阐扬仁、义、礼、智、信及忠、孝、廉、悌等众多为人处世的伦理和规范。这些伦理规范或者说美好品德,最终都集聚、沉淀、融入和升华到一个理想人格即"君子"身上。我们先贤崇尚君子品格,甚至把象征高洁、清雅、虚心和气节的"梅兰竹菊"四种植物人格化,称为"四君子"。宋代以来,以梅兰竹菊表现"四君子"品格的中国书画数不胜数,至今仍然方兴未艾,其繁盛景象让人叹为观止。君子概念古老而鲜活,在当代社会也是妇孺皆知,耳熟能详,在不同阶层人群中都有相当的知晓度和认同度,君子风范今天仍为绝大多数中国人奉为做人的圭臬。

中国人应该做一个什么样的人？做君子！这是数千年中华优秀传统文化的选择,也是今天每个中国人应有和乐于做出的选择。君子概念及君子文化,是中华优秀传统文化的聚焦之点和闪光之源,是烛照中华儿女历经坎坷而跋涉向前的人格力量和心理支撑。君子概念及君子文化,完全可以经过新的阐释激发其勃勃生机和强大活力,在当代社会树起一面具有深厚传统底蕴和时代精神的文化旗帜。它既可以让中国传统文化精华盛开传承创新的时代花朵,也可以让培育和弘扬社会主义核心价值观与中华民族传统文化基因发生共鸣。它是中华传统文化浩瀚森林里最为郁郁葱葱的千年老树,也是当代思想道德建设汲取传统营养的精神绿荫。

二 君子文化是培育社会主义核心价值观能够直接嫁接并开花结果的老树新枝

在建设中国特色社会主义,实现中华民族伟大复兴的征程上,党中央一贯坚持"两手抓,两手都要硬"的战略思想,在带领全国人民不断提升经济建设硬实力的同时,对精神文明和思想道德等文化软实力的建设也一直十分重视。中央曾先后下发《关于加强社会主义精神文明建设若干重要问题的决议》《公民道德建设实施纲要》《关于开展社会主义荣辱观教育活动的通知》《关于培育和践行社会主义核心价值观的意见》等多项文件,开展"全国道德模范"和"中国好人"评选等多项活动,取得了有目共睹的成绩,对在全社会形成崇德向善的良好风气发挥了积极作用。但毋庸讳言的是,目前社会风气和道德状况还有诸多不尽如人意之处,需要进一步提出具有深厚传统文化内涵和韵味、人们耳熟能详、易于入心入脑、便于追求把握的概念和形象,使培育和践行社会主义核心价值观更好地内化于心,外化于行。正如习近平总书记所说:要使中华民族最基本的文化基因与当代文化相适应、与现代社会相协调,以人们喜闻乐见、具有广泛参与性的方式推广开来。

社会主义核心价值观作为兴国之魂,孕育于建设中国特色社会主义的生动实践中,又深深扎根在中华优秀传统文化的肥沃土壤里。君子文化作为中华传统文化的重要部分和精华所在,其中许多内容都是与社会主义核心价值观一脉相承、对接互补的。譬如,历代杰出君子身上都颇为明显地体现出三大特质:一是以天下兴亡,匹夫有责为重点的担当精神和家国情怀;二是以仁义共济,立己达人为重点的互助理念和社会关爱思想;三是以正心笃志,崇德弘毅为重点的修身要求和向善追求。这三大特质,与社会主义核心价值观倡导"富强、民主、文明、和谐"国家层面的价值目标,倡导"自由、平等、公正、法治"社会层面的价值取向,倡导"爱国、敬业、诚信、友善"个人层面的价值准则等,完全可以对接、互鉴和贯通。这就是说,君子文化是培育和弘扬社会主义核心价值观能够直接嫁接,并在新时代开花结果的老树新枝。通过这种嫁接,两者在互补互释中相辅相成,相得益彰:一方面,培育和践行社会主义核心价值观获得传统文化这株参天大树庞大根系的丰富滋养;另一方面,君子文化这株昂首向上的千年古木在现代阳光雨露的沐浴和浸润下不断抽出新的枝条,结出新的硕果。

作为培育和践行社会主义核心价值观的重要抓手和具体实践,近年来全国上下普遍开展了推选"道德模范"和"中国好人"活动。由广大群众一层一层推举和评选出来道德模范和中国好人,体现了人民群众心中的善恶是非标准,彰显了社会主义核心价值观的内在要求,是社会思想道德建设的重要举措和时代标杆,在全社会形成了广泛而正面的积极影响。不过,尽管"全国道德模范"和"中国好人"的评选表彰可以涵盖并面向社会各阶层人士,但从这些年全国各地所推选出的"道德模范"和"中国好人"看,实际上多为工人(包括农民工)、农民及基层干部等社会底层人物,对整个社会风尚的引领力还有待提升。社会中层及上层人士虽然数量不占多数,但社会联系面广、影响力大,如何让他们在改善社会风气方面担负更多责任、发挥更多正能量,还有待进一步加强。

一种社会风气的形成,古今中外有条规律,这就是"上有所好,下必甚焉"。正如孔子所言:"君子之德风,小人之德草,草上之风,必偃。"① 历史上所以会出现"楚王好细腰,宫中多饿死;吴王好武士,国人多伤疤"的现象,原因即在于上行下效是不易之理。笔者几年前曾写《如何把社会主义核心价值体系落到实处》小文,提出要让社会生活的方方面面彰显核心价值的光彩,关键要从"大人们"抓起。此处所说的"大人们"主要指三类群体:一是相对于群众而言的党员领导干部;二是相对于一般民众的社会公众人物,如演艺明星、著名企业家、商界领袖等;三是相对于小孩而言的成年人。不论是从我国历史还是世界发展状况看,任何一种价值观的倡导,都必须首先有"大人们"真心信奉并身体力行,才能让民众乐于接受和效仿,从而在全社会蔚成风尚。

伴随改革开放以来经济建设的快速发展,中国现阶段已基本步入小康社会,中产阶级及社会富裕阶层已具有一定的规模,他们的生活方式和人生追求对社会风气的影响正日益显突和增强。各种各样"追

---

① 《论语·颜渊》。

星族""追款族""追权族"层出不穷,就是这种现象的典型表现。为此,我们亟待拿出一种中产阶级及社会富裕阶层能够接受并喜闻乐见的文化,对他们的人生观和生活方式进行因势利导和价值引领。内蕴丰厚的君子文化经过系统整理和现代阐释,正可堪当此任。这不仅因为"君子"一词本身是倾向具有一定身份和地位的称谓,与中产阶级及社会富裕阶层人士名实相称并易于为他们所接受;还因为君子文化本身所饱蕴的家国情怀、讲究修身养性和注重人生品味等内涵,与中产阶级及社会富裕阶层人士"仓廪实而知礼仪"的文化追求和精神向往相契合。

君子概念和君子文化不仅适宜中产阶级及社会富裕阶层,也完全适宜社会其他各阶层人士。君子不是高高在上、不可企及的圣人。前面提到,孔子认为圣人难以见到,更难以做到,但君子可以见到,也能够并应该做到。他平生的最大愿望,也可说是中华民族先辈对后辈的最大愿望,就是期盼人人都做君子,不做小人。唐太宗在《贞观政要·教戒太子诸王》中说:"君子、小人本无常,行善事则为君子,行恶事即为小人。"这再清楚不过地表明:做君子,做小人,与身份、地位无关,关键在于你为人处事时的一次次选择——选择"行善事则为君子",选择"行恶事即为小人"。因之,我们需要"吾日三省吾身",需要将修身作为终身课程,需要不断地集小善为大善,这样才能称得上真君子。就此而言,君子既是一个做人的低标准,又是一个做人的高目标:你为人处事中的每一次崇德向善的选择,都是在行君子之风和君子之道;但你必须在人生长途中坚持不懈地修身,做出许许多多崇德向善的选择,才堪称真君子。习近平总书记最近向党员领导干部提出"三严三实"要求时,将"严于修身"列于首位,确为抓住了问题的要害。

君子概念和君子文化还可针对和适用不同职业与行业者。古代就有仕君子、商君子、文君子、民君子等说法,实质就是指做官的君子之道、经商的君子之道、从艺的君子之道、为民的君子之道等等,这些都是我们今天立足中华优秀传统文化,培育和弘扬社会主义核心价值观可以继承改造、发扬光大的。

三 激活和倡兴君子文化,形成崇尚君子品格、争做正人君子的风尚

初步统计,作为中华优秀传统文化的核心概念,"君子"在《论语》中出现107次、《尚书》中出现8次、《周易》中出现53次、《诗经》中出现183次、《左传》中出现185次、《国语》中出现47次、《孟子》中出现82次、《大学》中出现15次、《中庸》中出现34次、《易传》中出现84次、《荀子》中出现了304次……此后的历代典籍中,有关君子的论述也是星罗棋布,难以胜数。但较为遗憾的是,研究中华传统文化的论著浩若烟海,对孔子诸多思想观点及只言片语的内涵,对《论语》等典籍谈论君子某方面品格的阐述,如仁、义、礼、智、信、忠、孝、节、义、悌等等,都有大量细致、翔实、深入,甚至烦琐的研究,可对汇聚和统摄这些品格的君子概念及君子文化,尤其是对君子作为中华民族理想人格的特征和价值等,探讨者却少之又少,甚至可说寥若晨星。

君子文化源远流长,内涵丰富,虽有一些零星文章从不同方面做过或深或浅的探讨,但总体而言却是我们学术研究的薄弱环节,从系统研究的角度看,甚至可说是一个学术研究的空当。君子概念的内涵及演变,君子的人格特征,君子的修身之路,君子的义利观,君子的忧乐观,君子的担当精神,君子的天下情怀,君子文化在中华传统文化中的地位,诸子百家对君子人格的不同看法,君子人格在两千多年历史

中的演化嬗变,君子人格的正面意义和负面变形,君子人格与小人人格的异同及转化,君子与中国历史上的圣人、大丈夫、隐士、禅者等人格模式的差异,君子形象在历代文艺作品中的表现,君子文化的现代意义和价值,君子与西方绅士、骑士、圣徒等的比较,君子人格的国际认知和未来处境……如此等等,不仅是继承和弘扬中华优秀传统文化的重要课题,更是我们激活和倡行君子文化,为培育和践行社会主义核心价值观提供传统文化滋养需要讲清楚、弄明白的问题。为此,我们建议:

在理论探讨层面,大力开展关于君子文化的学术研究。由于君子是数千年中华传统文化塑造的中国人效引相宜的理想人格(或者说集体人格),其中蕴藏着中国人观察事物、思考问题和行为处事不同于其他民族的基本性格密码,因而对君子文化的研究就绝不仅仅是一种历史考察和纯学术的审视,而更是一种重新认识自己、树立文化自信、张扬国格人格的理性洞悉和时代确证。这是一个既有历史性和学术性,更有时代性和实践意义的重大课题,值得花大力气、下大功夫认真研究。比如,西汉张骞两次率队出使西域、明朝郑和七次带领庞大舰队远游西洋,为什么丝毫没有侵占别国土地、掠夺别国财富,而是成为中外交往的友好使节?答案的要点即在于,中华民族具有讲仁爱、重民本、守诚信、崇正义、尚和合、求大同的民族性格,中国人崇尚的君子人格向来鄙视和不屑于不择手段的巧取豪夺。从中国的民族性格和理想人格方面说清楚这一点,对于回击域外一些人由中国崛起而散布的"中国威胁论",很有理论价值和现实意义。因之,国家社会科学基金可将君子文化研究列为重点项目,对涉及君子文化的诸多问题进行深入系统探讨。哲学社会科学领域的专家学者和热心弘扬传统文化及思想道德建设人士除各自研究外,还可成立民间社团性质的君子文化研究会,有组织地开展形式多样的君子文化探讨、交流和推广活动,为培育和践行社会主义核心价值观提供传统文化滋养和有益补充。

在社会实践层面,大力倡行君子之风和君子之道。中华传统文化沉淀为人格模式的有不少,除儒家的君子人格外,还有道家的隐士人格、佛家的悲悯人格等等。但只有君子人格的设计蓝图,历代中国人接受最广、吸收其他人格模式优点最多、在中华文化广袤沃土中扎根最深、与中华文化思想精华和道德精髓重叠面最大。君子人格所以能够在中华文化的历次整合中以"最大公约数"出类拔萃,成为我们伟大民族的理想人格,其奥秘就在这种人格设计产生后,中华文化不同学派的诸多思想干柴都向这里搬迁、移动和集中,从而形成收纳百家、融汇百家的"众人拾柴火焰高"的壮丽景观。诸葛亮向来被认为是仁者、智者、义者、忠者、信者、孝者、礼者等集诸多美好品德于一身的君子人格的典范,他在《诫子书》中的一句家喻户晓的箴言,"君子之行,静以修身,俭以养德,非澹泊无以明志,非宁静无以致远",就是以儒家君子文化为火源,燃烧道家、佛家等观念材料后提炼出的思想结晶。

"君子"作为中华优秀传统文化中前辈遗传后辈的人格基因,一代又一代,绵延数千年地传承下来,而且传得众所周知、传得深入人心——只要是中国人,不论居庙堂之高,抑或处江湖之远,哪怕是目不识丁的山村老农,也乐于被人看作君子,而绝不愿意被人视为小人。可以说,中华优秀传统文化在每个中国人心底都埋有一颗君子的种子,激活和倡行君子文化就是要让这颗种子在新时代生根发芽,茁壮成长。因为面对市场经济浪潮席卷社会生活每个角落,导致一些人信仰缺失、价值迷失、道德失范等诸病连发的状况,我们尤其需要在当代开展"新君子文化运动",在社会生活各方面大兴君子文化、大倡君子之风、大行君子之道,让君子文化这剂传统良方在培育和践行社会主义核心价值观这项构筑我们精神家园的宏大工程中,发挥补气固本的独特作用。

2014 年 3 月初稿于北京

2014 年 5 月 5 日四稿于合肥

原载于 2014 年 6 月 13 日《光明日报》头版头条,《新华文摘》2014 年 19 期全文转载。

君子文化在传统文化中的地位和影响

"君子"一词,在中国现存最早古籍如《尚书》《周易》中已频繁使用,虽历经数千年沧海桑田之变、朝代更迭之频,仍奇迹般活跃在今天的书籍报刊和百姓日常用语之中。有关君子和君子文化的思考论述及形象描绘,不仅在汪洋浩瀚的历代典籍中星罗棋布,而且在传统家训家教、戏曲说唱、风俗礼仪及日常生活器物中随处可见。那么,以君子人格为核心的君子文化在中国传统文化中究竟居于何种地位?产生过怎样的影响?对当今社会的思想道德建设和公民素质提升有何种意义?因较少见相关专题探讨,本文试以"制高点、融汇点、落脚点"为要点意象,略陈己见以就教方家。

一 君子文化是传统文化的制高点

中国传统文化源远流长,博大精深,流派众多,成分复杂。西汉刘歆《七略·诸子略》就把先秦和汉初的诸子思想,分为儒家、道家、法家、名家、墨家、阴阳家、纵横家、杂家、农家等诸多流派。然而,学派林立,枝繁叶茂,到西汉武帝时却删繁就简——"罢黜百家,独尊儒术",

整个中华传统文化在此后两千余年的演进历程中,主要呈现出以儒学(儒家思想)为正统和主干的局面。

什么是儒学?不同学者从不同角度考察和归纳,无疑会有不同回答。其中一种观点说得很干脆:儒学就是君子之学。如有的学者在《儒家"君子"的理想》一文中开宗明义即说:"儒学具有修己和治人的两个方面,而这两方面又是无法截然分开的。但无论是修己还是治人,儒学都以'君子的理想'为其枢纽的观念:修己即所以成为'君子';治人则必须先成为'君子'。从这一角度说,儒学事实上便是君子之学。"[1]孔德立也指出:孔子作为伟大的思想家与教育家,开创了以文化教养引领社会风尚的文明之路。"孔子认为,社会秩序的好坏取决于人们的文化教养程度。文化教养的表现就是内心之德与外在之行的统一,具有这种文化教养的人即为'文质彬彬'的君子。从这个意义上说,儒学是君子之学。儒学的社会价值就是先培育尽可能多的君子,再通过君子的言行与修为引领社会风尚。"[2]20世纪初,担任北京大学教授的辜鸿铭还断言:"孔子的全部哲学体系和道德教诲可以归纳为一句话,即'君子之道'。"[3]

这种观点之所以值得重视,就在于它并非简单地仅从语言逻辑归类上定义儒学,而是从儒学的目标追求和功能作用上说明儒学的特质。一般来说,《辞典》《辞海》和《百科全书》都从语言逻辑归类上解释儒学,多说儒学是尊崇孔子思想的一个重要学派,或说儒学是相对于道家、法家、墨家、阴阳家的一种学说等等。这样的解读和定义自然

---

[1] 见《中国思想传统的现代诠释》,江苏人民出版社1989年版,第160页。
[2] 孔德立:《儒学是君子之学》,2015年2月2日《光明日报》。
[3] 辜鸿铭:《中国人的精神》,海南出版社1996年版,第50页。

非常正确,对社会大众了解和认识儒学也一直产生着良好的效果,但对儒学的内在特点缺少开掘和展露。与此不同,说儒学是君子之学,是一种研究型和探讨型的定义把握,是对儒学内在精神和目标追寻的一种揭示和认识,对于我们如何理解儒学乃至整个中华传统文化的性质,如何在今天继承和弘扬以儒学为主干的中华传统文化,都具有不可忽视的积极意义。

"君子"一词早在西周时期已经流行,主要是执政者和贵族的专称。《说文》曰:"君",尊也。这是一个会意字,在字形上,从尹从口,"尹"表示治事,"口"表示发布命令。"君"本指发号施令,"君子"则是对统治者和贵族男子的通称。《尚书·周书》:"君子勤道,不作无益害有益,功乃成";《国语·鲁语上》:"君子务治,小人务力";《诗经·大雅·桑柔》:"君子实维,秉心无竞"等等,如郑玄所签注:"君子,谓诸侯及卿大夫也。"

春秋末期,孔子在构思和传布自己儒家学说时,做出一个重大调整和贡献,就是把"君子"从古代多指"有位者"的旧义中解脱出来,而赋予其"有德者"的新义。尽管《论语》中所谈论的"君子",有些语境下仍然专指"有位者",但总体倾向却是对"有德者"内涵和外延的界定与描述。"君子"一词在《论语》中共出现 107 次,是使用频率相当高的一个核心概念。翻开《论语》,从开篇《学而》里的"君子务本,本立而道生。孝弟也者,其为仁之本与",到末篇《尧曰》里的"君子惠而不费,劳而不怨,欲而不贪,泰而不骄,威而不猛",《论语》从头至尾二十篇,几乎每一篇章都以若干段落从不同方面对君子形象不断刻画、反复雕塑。冯友兰曾说,孔子一辈子思考的问题很广泛,其中最根本最突出的就是对如何"做人"的反思,就是为人的生存寻求精神上的

"安身立命之地"。① 如果说,孔子思想的核心是探求如何立身处世即如何"做人"的道理,那么他苦苦求索的结果,或者说最终给出的答案,就是做人要做君子。

为了让世人认识和理解自己悉心设计的"君子",孔子睿智地在《论语》里采取比较排除法,同时论述了比君子高大的"圣人"和比君子矮小的"小人"。关于圣人,他对弟子把他奉为"圣人"做法,表示反对说:"若圣与仁,则吾岂敢";他还明确说:"圣人,吾不得而见之矣,得见君子者,斯可矣。"② 关于小人,他在与君子一系列对举和比照中予以贬责和否定,如"君子喻于义,小人喻于利"③;"君子坦荡荡,小人长戚戚"④;"君子泰而不骄,小人骄而不泰"⑤;"君子求诸己,小人求诸人"⑥;"君子和而不同,小人同而不和"⑦;"君子成人之美,不成人之恶。小人反是"⑧等等。这就告诉我们,君子既不是难以见到、难以企及、仰之弥高,乃至高不可攀的圣人,也与目光短浅、心胸狭隘、见利忘义、斤斤计较的小人判然有别。君子作为孔子心目中的崇德向善之人格,理想而现实、尊贵而亲切、高尚而平凡,是可见、可感、可学、可做,并应学、应做的人格范式。

---

① 参见冯友兰:《中国哲学史新编》第一册第四章论孔子部分,人民出版社1981年版,第124—172页。

② 《论语·述而》。

③ 《论语·里仁》。

④ 《论语·述而》。

⑤ 《论语·子路》。

⑥ 《论语·卫灵公》。

⑦ 《论语·子路》。

⑧ 《论语·颜渊》。

君子文化在传统文化中的地位和影响

文化的重要功能是以文化人,其最深层的积淀和影响是对人格的培养。以儒学为主干的中国传统文化,在数千年漫长发展中不断塑造和培育的正面人格,或者说集体人格,就是被历代中华儿女广泛接受并尊崇的君子人格。李泽厚在探讨儒学对中华民族和中华文化的深刻影响时说:儒学是一种融化在中国人行为、生活、思想、感情中的某种定势、模式,是一种"民族文化心理结构"。[①] 如果说,这种"民族文化心理结构"是深层的、内在的,那么其外在表现或者说典型形态,就是最能代表中华民族集体人格的君子人格。

儒家学说乃至整个中华传统文化,其中很重要的内容是阐扬仁、义、礼、智、信,以及忠、孝、廉、悌等众多为人处世的伦理和规范。这些伦理和规范或者说美好品德,最终都聚集、沉淀、融入和升华到一个理想人格即"君子"身上。作为中华民族千锤百炼的人格基因,君子是数千年中华优秀传统文化塑造和推崇的人格模式,最能体现和代表中华民族深层精神追求和独特精神标识。正是在这个意义上,可以说君子文化是中华传统文化的一个制高点。所谓"制高点",本是一个军事术语,指能够俯视和控制周围地区的高地或建筑物等。这里借用它来描述君子文化在传统文化中的地位,是指君子文化不仅吸收、汇聚、容纳和概括了中华优秀传统文化的核心理念和精要部分,能够把传统文化的精华提纲挈领地拎起来;而且从这个点、这个视角去观察和把握儒学及整个传统文化,仿佛孔子当年"登东山而小鲁,登泰山而小天

[①] 参见李泽厚:《为儒学的未来把脉》,载 1996 年 1 月 28 日马来西亚《南洋商报》;又见李泽厚:《初拟儒学深沉结构说》,载《世纪新梦》,安徽文艺出版社 1998 年 10 月出版,第 112—127 页。

下"①,站在君子文化的峰峦之上俯瞰悠悠千年的传统文化,自然更易领悟和掌握其目标追寻和精神实质。

二 君子文化是传统文化的融汇点

君子文化不仅是传统文化的一个重要制高点,还是一个关键融汇点。

孔子塑造的君子人格,伴随《论语》的问世而流布四方,逐渐为人们所认识、理解并欣赏。儒家学派的后继者如孟子、荀子等,对君子人格竭力张扬申说,可谓不遗余力。"君子"一词,在《孟子》里出现82次。其中"君子莫大乎与人为善"②;"君子之志于道也,不成章不达"③;"君子所以异于人者,以其存心也。君子以仁存心,以礼存心,仁者爱人,礼者敬人,爱人者人恒爱之,敬人者人恒敬之"④等,都是人们耳熟能详的名言。在《荀子》中,"君子"一词多达304处,如"君子居必择乡,游必就士,所以防邪僻而近中正也"⑤;"法不能独立,类不能自行,得其人则存,失其人则亡。法者,治之端也,君子者,法之原也"⑥等,也向来被人们所推崇。在孟子、荀子看来,一个崇尚德治和礼法的社会,如果缺少君子这样品行端正的人来参与和维护,那将会

---

① 《孟子·尽心上》。
② 《孟子·公孙丑上》。
③ 《孟子·尽心上》。
④ 《孟子·离娄下》。
⑤ 《荀子·劝学》。
⑥ 《荀子·君道》。

失去构建德治和礼法社会的基本前提。

与儒家学派颇多论争的墨家学派和法家学派,虽然在某些方面不满儒家学说,但对君子人格却津津乐道。如墨子说:"君子之道也,贫则见廉,富则见义,生则见爱,死则见哀。四行者,不可虚假,反之身者也"①;"君子不镜于水,而镜于人。镜于水,见面之容;镜于人,则知吉与凶"②。韩非子说"君子不蔽人之美,不言人之恶"③;"礼为情貌者也,文为质饰者也。夫君子取情而去貌,好质而恶饰"④,如此等等,无不表明他们对君子人格的高度肯定。

影响深远的道家学派,虽然诸多思想观念与儒家学派迥然相异,但在如何看待君子人格这一点上,两者却颇为一致。老子说:"兵者不祥之器,非君子之器,不得已而用之,恬淡为上,胜而不美。而美之者,是乐杀人。夫乐杀人者,则不可以得志于天下矣"⑤;庄子说"君子之交淡如水,小人之交甘若醴,君子淡以亲,小人甘以绝"⑥;他还说"以仁为恩,以义为理,以礼为行,以乐为和,熏然慈仁,谓之君子"⑦。凡此种种,不也表明道家学派对君子人格同样颇为认同和称许?

不过,我们说君子文化是中华传统文化的融汇点,并非只是以上所述道家、墨家、法家等这些与儒家思想颇多抵牾的流派,都曾在肯定

---

① 《墨子·修身》。
② 《墨子·非攻》。
③ 《韩非子·内储说上》。
④ 《韩非子·解老》。
⑤ 《道德经·三十一章》。
⑥ 《庄子·山木》。
⑦ 《庄子·天下》。

的意义上使用过"君子"概念,论述过君子人格的内涵,尽管这些确实也是非常过硬的证据和理由。君子文化作为中华传统文化的融汇点,还有另一突出表现,这就是儒家设计的君子人格在传播、推广、扩散的过程中,以其自身魅力和包容性所产生的巨大磁场效应,吸收和容纳了其他流派的思想成果,从而形成了以儒家为主,儒道互补,兼容墨家、法家、佛家的独特景观。譬如,汉武帝采纳董仲舒之说独尊儒术,但汉初道家的黄老思想也颇受推许,随后佛教也从印度传入中国,至三国魏晋时期,君子文化已较为明显地呈露出在儒家基础上融会诸家的特色。诸葛亮有一句箴言在中国家喻户晓:"夫君子之行,静以修身,俭以养德,非澹泊无以明志,非宁静无以致远"①。这里一方面强调君子之行要"明志""致远",明显表现出积极有为的愿望和追求,儒家热心济世的倾向昭然若揭;另一方面又强调要"澹泊"明志、"宁静"致远,这显然是道家思想的体现;至于"静以修身,俭以养德",则多少有些佛家甚至墨家的色彩。

值得注意的是,这种君子人格及君子文化由孔孟原典儒学侧重个人—社会道德,经过以阴阳五行为框架的汉魏儒学,尤其是以心性本体为框架的宋明理学,逐步呈现出以个体人生境界为核心的儒道互补及儒道佛合流的倾向。如果说,在原典儒学里最能体现君子人格特质的是《易经》中的两句话:"天行健,君子以自强不息"(乾卦),"地势坤,君子以厚德载物"(坤卦);那么经历隋唐佛学、宋明理学及一些民间宗教信仰的渗透与改造,君子人格到唐宋以后已较多融入道家和佛家的因素。这固然与儒家原典中的君子本身内蕴较为丰厚、较有弹性

---

① 《诫子书》。

有关,虽渴望和期求积极救世,却也讲"用之则行,舍之则藏"①,"穷则独善其身,达则兼济天下"②等等;更与孔孟所阐扬的君子文化伴随时代变迁确实接受和掺杂了其他多种思想学术,尤其是道家和佛家的思想密切联系。君子人格和君子文化在衍变发展中,既有保持刚健有为、热心济世的主脉,也有偏向申述道家及佛家清净自守思想的颇有影响的支流。后一点,《菜根谭》中有关君子的评述便是典型反映。

作为一部讲述为人处世之道的简明读本,《菜根谭》初次刊刻于明代万历年间,历代不断翻刻重印,至今畅销不衰。该书共16000多字,"君子"一词就出现41次。其所谈论的君子可谓别有风貌:"澹泊之士,必为秾艳者所疑;检饬之人,多为放肆者所忌。君子处此,固不可少变其操履,亦不可露其锋芒。""标节义者,必以节义受谤;榜道学者,常因道学招尤。故君子不近恶事,亦不立善名,只浑然和气,才是居身之珍。"如此立身处世,虽然保持了君子洁身自好、束身自修的品格,却消磨了自强不息、勇于担当的家国情怀,明显过于明哲保身、韬光养晦,过于世故和消极了。然而,这确为君子人格流变过程中的一种现象。朱光潜先生谈《菜根谭》,说它是"融会儒释道三家的哲学而成的处世法"③。其实,《菜根谭》中的君子形象,与孔孟塑造的君子形象已是名同实异的两回事了。这也表明君子人格作为中华民族的集体人格,与现实人生一样具有丰富性和复杂性,虽然同为值得接纳和包容的正面人格,却有的偏向儒家,有的偏向道家,有的偏向佛家,或亦儒

---

① 《论语·述而》。

② 《孟子·尽心上》。

③ 朱光潜:《一九三四年我所爱读的书》,《朱光潜全集》第8卷,安徽教育出版社1993年版,第358页。

亦道、亦儒亦佛、亦儒亦法,甚至亦儒亦墨等,各有不同的侧重和气象。不过,这正表明君子文化(包括君子人格)是中华传统文化不同学派和流派的一个重要融汇之点。

三　君子文化是传统文化的落脚点

儒家学说乃至整个中国经学史和哲学史,更多的是一种面向现实人生的伦理哲学。有学者说:"儒学不仅是形而上之学,而且是形而下之学,两者融突和合,相得益彰,但儒学最重要的、影响最大的是其形而下日用之学,儒学的发展在于日用,它的生命也在于日用。"[1]儒学及中国传统哲学的这一特点,与西方哲学明显大相径庭。西方哲学家,不论是苏格拉底、柏拉图、亚里士多德,还是康德、黑格尔、海德格尔等,都热衷于构造一个能够解释思维与存在、精神与物质关系的严密理论系统,热衷于探寻抽象性、反思性、普遍性的规律,即认识论、方法论、辩证法问题等。中国哲学家,从孔孟、老庄、墨荀,到程朱、陆王、颜李等,其学说虽然也包括对认识论、方法论和辩证法的思考,却并不抽丝剥茧,层层追问"是什么、为什么",而只是直截了当地告诉你"做什么、怎么做",并且其所探寻的问题多半集中在社会人生方面,主要涉猎生活方式、人生态度、价值取向,以及个人与群体、与社会(国家)的关系等。因此,西方哲学家可以躲进小楼成一统,与实际生活拉开较大距离,纯理论本身就有价值和意义。但中国哲学家却基本都反对

---

[1] 张立文:《日用儒学与国民精神》,2016年7月21日《光明日报》;又见《新华文摘》2016年第20期。

这种为学态度,而是十分注重学以致用、知行合一,所谓"礼者,履也"①,就是强调儒家礼义道德,重在躬行实践。

儒家这种不仅讲究"学",更看重"用";不仅讲究"知",更看重"行"的理念,在有关君子及君子文化的论述中尤为突出和显著。"君子食无求饱,居无求安,敏于事而慎于言,就有道而正焉,可谓好学也已"②;"子贡问君子。子曰:'先行其言,而后从之'"③;"君子欲讷于言而敏于行"④;"君子耻其言而过其行"⑤;"君子以行言,小人以舌言"⑥等等,无不鲜明体现出儒家乃至整个中华传统文化洋溢的"实用理性"精神。这种重行动、轻言词,重实践、轻思辨的观念,使历代士大夫知识分子(包括儒家及其他学派,包括绝大多数朝代的统治者)都不是把仁、义、礼、智、信及忠、孝、廉、悌等仅仅作为一种理论或学术来讨论,而是作为一种值得遵循并应该遵循的伦理规范推向社会、推向大众。其结果,就是要在社会各阶层中大兴君子文化、大倡君子之风、大行君子之道,培育和塑造君子人格。我们之所以说君子文化也是中华传统文化的落脚点,就因为以儒学为主干的中华传统文化,作为一种面向现实人生的伦理哲学,其最终落地的成果就是让尽可能多的人"做人做君子"。

---

① "礼者,履也",是东汉许慎在《说文解字》里对"礼"解释,强调礼不是用来思的,也不是用来说的,而是用来付诸行动的。

② 《论语·学而》。

③ 《论语·为政》。

④ 《论语·里仁》。

⑤ 《论语·宪问》。

⑥ 《孔子家语·颜回》。

我曾撰文说:"君子是中华民族千锤百炼的人格基因。"①之所以这样断言,是因为自汉至清两千余年来,历代王朝都把儒家经典作为做官求仕的入门初阶或必修课程,甚至作为开蒙识字的蒙学教材和私塾读本。由此,儒家学说及传统伦理不仅成为统治阶级的思想,而且成为士大夫知识分子思想言行的根基。更重要的是,通过不同朝代各层次士大夫知识分子以身垂范的影响,以及他们编纂、注释和阐发的各类著述,如"四书五经"、《孝经》、《急就篇》,一直到《三字经》《千字文》《菜根谭》《弟子规》《围炉夜话》《增广贤文》及各种自记善恶的"功过格"等等,还有发挥很大作用的各种"家训""族规""乡约""里范"等等训诫条文及规矩律令,使儒家思想及传统伦理的基本观念在一代又一代的灌输和解读下,逐渐成为整个社会思想意识、政教体制、公私生活、民情风俗的导向和规范。不论是居庙堂之高还是处江湖之远,不论是帝王将相还是平民百姓,不管是识字或不识字,不管是自觉或不自觉,大凡中国人都在骨子里深受儒家思想及传统伦理的浸润和熏染。这种浸润和熏染的结果,就是君子文化成为中华民族代代相传的文化基因,绵延数千年地传承下来,而且历朝历代都传得众所周知、传得深入人心。

正是如此,即便我们近百年来经历了多次排山倒海般反传统狂涛巨澜的冲击,如"五四"新文化运动打倒孔家店、打倒旧文化,如"文化大革命"横扫"四旧"、横扫"牛鬼蛇神"等等,但君子文化及传统文化所主张、所传布、所激扬的那些做人做事的"规矩""道理""准则",或如老百姓所说的"良心"等,仍然如冻土下的暖流、岩石边的野草,默默而顽强地延伸着、生长着。最显豁、最生动的例子,就是几乎涉及人们

---

① 参见拙文《君子:千锤百炼的人格基因》,载《博览群书》2016年第5期。

做人做事(或者说世道人心)方方面面的君子格言和俗语,即便在传统文化遭受严重冲击、备受冷遇的艰难岁月,也一直活在人们心中、挂在人们口头。

"君子一言,驷马难追""君子爱财,取之有道""君子成人之美""君子不夺人所好""君子动口不动手""先小人,后君子""防得了君子,防不了小人""行行出君子,处处有能人""以小人之心,度君子之腹""量小非君子,德高乃丈夫""明人不做暗事,君子不说假话""有恩不报非君子,忘恩负义是小人""君子之交淡如水,小人之交甘如蜜""有事但逢君子说,是非休听小人言""宁愿得罪君子,不能得罪小人""君子报仇十年不晚,小人报仇从早到晚"[①]……这些嵌入历代中国人心灵,活在当今中国人口头的君子格言和俗语,已不同程度地成为中华儿女立身处世的人生信条乃至处世习惯。每一个中华儿女身上都传承着君子人格的干细胞,它以一种习用而不察、日用而不觉的方式,规范和调整着我们观察事物、思考问题、行为处世的视野、心态、作风与格调,影响着人们做人做事的价值判断和行为准则。

君子人格作为凸显中华文化"精气神"的典范人格模式,彰显着中华民族深沉精神追求和独特精神标识。君子文化作为中国优秀传统文化的精髓,以水滴石穿、润物无声的方式,在每个中华儿女身上都植入了文化的 DNA(基因),或者说在每个中华儿女心底都埋有一颗君子的种子。习近平同志反复强调:培育和践行社会主义核心价值观必须立足中华优秀传统文化,必须从中吸取丰富营养。通过挖掘和弘扬君子文化,在全社会大兴君子之风、大行君子之道、铸造君子人格,必

---

① 此类君子格言俗语多达近百条,参见钱念孙等选著:《君子格言选释》"君子俗语"部分,黄山书社 2016 年版,第 351—355 页。

将使君子文化这株传统文化浩瀚森林中最为郁郁葱葱的千年老树,在新时代抽出新的枝条,长出繁茂绿叶;同时也使培育和践行社会主义核心价值观因获得君子文化庞大根系扎根传统的丰厚滋养,在当代社会树起一面具有深厚传统底蕴和时代精神的文化旗帜,取得传承创新的丰硕成果。[①]

2016 年 11 月 2 日初稿
2016 年 11 月 23 日再改于合肥

原载于《学术界》2017 年第 1 期

[①] 参见拙文:《君子文化与社会主义核心价值观》,载 2014 年 6 月 13 日《光明日报》;又见《新华文摘》2014 年第 19 期。《君子:中华民族千锤百炼的人格基因》,载《群言》2016 年第 2 期,《博览群书》2016 年第 5 期;《开垦君子文化沃土,收获精神文明硕果》,载 2016 年 4 月 11 日《光明日报》;《培养君子人格是传扬中华优秀传统文化的重要目标》,载 2017 年 3 月 13 日《中国艺术报》;《中华民族历久弥新的人格基因》,载 2017 年 11 月 13 日《北京日报》;《君子文化的传统魅力与当代张力》,载 2018 年 4 月 3 日《光明日报》。

君子文化浸润中国人的日常生活

一 君子文化:中国人立身处世之道

关于君子文化的研究近几年已有不少成果,但在一些基本问题上仍有不少意见分歧。譬如,君子是泛指各类有德之人的代名词,还是主要指社会精英阶层人士? 尽管多数学者认为君子作为"积极向上向善的正面人格形象,是中华民族共同的成人成己的价值认同,是中华文化做人标准的人格化体现"[1];也有学者在肯定君子人格具有一定普遍性的同时,强调"中华传统君子文化是以官君子文化为核心的道德文化,凸显了官君子的道德示范作用,是当代社会主义官德建设的重要文化资源"[2]。

---

[1] 洪修平、孙亦平:《君子、理想人格及儒道君子文化的相异互补》,《哲学研究》2018 年第 4 期。

[2] 周玉清、王少安:《中华传统君子文化的历史发展及其当代价值》,2016 年 4 月 22 日《光明日报》。

其实,伴随中华文化数千年的发展和积累,"君子"概念的指称对象经历了不断衍变和拓展的过程,不仅内涵非常丰富,外延也逐步扩大,乃至在中华文化史上形成了有关君子论述汗牛充栋、君子文化在社会生活诸多领域异常繁盛的壮丽景观。我们探讨"君子"一词的内涵和外延,既要注意它在不同时代、不同层次上呈现和解读的特定意蕴,也要看到它作为中华民族古老而鲜活的人格基因,具有其约定俗成并得到广泛认同的基本含义。

从词源学的意义看,"君"是一个会意字,在字形上从尹从口,"尹"表示治事,"口"表示发布命令,"君"即指发号施令的人。《仪礼·丧服》:"君,至尊也",如郑玄所注:"天子、诸侯及卿大夫有地者皆曰君。"在西周及春秋时期,"君子"主要是对各级统治者和贵族男子的通称。《尚书·周书》:"君子勤道,不作无益害有益,功乃成";《国语·鲁语上》:"君子务治,小人务力,先王之制也",都是在诸侯及卿大夫的意义上使用君子一词。早期"君子"概念虽然多半专指社会中上层特定人群,但已有明确的价值导向,如《尚书》强调"不作无益害有益"、《周易·象辞》说"天行健,君子以自强不息""地势坤,君子以厚德载物"等等,为此后君子人格和君子文化的形成发展奠定了方位与基础。

历史演进到春秋战国百家争鸣时代,君子概念的意义发生重大变化,即由原来主要指称"有位者"衍变为更多指代"有德者",促成这一变化的主要功臣是儒家创始人孔子。集中记载孔子及其弟子思想和言行的《论语》,全书不到16000字,"君子"一词出现107次,使用频率之高反映孔子对君子人格的悉心打造。孔子继承西周以来有关君子论述的思想资料,认为崇德向善不仅是对少数权贵的要求,也应是多数人普遍追寻的目标。《论语》从头至尾二十篇,每一篇章都以若干段落从不同方面对"君子"不断刻画、反复雕塑,尽管在有些语境下仍然专指"有位者",但总体倾向却是对"有德者"的描述和界定。孔子及后世儒家所倡导的仁、义、礼、智、信,以及忠、孝、廉、悌等种种为人处世的伦理和规范,都注入和融化到其精心塑造的君子人格上。正是看到这一点,清末民初思想家辜鸿铭说:"孔子的全部哲学体系和道德教诲可以归纳为一句话,即'君子之道'。"①海外也有学者说:"儒学事实上便是'君子之学'。"②

经由孔子儒学重铸而获得更加普遍意义的君子形象,作为一种可学可做并应学应做的人格模式,在中华文化数千年奔腾不息的历史长河中,引起历代统治者、思想家和文人士大夫的共鸣和推崇。这不仅体现在历代典籍里关于君子及君子文化的解说和阐发俯拾即是、数不胜数,而且表现在灿若星汉的有关君子和君子文化的论述,与以儒学为主干的中华传统文化话语体系的主旨高度重合一致。君子文化堪称中华优秀传统文化的精髓和标识,其内涵和特质不管人们自觉或不自觉、意识到或没有意识到,都早已成为民族文化—心理结构的核心部分,千百年来对中国人的思想、情感、行为、生活等起着不可低估的引导和规范作用。③ 这种制约和影响,随着岁月的积累,天长日久,习用而不察、日用而不觉,以至成为某种思维定式、情感取向、生活态度乃至经验习惯,以各种形态呈现于社会生活的方方面面。

本文所描述和讨论的,就是君子文化作为中华优秀传统文化的精

---

① 辜鸿铭:《中国人的精神》,海南出版社1996年版,第50页。

② 见《中国思想传统的现代诠释》,江苏人民出版社1989年版,第160页。

③ 参见李泽厚:《初拟儒学深层结构说》,载《世纪新梦》,安徽文艺出版社1998年版,第112—127页。

髓和标识,以及民族文化—心理结构的核心元素,如何浸润并显现于中国人的民间信仰和日常生活之中。这种浸润和显现表现在器物、植物、动物、食物、俗语民谚、家训家谱、戏曲小说等众多层面,下面择其要者做简要描述,以就教于方家。

二 玉石温润:蕴藏君子之德

在器物层面,最突出彰显君子文化内涵的莫过于玉。

中华民族有着悠久的爱玉传统。采玉、琢玉、尊玉、佩玉、赏玉、玩玉的历史,至少已绵延6000年以上,[①]且一直没有中断,至今仍然兴盛不衰。为什么会出现这种颇为独特的现象?除了玉作为一种"美石"具有欣赏价值和经济价值外,关键在于自殷周时期起,我们的祖先就将玉石的特质与君子的品格相类比,赋予玉诸多君子人格及美好道德的寓意。《诗经·国风·小戎》:"言念君子,温其如玉";《礼记·玉藻》:"古之君子必佩玉……君子无故,玉不去身,君子于玉比德焉。"诸如此类以玉譬人,赞美君子品性如美玉一般"温润而泽"的话语,在先秦及后世典籍中如繁星闪耀,充分反映中华文化对君子人格的尊崇和推许。中国玉文化的繁盛,很大程度在于其中注入君子文化的灵魂,饱含君子文化的丰厚意蕴。

在《礼记·聘义》中,孔子与其学生子贡有一段颇有意味的对话。子贡问孔子曰:"敢问君子贵玉而贱珉者何也?为玉之寡而珉之多与?"孔子答曰:"非为珉之多故贱之也,玉之寡故贵之也。夫昔者,君子比德于玉焉,温润而泽,仁也;缜密以栗,知也;廉而不刿,义也;垂之

---

① 参见杨伯达:《中国史前玉文化》,浙江文艺出版社2014年版。

如队,礼也;叩之其声清越以长,其终诎然,乐也;瑕不掩瑜,瑜不掩瑕,忠也;孚尹傍达,信也;气如白虹,天也;精神见于山川,地也;圭璋特达,德也;天下莫不贵者,道也。诗云:'言念君子,温其如玉。'故君子贵之也。"

孔子解答"君子贵玉而贱珉"的原因,并非玉少贵之、珉(像玉的石头)多贱之,而是玉的品质是君子仁、智、义、礼、乐、忠、信、天、地、德、道等诸多德行的象征。此外,管子论玉有"九德"说、荀子论玉有"七德"说、刘向论玉有"六美"说等等。东汉许慎《说文》在先秦各家之论基础上,进一步概括说:"玉,石之美者。有五德:润泽以温,仁之方也;䚡理自外,可以知中,义之方也;其声舒扬,专以远闻,智之方也;不桡而折,勇之方也;锐廉而不忮,洁之方也。"玉石润泽,触手生温,犹如施人温暖的仁德;透过玉石纹理,能够自外知内,就像表里如一的坦诚道义;敲击玉磬,其声清脆远扬,恰似给人教益的智慧;玉器可以摔碎,但不会弯曲,仿佛坚贞不屈的勇毅;玉石虽有棱角,却不伤害别人,正如君子洁身自好行止有度。这里表面谈的是玉,实质是赞美君子品格,在赋予玉诸多美好品德的同时,也提醒君子时刻以美玉的品性要求自己,高扬着一种崇高的道德情感和伦理精神。

玉不仅被寄寓诸多君子品德,其雕琢成器的过程也被比拟为君子进德修业必做的功课。"玉不琢,不成器;人不学,不知道。"出自《礼记·学记》中的这句话,后来被收入家喻户晓的《三字经》里,成为脍炙人口的名言。与其说,这是强调美玉待琢,只有经过细心雕琢打磨,玉石才能成为国之宝器;不如说,这更是通过比喻衬托,说明学习对人增长知识、明白事理的重要。今天人们所说的"知道",是了解掌握某种知识或信息的意思,此处所言的"知道",乃指通晓大事理、大道理。欧阳修《诲学说》言:"玉不琢,不成器;人不学,不知道。然玉之为物,有不变之常德,虽不琢以为器,而犹不害为玉也。人之性因物则迁,不学则舍君子而为小人,可不念哉。"这是告诫人们:君子人格的养成,要像治玉一样"如切如磋,如琢如磨",不断进德修业,提升自己人生境界,否则不进则退,很容易"舍君子而为小人"。

中国作为爱玉之国、崇玉之邦,源于古代先贤观物析理,化以人文,既看到玉的自然之美,又在玉中寄寓丰厚的文化意蕴,形成"君子比德于玉"的深厚传统。在中华文化传统里,玉一直是纯洁、美好、善良、高雅、华贵的象征。带玉的词多为褒义词,如赞美人的有玉女、玉人、玉容、面如冠玉等,称赞住处的有玉府、玉堂、玉房、玉楼等,夸赞衣食的有玉衣、玉帛、玉冠、玉食等。在汉语词汇里,有关玉的成语典故比比皆是,如冰清玉洁、玉骨冰肌、金科玉律、金口玉言、字字珠玉、玄圃积玉、金玉良缘、如花似玉、金玉满堂、金声玉振、韫玉待价、金枝玉叶、冰心玉壶、玉润珠圆、和璧隋珠、香消玉殒、完璧归赵、蓝田生玉、宁为玉碎等等。这是君子文化从玉这一器物层面渗入我们文化观念和日常生活的反映,也从一个侧面表明君子文化对中国人思想和行为的影响至为深远。

三 梅兰竹菊:彰显君子之品

在植物层面,最鲜明体现君子文化内涵的莫过于梅兰竹菊。

梅、兰、竹、菊这四种植物,在中国文化里有个特别的雅号,即"四君子"。尽管这一称谓在明代著名出版家黄凤池刻印《梅竹兰菊四谱》以后才流行①，但以花草树木比喻君子人格的做法，早在先秦时期典籍《诗经》《离骚》里已屡见不鲜。《孔子家语》记载，孔子周游列国而不见用，返回鲁国途中看到兰花独开山谷，发出感叹说："夫兰当为王者香，今乃独茂，与众草为伍，譬犹贤者不逢时，与鄙夫为伦也。"他还说："芝兰生于深林，不以无人而不芳；君子修道立德，不为穷困而改节。"这里以兰喻人，表达君子情怀和节操，说明早在中华文化蓬勃兴起的春秋战国之时，就已形成以自然景物比拟人品志向的"比德"传统。梅、兰、竹、菊被称作"四君子"，正是这一传统延续发展的丰硕成果，也是君子文化深入人心的突出表现。梅、兰、竹、菊成为历代诗人、画家反复吟咏和描绘的对象，主要原因即在于，其形象饱蕴和体现着君子人格的高贵品性。

梅在寒冬腊月绽放，它吸引人的往往不是娇艳的外表，而是凌霜傲雪、不畏艰难的精神。这种精神是君子人格及君子文化的核心要素，也是中华民族历来推崇的性格和气质。宋代王安石《梅花》诗："墙角数枝梅，凌寒独自开。遥知不是雪，为有暗香来"，以梅花傲雪呈艳、凌寒送香的形象，表现君子傲然不屈又幽香袭人的魅力。元代画家王冕画曾在墨梅卷上题诗："吾家洗砚池头树，朵朵花开淡墨痕。不要人夸好颜色，只留清气满乾坤"，抒发弃尘绝俗、清高自洁的君子情怀。毛泽东咏梅词："风雨送春归，飞雪迎春到。已是悬崖百丈冰，犹有花枝俏。俏也不争春，只把春来报。待到山花烂漫时，它在丛中笑。"梅花象征严酷环境下人所应有的君子品格，集刚健、坚毅、俏丽、

---

① 黄凤池：《集雅斋·梅竹兰菊四谱》小引中说："文房清供，独取无他，则以其幽芳逸致，偏能涤人之秽肠而澄莹其神骨。"可能受此处"梅竹兰菊四居者"启发，后人多把梅、兰、竹、菊称为"四君子"。

希望于一身,这首《卜算子·咏梅》将此意刻画得生动有力。

兰生长于深山幽谷,终年长青,不因无人而不芳,其远离尘嚣、清丽高雅的气质,体现慎独自守,"人不知而不愠"的君子品格。唐朝颜师古《幽兰赋》对此有生动描绘:"惟奇卉之灵德,禀国香于自然。俪嘉言而擅美,拟贞操以称贤。咏秀质于楚赋,腾芳声于汉篇。冠庶卉而超绝,历终古而弥传。"明代画家徐渭题《水墨兰花》:"绿水唯应漾白苹,胭脂只念点朱唇。自从画得湘兰后,更不闲题与俗人",借画兰明志,传达洁身自好、不与时俗同流合污的志趣。张学良《咏兰诗》:"芳名誉四海,落户到万家。叶立含正气,花妍不浮华。常绿斗严寒,含笑度盛夏。花中真君子,风姿寄高雅",把兰花坚守节操、淡泊名利的君子品格表现得淋漓尽致。中国人爱兰、种兰、咏兰、画兰,究其背后原因,无不隐含着通过兰花来寄情明志的文化动因。

竹子中空有节的枝干、挺拔清逸的外形,很早就被古代先贤作为君子风骨的象征而不断书写。植物生长,经历雨雪风霜,多数折枝落叶,而竹却不改颜色,峭拔挺立。正如《礼记·礼器》所称赏:"其在人也,如竹箭之有筠也,如松柏之有心也。二者居天下之大端矣,故贯四时而不改柯易叶。"东晋著名书法家王羲之之子王徽之,爱竹如命,即使借住朋友家中,发现无竹,也要命人种上,"何可一日无此君"是其名言。苏东坡诗句:"宁可食无肉,不可居无竹。无肉令人瘦,无竹令人俗。人瘦尚可肥,士俗不可医",典出于此。清代画家郑板桥,一生以竹为伴,其《题画竹》说:"盖竹之体,瘦劲孤高,枝枝傲雪,节节干霄,有似君子豪气凌云,不为俗屈。"他的诗作"衙斋卧听萧萧竹,疑是民间疾苦声;些小吾曹州县吏,一枝一叶总关情",在竹子劲节虚心的品性中,注入体恤民间疾苦情感,受到广泛称颂。

菊于深秋开花,艳而不娇,既有傲霜不凋的气节,又有义让群芳的的品德。陶渊明不为五斗米折腰,隐居山林,与菊为伴,不慕荣利,超然淡泊,吟咏出"采菊东篱下,悠然见南山"的千古佳句。白居易《咏菊》:"耐寒唯有东篱菊,金粟初开晓更清";元稹《菊花》:"不是花中偏爱菊,此花开尽更无花",生动刻画了菊花兼具勇士与隐者的两种品格。宋代女词人朱淑贞《菊花》诗:"土花能白又能红,晚节犹能爱此工。宁可抱香枝头老,不随黄叶舞秋风",洋溢着不向世俗低头和对独立人格不懈追求的精神。明代高启《菊邻》诗:"菊本君子花,幽姿可相亲",更是将菊花直接赋予"君子花"的美名,既揭示出菊花蕴藏的道德品性,也说明了人们喜爱菊花的缘由。

除了梅、兰、竹、菊"四君子"以外,在植物层面与君子文化发生紧密联系的,还有被列为"岁寒三友"①首位的"松",被称为"花之君子者"的"莲"。在中华文化中,松树很早就作为"比德"的对象。《论语·子罕》里"岁寒,然后知松柏之后凋也",是孔子家喻户晓的箴言。唐代大诗人李白《赠韦侍御黄裳》:"愿君学长松,慎勿作桃李。受屈不改心,然后知君子。"宋代范仲淹歌吟青松:"有声若江河,有心若金璧。雅为君子材,对之每前席。"如此等等表明,以松树作为君子人格的象征,具有悠久的传统和深厚的文化根基。至于莲(荷花)被视为君子之花,则源于宋代周敦颐的名篇《爱莲说》:"予独爱莲之出淤泥而不染,濯清涟而不妖,中通外直,不蔓不枝,香远益清,亭亭净植,可远观而不可亵玩焉。予谓菊,花之隐逸者也;牡丹,花之富贵者也;莲,花之君子者也。"这里对莲花品性的独到评述及称其为"花之君子者",

---

① "岁寒三友"指松、竹、梅三种植物。苏东坡有诗云:"风泉两部乐,松竹三益友。"明代程敏政曾作《岁寒三友图赋》。赵翼《陔余丛考》载元次山《丐论》云:"古人乡无君子,则与山水为友;里无君子,则以松柏为友;坐无君子,则以琴酒为友。"

千百年来得到人们广泛认可并产生深远影响。①

四 家谱家训:传扬君子之风

君子文化浸润日常生活,还通过家谱、家训等渠道,使传统伦理在家庭落地生根,化为家庭成员的做人信条和生活习惯。

每一个人都诞生并生活在家庭之中。每个家庭在世代繁衍和薪火相传的同时,都会或隐或显地积淀并形成某种价值观念和德行风尚,即人们通常所说的家风。一般说来,家风既包括有文字及实物遗存的有形部分,也包括仅是口头和行为传授等随时消失的无形部分。有形部分多半呈现在如家训、家规、家法、家谱、族谱、族规、宗谱、家族祠堂,以及各种祭祖追宗仪式等方面;无形部分则主要凸显在长者的行为举止、言传身教,以及由此形成的家庭生活习惯和家族气质风貌等方面。有形的部分以家训、家谱等为载体固然有助于家族文化的传递和弘扬;无形的部分如长辈的言谈等虽然往往随生随灭,但它多半留在后辈心中,对家族成员的成长和家族风气的形成同样发挥不可小觑的作用。

中华民族具有深刻的"家国同构"观念:一方面,家是国的细胞,没有家就没有国;另一方面,国是家庭细胞赖以生存的肌体,国盛才能家兴,国破则难免家亡。正是这种水乳交融的家国同构理念,不同时代、不同区域、不同家族的家训、家谱等,虽然具体内容互有差异并各具特色,但其中所宣扬的立身处世、持家兴业的规则和教导等,基本都是建

---

① 参见沃尔夫拉姆·爱伯哈德:《中国文化象征词典》,陈建宪译,湖南文艺出版社1990年版,第182—185页。

立在对中华文化主流价值体系的集体认同之上。《孝经·广扬名》："子曰:君子之事亲孝,故忠可移于君;事兄悌,故顺可移于长;居家理,故治可移于官。"这种把家之"孝"与国之"忠"、家之"礼"与国之"法"对应贯通,使家族文化与国家意识形态联结一体的现象,贯穿整个古代社会发展历程。君子文化作为儒家思想乃至整个中华传统文化的精髓和标识,与历代著名家训、家谱秉持和崇尚的做人理念及价值观念等高度契合。在一定程度上毋宁说,众多家训、家谱所传达的励志勉学、入孝出悌、勤俭持家、精忠报国等优良家风,就是修身、齐家、治国、平天下理念的具体细化,不仅堪称个人成长和家族兴旺的座右铭与传家宝,也是君子文化从庙堂走向民间的具体实践和生动体现。

三国时期政治家诸葛亮临终前写给儿子诸葛瞻的《诫子书》,是一篇传颂千古的著名家训:"夫君子之行,静以修身,俭以养德。非澹泊无以明志,非宁静无以致远。夫学须静也,才须学也,非学无以广才,非志无以成学。淫慢则不能励精,险躁则不能治性。年与时驰,意与日去,遂成枯落,多不接世,悲守穷庐,将复何及!"这里强调君子的行为操守,关键在于修身养性,治学做人;而不论是提升人格修养,还是勤学立志,都要从淡泊宁静中下功夫,切戒懈怠险躁。诸葛亮是中国历史上贤相的典范、智慧的化身,他对儿子的谆谆教诲,是他毕生经验和睿智的结晶,也是对如何培养君子人格的精彩阐释。

强调君子人格对家族成员成长的重要意义,在各类家训、家谱中星罗棋布,目不暇接。著名的《颜氏家训》"慕贤篇"开篇就呼吁家族成员,要追随学习明达君子:"倘遭不世明达君子,安可不攀附景仰之乎?"①明代散文家归有光《家谱记》也说:"仁孝之君子,能以身率天下之人,而况于骨肉之间乎? 古人所以立宗子者,以仁孝之道责之也。宗法废而天下无世家,无世家而孝友之意衰。风俗之薄日甚,有以也。……故吾欲作为归氏之谱,而非徒谱也,求所以为谱者也。"②归有光认为,家族成员只有以君子为楷模,行仁义、重孝道,家族宗法才可确立,立宗法方可成世家,成世家方可正风俗,而正风俗,则将仁孝品德彰扬于世,进而代代瓜瓞绵延,形成世有君子、代有贤良的良性循环。

君子文化与家族文化融合,在家训、家谱及家风中扎根开花,不仅有助于崇德向善之风在家族中世代相传,还能够由家族推向村邑、由村邑推向国家。《孝经·广至德》曰:"君子之教以孝也,非家至而日见之也。教以孝,所以敬天下之为人父者也。教以悌,所以敬天下之为人兄者也。"清代宰相张廷玉作《王氏族谱序》也说:"故君子之用心,必将使人知族人之咸本于一气,则孝弟亲睦之意,油然自生。而婚姻洽比之风,因之可以渐及由一家以推于一乡,由一乡以推于天下。风俗之美,教化之成,未尝不由于是。此谱牒之设所为深有功于世道,而君子详慎之不敢忽也。"③社会风俗之美,正是通过"由一家以推于一乡,由一乡以推于天下"的形式,逐步改善并蔚成风尚。

以家训、家谱为主干的家族文化,与君子文化看似概念不同、内涵

---

① 颜之推:《颜氏家训》,夏家善,夏春田注释,天津古籍出版社2016年版,第58页。
② 归有光:《震川先生集》(上册),上海古籍出版社2007年版,第437页。
③ 《张廷玉全集》(上册),江小角,杨怀志点校,安徽大学出版社2015年版,第160页。

相异,但两者的思想来源和核心理念却有诸多相似之处。两者谈论的中心都是如何做人、如何立身处世、如何兴家立业等问题,而得出的结论或者说给出的答案,又十分相近乃至多有重合。君子文化为什么能够沉入并浸润历代家训家谱而成为基层民众认同的价值导向?为什么历代世家望族的家训、族谱等总是以君子文化为主调凸显家族文化特色?其原因和奥秘都在这里。

五　俗语民谚:诉说君子之道

君子文化向日常生活沉淀,更加贴近民众生活、走入民众内心的,是大量有关君子及君子文化的俗语民谚。

俗语,又称俗话,指约定俗成、流行广泛,且言简意赅的语句。它是汉语语汇里为群众或文人所创造,并在人们口头频繁使用,具有口语性和通俗性的定型语言单位。"俗语"一词,早在西汉司马迁《史记·滑稽列传》就有使用,历史悠久,包罗繁多,经常可指代和囊括民谚、俗谚、村言、俚语、歇后语及口头常用成语等多种语言现象。俗语一方面源于人民群众对生产生活实践经验的感悟和创造,一方面来自书面文献即文化典籍中的经典短语和名句。这些出自书面文献的"雅语"和"箴言",有些本来就是在民间口语基础上提炼打磨而成,有些则是思想家文学家等对人生世态的独到体察和概括。不论是人民群众直接创造的俗语,还是源自书面典籍的俗语,都以人们熟知的思想观念或形象比喻,反映世代积累的人生经验和价值追求,堪称中华民族智慧的结晶。俗语及民谚,由于短小精练和意蕴深厚,共识度高并相沿成习,在千百万次的引用和传播中,往往被作为不证自明的"道理",成为警策自己和说服他人的理由,指导日常生活。

关于君子和君子文化的俗语民谚，不仅数量多，而且内容丰富多彩，涉及为人处世的诸多侧面，是俗语民谚宝库中的重要部分。下面从义利气节、诚实守信、处世交友等几个方面略作陈述。

在义利气节方面，人们最熟悉的莫过于口头禅："君子爱财，取之有道。"这句出自《增广贤文》的俗语强调，虽然钱财人人都爱，但要通过辛劳付出，正当合法地获取，而不能不择手段，取之无道。与此意义相近的俗语民谚较多，如"君子盼得天下富，小人发得一人财""君子不怕明算账，小人贪恋不义财""君子争礼，小人争利""义动君子，利动小人""君子务本，小人逐末""君子重名节，小人重名号""知足称君子，贪婪是小人""君子谋道不谋食""君子忧道不忧贫"[1]"君子安贫，达人知命"[2]等等。如何对待义与利，最能看出一个人的品格和气节。这些关于义利气节方面的君子俗语民谚流行民间，充分反映人民群众对君子文化的高度认同和拥护。

在诚实守信方面，人们经常爱说的就是："君子一言，驷马难追""君子一言，快马一鞭"。这两句俗语大同小异，均出自《论语·颜渊》"夫子之说君子也，驷不及舌"，强调说话算数，不能食言。此类有关君子诚信的俗语民谚不胜枚举："君子说话，如笔泼墨""君子坦荡荡，有话当面讲""明人不做暗事，君子不说假话""君子当面骂人，小人背地

---

[1] "君子谋道不谋食"（君子谋求大道而不在意食物）、"君子忧道不忧贫"（君子担忧事业而不担忧贫困）两句，出自《论语·卫灵公》，被一些俗语、谚语词典收入其中。

[2] "君子安贫，达人知命"出自王勃《滕王阁序》："所赖君子安贫，达人知命"，指君子以平和心态面对贫穷，达观的人服从命运的安排。上海辞书出版社出版的《谚语10000条》将其收入，见该书2012年版第122页。

说话""有事但逢君子说,是非休听小人言""直率坦白真君子,笑里藏刀是歹人""君子用嘴说,牛马用脚踢""君子不欺暗室""君子无戏言""君子之言,信而有征"①"宁做真小人,不做伪君子""君子耻其言而过其行""君子讷于言而敏于行"②等等。有关君子诚信的俗语民谚如此之多,既表明诚信作为社会有序运转基本原则的重要,也说明君子文化作为中华文化的精髓和标识得到人们的普遍尊崇。

在处世交友方面,有关君子的俗语民谚更多:"君子成人之美""君子与人为善""君子之交淡如水""君子不念旧恶""君子绝交无恶言""来而不往非君子""亲君子,远小人"等等,都是源于古代经典又活跃于人们口头的常用语。③ 其他如"君子不夺人所好""君子动口不动手""君子不掠人之美""君子记恩不记仇""量小非君子,德高乃丈夫""居高善下真君子,将有视无大丈夫""君子有容人之量,小人存嫉妒之心""有恩不报非君子,忘恩负义是小人""结交结君子,栽树栽松

---

① "君子之言,信而有征"出自《左传·昭公八年》。
② "君子耻其言而过其行""君子讷于言而敏于行"两句,分别出自《论语·宪问》《论语·里仁》。
③ "君子成人之美"源自《论语·颜渊》:"君子成人之美,不成人之恶,小人反是";"君子与人为善"源自《孟子·公孙丑上》:"取诸人以为善,是与人为善者也。故君子莫大乎与人为善";"君子之交淡如水"源自《庄子·山木》:"且君子之交淡若水,小人之交甘若醴。君子淡以亲,小人甘以绝,彼无故以合者,则无故以离";"君子不念旧恶"源自《文中子·止学》:"君子不念旧恶,旧恶害德也。小人存隙必报,必报自毁也";"君子绝交无恶言"源自《战国策》里乐毅之语:"君子绝交,不出恶声;忠臣去国,不絜其名";"来而不往非君子"源自《礼记·曲礼上》:"往而不来,非礼也;来而不往,亦非礼也";"亲君子,远小人"源自诸葛亮的《前出师表》:"亲贤臣,远小人,此先汉所以兴隆也。"

柏""以小人之心,度君子之腹"①"门内有君子,门外君子至;门内有小人,门外小人至""宁愿得罪君子,不能得罪小人""君子抱怨,且息三年""君子报仇,十年不晚;小人报仇,从早到晚",如此等等,都是把人们心目中善恶是非标准在君子与小人的对比中和盘托出。君子文化作为百姓日用而不觉的精神食粮,于此可见一斑。

有关君子的俗语民谚几乎遍及社会生活的各个方面,除了上面所谈论的义利气节、诚实守信、处世交友以外,起码在仁义济世、砺学修身、怡情养性、慎独操守等层面,相关俗语民谚同样繁花似锦,让人应接不暇。此文只是从总体上勾勒君子文化民间沉淀的概貌,无法一一细谈,这里先把问题提出来,以后再作专文探讨。② 总之,有关君子的俗语民谚不仅是中华优秀传统文化对民间意识形态的直接投影,而且对普通百姓立身处世的道德伦理和价值观念等,常常发挥着直指本心、明心见性的独特作用。

六 君子文化:雅俗共赏,历久弥新

君子文化洪流冲刷和滋养宽阔的日常生活河床,还覆盖和波及我们社会生活的不少畛域。尽管这些领域与人们日常生活关系颇为密切,其所内藏的君子文化蕴蓄却较少被人提及。

譬如在动物层面,鸡作为家禽的一种,被赋予"五德君子"的美名。

---

① "以小人之心,度君子之腹"语出《左传·昭公二十八年》:"原以小人之腹,为君子之心。"

② 本人对此已经初步做了一些资料收集整理工作,参见钱念孙等选著:《君子格言选释》附录"君子俗语"部分,黄山书社2016年版,第351—355页。

此说源于汉代《韩诗外传》记载春秋时期的田饶对鲁哀公说的一段话："君独不见夫鸡乎！首戴冠者，文也；足搏距者，武也；敌在前敢斗者，勇也；得食相呼，仁也；守夜不失时，信也。鸡有此五德，君犹日瀹而食之者，何也？"鸡头顶红冠，不论是昂首阔步、英勇搏斗，还是低头觅食、高歌打鸣，确实体现出文、武、勇、仁、信"五德"。就其实质而言，这是用人所拥有的道德观念解释鸡的特性，饱含着人们的道德期待，因而后人时常把鸡称作"五德君子"。笔者曾欣赏过晚清海派著名画家任伯年一幅画鸡的国画，题字就是"五德君子图"。当今许多国画家画鸡，也经常以"五德图""五德君子图"名之。

在乐器层面，琴（今称古琴）作为"八音之首"，具有"贯众乐之长，统大雅之尊"的地位，自古就有"君子之器"的雅称。古琴音量不大，音域宽广，讲求中正平和、深沉飘逸，古朴含蓄，空灵悠远，极具沧桑感和圣洁性。东汉桓谭《新论·琴道》云："琴之言禁也，君子守以自禁也。大声不震哗而流漫，细声不湮灭而不闻。八音广博，琴德最优。"这就是说，琴与一般乐器以绚丽华美的声响给人娱乐不同，它的作用是祛除欲望杂念，让人静心明志，回归心性的本源，达到天人合一的境界。如果说，其他乐器往往奏出郑卫之音，是刺激的享乐的；那么，琴则偏向演奏雅乐正声，是收敛的回归的，是调和人心而禁止邪念淫欲的。所以，蔡邕《琴操》说："昔伏羲作琴，以御邪僻，防心淫，以修身理性，反其天真。"汉代《白虎通·礼乐》云："琴者，禁也，所以禁止淫邪，正人心也。"明代《神奇秘谱·序》言："然琴之为物，圣人制之，以正心术，导政事，和六气，调玉烛，实天地之灵气、太古之神物，乃中国圣人治世之音，君子养修之物。"因此，琴在古代被视为修身养性的君子之器，有"君子之座，左琴右书""君子无故不撤琴瑟"等说法。

在饮食层面，茶很早就被誉为"饮中君子"。文人雅士七件事，琴棋书画诗酒茶;百姓开门七件事,柴米油盐酱醋茶——两者共同交集,或者说两者都离不开之物就是茶。君子文化从上层雅好向百姓日用的转移和沉淀,茶可说是典型的津梁,所谓"若问饮中君子谁?雅俗共赏只有茶"是也。茶有多重保健作用,入口微苦,饮下之后,渐生甘味,是为"苦后回甘",淡雅澄心,回味无穷,颇似人生历练所需境界。唐代释皎然与茶圣陆羽为忘年至交,曾赋《九日与陆处士羽饮茶》诗:"九日山僧院,东篱菊也黄。俗人多泛酒,谁解助茶香。"这里把品茗看作雅士之举,在韦应物《喜园中茶生》诗中得到呼应:"洁性不可污,为饮涤尘烦。此物信灵味,本自出山原。"宋代苏轼《和钱安道寄惠建茶》诗,则直接认为茶天然具有君子品性:"我官于南今几时,尝尽溪茶与山茗。胸中似记故人面,口不能言心自省。为君细说我未暇,试评其略差可听。建溪所产虽不同,一一天与君子性。"清代乾隆亦有《虎跑泉》吟茶诗云:"溯润寻源忽得泉,淡如君子洁如仙。余杭第一传佳品,便拾松枝烹雨前。"此诗描写泉水煮茶"淡如君子洁如仙",既是对茶的特性的赞美,也是对茶所寓含的君子品格的称颂。林语堂说:"茶是象征着尘世的纯洁。"当代茶圣吴觉农也说:"君子爱茶,因为茶性无邪。"中国茶文化渊博精微,其中很重要的部分就是与君子文化精神有着深广的内在联系。

  君子文化在元明清戏剧小说,即郑振铎所说的"俗文学史"中,同样表现充分,异彩纷呈。对此,已有学者结合中国古代文人创作的大量戏曲作品,从忠烈君子、勇义君子、高行君子、多智君子、红粉君子等五个方面梳理其中的君子形象,并对每类君子形象的品质特征及书写策略作了考察和阐释。① 此不复赘。

综上,我们从器物、植物、动物、食物、俗语民谚、家训家谱及戏曲小说等层面,对君子文化民间沉淀,即浸润中国人日常生活的状况做了提要性的巡查和描述。由此探寻可知,君子文化在社会基层民众中的普及流行程度,或者说君子文化在民间深入人心程度,远超原有预料和想象。君子人格和君子文化,作为中华民族千锤百炼的人格基因和文化精髓,既是精英文化的中心内容,又是大众文化的重要内涵;既在高雅文化中居于核心地位,又在通俗文化里占据焦点位置。它是上层社会构造主流价值观的标志符号,也是下层民众奉行的为人处世之道和共识度较高的信仰原则;它是文人雅士欣赏的阳春白雪,也是群众百姓喜爱的下里巴人。君子文化不仅雅俗共赏,而且历久弥新。它从遥远的商周时期跋涉启程,跨越数千年的历史沧桑,至今仍以矫健身影在中华文化蓬勃发展的大道上阔步前行,以不言之教潜移默化地滋润和涵养每个中华儿女的心田。就此而言,君子文化又是打通传统与当代、涵盖传统与当代,使传统与当代互联互通的桥梁和纽带,是让中华民族传统最基本的文化基因与当代文化相适应、与现代社会相协调的传输宽带和融合平台,是中华优秀传统文化与当代核心价值观活态嫁接的生长沃土和丰收晒台。

2018 年 10 月 22 日完稿,12 月 5 日再改于书香苑

原载于《光明日报》2018 年 11 月 20 日,《学习活页文选》2018 年第 53 期全文转载。

---

① 参见黄胜江:《论中国古代文人剧作中的君子形象》,载《上海师范大学学报》(哲学社会科学版),2014 年第 5 期。

江南地理文化与才子型君子人格

江南的区域定位和历史意蕴

江南作为一个区域概念,究竟包括哪些地区?从古至今,并无定论,但约定俗成,似有大体范围。

顾名思义,所谓江南,是以长江为分界线,在与江北的对举和比照中而得名。但历史上属于江南的城市并非严格如此,如扬州位于长江北岸,自古就被看作江南重镇。成书于战国及两汉时期的《尔雅·释地》云:"江南曰扬州。"[①]谢灵运诗《道路忆山中》曰:"采菱调易急,江南歌不缓。"吕延济注:"采菱、江南皆楚越歌曲也。"此处的"楚"当然指荆楚之地,而"越"(越国)则以扬州为核心区域。

江南在历史上又称"江左"。《宋书·谢灵运传论》曰:"遗风余烈,事极江右。"李周翰注:"江右即西晋。"那么"江左"自然指东晋。

[①] 《尔雅·释地》释"九州":"两河间曰冀州,河南曰豫州,河西曰雍州,汉南曰荆州,江南曰扬州,济河间曰兖州,济东曰徐州,燕曰幽州,齐曰营州。"

杜甫《偶题》"永怀江左逸,多病邺中奇",此处江左亦指东晋和南朝。李白《五松山送殷淑》:"秀色发江左,风流奈若何。"王琦辑注云:"江左,江南也。"白居易词《忆江南》三首,直接描述杭州、钱塘潮、吴宫等名胜古迹,江南指江浙一带无疑。孔尚任《桃花扇·修札》:"从来名士夸江左,挥麈今登拜将臺",则是直接以江左指称江南的名句。

朱元璋创大明王朝,欲围绕南京建世界最大都城,设南直隶,把今天整个江苏省和安徽省,包括上海市及区县的全部地盘都划入南直隶的版图。清兵入关后,清朝统治者眼见"南直隶""南京"这些名号,无疑感到特别刺眼,仿佛前朝的阴魂不散,于是强令改名:顺治初年将"南直隶"更名为"江南省"、"南京"改名为"江宁";康熙六年(1667年)又把江南省一分为二,划为现在的江苏省、安徽省。当时上海县含青浦、奉贤、金山、南汇、川沙等地,归江苏的松江府管辖。此后的行政区划,除上海开埠后单独设市外,基本没有大的变动。

上述简略梳理可知,"江南"在不同时期指代虽有参差,但也有大体范围,即主要指长江中下游一带,包括上海市、江苏省、浙江省、安徽省等地区,与今天"长江三角洲一体化发展规划纲要"所划定的"三省一市"区域大体重合。而同处于长江以南的其他地区,如福建、江西、广东、湖南及湖北的部分地区等,除唐朝贞观年间曾设"江南道"将江西及两湖(湖南、湖北)等地区划入管辖范围外,宋代以后近数百年很少被视为或归入江南版图,因而当今从全国大的区域划分角度,也不将其纳入江南(长三角)范畴。

在中国历史上,江南不仅是一个地理概念,还蕴含一定的政治意味,这主要源于两次时段较长的南北政权分治。一次是西晋覆灭,皇室与贵族南渡,在建康(今南京)建立东晋政权,东晋灭亡后,宋、齐、梁、陈等几个朝廷持续统治半壁江山,江南政权维系达270余年之久。

另一次是北宋沦亡,宋朝皇族从汴梁(开封)南迁,最终在临安(今杭州)落脚,建立较为稳固的南宋政权,前后也存在130余年。晋、宋本为国土基本完整的朝代,但后半段事实上却豆剖瓜分,只是统辖长江或淮河以南的部分地区。如此两段山河破碎的历史,使江南一词在某种程度上成为南方政权的代名词。这种状况,一方面给江南概念注入沉郁悲愤、忠义报国的家国情怀和激昂格调,正如陆游临终《示儿》诗所沉吟"死去元知万事空,但悲不见九州同"一样;另一方面,其中也寓含着怯懦苟安、沉湎声色的萎靡之音和"偏安江左"的负面心态,如辛弃疾《水龙吟》所感叹:"把吴钩看了,栏杆拍遍,无人会,登临意。"

我们先人早就认识到,自然地理环境对区域文化和民情风尚形成具有不可小觑的作用。《史记·货殖列传》曾历数各地不同自然环境对民风民俗的影响,如谈到郑卫之风时说:"郑、卫俗与赵相类,然近梁、鲁,微重而矜节。濮上之邑徙野王,野王好气任侠,卫之风也。"《汉书·地理志》更是提出"域分"的概念,并指出:"凡民函五常之性,而其刚柔缓急,音声不同,系水土之风气,故谓之风。"梁启超在《近代学风之地理的分布》中进一步发挥说:"气候山川之特征,影响于住民之性质,性质累代之蓄积发挥,衍为遗传。此特征又影响于对外交通及其他一切物质上生活,物质上生活还直接间接影响于习惯及思想。"[①]正是地理环境和历史传统对地域文化具有重要影响,我们谈论地域文化,时常沿用春秋战国时期诸侯国别的名称,诸如鲁文化、齐文化、晋文化、楚文化、秦文化、吴文化、越文化等。当然,为了与当代的表达习惯相适应,人们谈论地域文化更多直接以区域名称相区分,如塞北文

---

① 梁启超:《近代学风之地理的分布》,见《梁启超全集》第7册,北京出版社1999年版,第4259页。

化、中原文化、三晋文化、湖湘文化、巴蜀文化、岭南文化等。江南文化概念,既是今天书面和口头频繁使用的鲜活词语,又积淀着深厚的历史文化底蕴。

这里无法全面探讨江南文化的丰富内涵和深刻意蕴,只是从文化地理学的角度简略描述水文化和码头文化的内在特征,考察江南文化对形成江南才子型君子人格的影响和价值。

水文化及码头文化的特征和意义

长三角或曰江南地区,是著名的鱼米之乡,不仅农业发达,人口稠密,而且城市林立,经济繁荣。这一方水土繁盛的重要原因,离不开水资源丰盈的"江山之助"。长三角不仅面朝东海,拥有广阔的海岸线,而且域内江河纵横,湖泊星散,是中国河网密度最高的地区。除长江、淮河、钱塘江、京杭大运河等浩荡奔流的江河外,上海的黄浦江、吴淞江,江苏的秦淮河、新沭河、苏北灌溉总渠,浙江的瓯江、灵江、曹娥江、浙东运河,安徽的青弋江、新安江、水阳江、秋浦河等众多水系交叉密布,四通八达;还有江苏的太湖、洪泽湖、金牛湖、高邮湖,浙江的西湖、东湖、南湖、千岛湖,安徽的巢湖、太平湖、花亭湖、升金湖、天井湖等湖泊星罗棋布,不胜枚举。长三角地区属亚热带季风气候,年均降雨量在1200毫米左右,比起北京、天津等地年均降雨量不足600毫米,福建、广东等省年均降雨量超过1700毫米,堪称雨水充沛而又较少泛滥的风水宝地。

水为生命之源、生产之要、生态之基,不仅是人类生存须臾不可或缺的自然资源,而且饱孕着深厚的文化内涵。众所周知,道家学术的核心观点是"无为而治",是深刻的"无为而无不为"的辩证思想。老子发现水是自然界最能体现"无为而治"特性的物质,并作了独到的论述:"上善若水。水善利万物而不争,处众人之所恶,故几于道。居善地,心善渊,与善仁,言善信,政善治,事善能,动善时。夫唯不争,故无尤。"①在老子看来,高尚善良的人,仿佛水一样具有多种美德:它滋润万物有利其生长,却不与它们相争;甘心处于众人鄙夷的低洼之地,所以也最接近于"道"。上善之人处世像水那样安于卑下,心胸如水一般沉静幽深,待人像水一样随和友善,说话如水一般从容守信,从政像水一样有序治理,做事如水一般善用才能,行动像水一样因势而动。由于他和水一样具有与世无争的美德,因而没有过失。这里所谓"不争",并非虚弱、沉沦或颓废的表现,而是"善利万物"不与之争功,是大智慧的"夫唯不争,故天下莫能与之争"。老子抓住水可以"随物赋形""润物无声""以柔克刚""水滴石穿"等特性,阐发"水"与"道"的关系,即体现万物运行之理的道,其物化形态就是水;而作为生命本原的水,其文化精义即是道。简言之,水是道的物理原型,道是水的哲学升华。

如果说,《老子》有关"上善若水"的论述是对水之人文内涵的总体性、概括性揭示;那么,《论语》里关于水的议论则从某些重要方面透视了水的文化特征。孔子面对川流不息的河水,曾发出深深喟叹:"逝者如斯夫,不舍昼夜。"②这是他感慨光阴荏苒,韶华易逝,仿佛河水日夜奔流不停,意在提醒和勉励人们"天行健,君子以自强不息"。孔子还说:"知(智)者乐水,仁者乐山;知者动,仁者静;知者乐,仁者寿。"③

---

① 《老子·八章》。
② 《论语·子罕》。
③ 《论语·雍也》。

一个"智"字,既反映孔子作为圣哲先师对"水"的认知,又破译出"水"所蕴藏的丰富文化底蕴。如果说,宽厚的仁者像山一样稳固、厚重、可靠、安如磐石;那么,聪明的智者则如水一般灵敏、流动、快捷、因势而动。南宋朱熹在《四书集注》云:"智者达于事理而周流无滞,有似于水,故乐水;仁者安于义理而厚重不迁,有似于山,故乐山。"水和山作为人的对象物,历来浸透着古今"智者""仁者"博大精深的人文情怀和精神。

智者何以乐水?《韩诗外传》第二十五章曾进一步解释说:"夫水者缘理而行,不遗小间,似有智者。动而之下,似有礼者。蹈深不疑,似有勇者。障防而清,似知命者。历险致远,卒成不毁,似有德者。天地以成,群物以生,国家以宁,品物以正。此智者所以乐于水也。"这是说:水顺随地势流动,即便很小缝隙都不遗漏,就像智者洞察事物严密细致一样;水始终流向低处,仿佛有礼貌者对人谦卑恭敬一般;水临渊不惧而飞流直下,如勇敢者赴汤蹈火在所不辞;水遇阻拦而流动缓慢水质澄清,就像人经历坎坷才懂得自己命运;水流历经艰险从不半途而废,终归百川归海,与德行高尚者认定目标绝不轻言放弃、不达目的誓不罢休一样。由于有了水,天地得以形成、万物得以生长、国家得以安宁、物质得以洁净,所以有智慧者皆喜欢水的特性。

不论是江河湖海,还是支流塘汊,有水的地方往往就有码头。作为人类利用水的伴生物,码头种类多种多样,大小形态千差万别。海岸线、大江大河边多半为大码头或曰港口,既是水陆交通的集结点和转运站,又是人流、物流的集散地和枢纽,是市场交易的场所和城市汇聚的区域。支流水道及河塘港汊边一般为小码头或曰渡口,既是水陆运输衔接和停泊的平台,又往往是村庄和集市聚合的宝地,在许多河汊如网、湖泽如星的水乡,溪流从每个村口甚至每家每户门前经过,是村民淘米洗衣乃至嬉戏玩耍的场所。码头作为人流物流的聚集地和转运站,其功能主要是集散与流通,不仅具有明显的商业化色彩,又常常是时尚流行的先行区,自然形成富有特色的码头文化。这种码头文化的核心理念主要是开放思想、吸纳意识、合作共赢观念、逐利重义的心态等;表现形态则常常是雅与俗的共存交融、新与旧的调和平衡、激进与保守的冲突包容、即时性与超时性的辩证统一等等。上海北外滩永不落幕的露天博物馆"上海码头文化博物馆"、浙江宁波规模宏大的"国字号"专题博物馆"中国港口博物馆"、安徽芜湖的"老海关遗址"及博物馆中的"芜湖开埠历史展"等等,都以翔实史料和生动事例诠释了码头文化的丰富内涵。上海市提炼的十六字城市精神:"海纳百川,锐意进取,开明睿智,大气谦和",可说较为充分地揭示与反映了码头文化的正面价值和积极意义。

江南文化孕育才子型君子人格

一方水土养一方人。以水和码头为重要地理特征的江南文化,也在长期发展中化育和培养出富有地域特色的人格模式,即江南才子型君子人格。当然,社会生活丰富多彩,人格形态也绝非单调划一,而是各色人等,多样杂陈。但多种人格形态并不排斥会有一种体现地域文化心理结构的主导人格脱颖而出。正如君子作为中华民族千锤百炼的人格基因,是中国人广泛认同和推崇的人格模式一样,才子型君子也是江南文化在历次整合中作为"最大公约数"而出现出类拔萃的人格范式。

就君子的一般特质而言,孔子曾以水为喻发表过精彩高论:"孔子观于东流之水。子贡问曰:'君子见大水必观焉,何也?'孔子曰:'夫水者,君子比德焉。遍予无私,似德;所及者生,似仁;其流也卑下,裾拘皆循其理,似义;浅者流行,深者不测,似智;其赴百仞之谷不疑,似勇;绵弱而微达,似察;受恶不让,似包;蒙不清以入,鲜洁以出,似善化;至量必平,似正;盈不求概,似度;其万折必东,似意。是以君子见大水必观焉尔也。'"①君子为什么遇大水而驻足观看?孔子认为原因就在于水能够启发君子修养德行。它润泽万物而无偏私,堪称品德高尚;所到之处遍布生机,堪称仁爱无疆;其流向下随物曲折流转,堪称谦虚高义;浅处流动不息,深处莫测高深,堪称聪明智慧;奔赴峡谷深渊毫不犹疑,堪称果敢勇毅;渗入缝隙无微不达,堪称明察秋毫;蒙受恶名而不申辩,堪称包容豁达;洗涤污垢使脏物洁净一新,堪称善化万物;衡量事物必定平等,堪称处事正直;遇满则止绝不贪多务得,堪称节用有度;百折千回始终奔向东海,堪称意志坚定。孔子在这里"以水比德",解说水具有君子崇尚的"德、义、道、勇、法、正、察、善化、志"等九种品格,既揭橥了水博大深邃的人文意蕴,又对君子的人格特征作了独到阐发。

如果说,君子是数千年中华儿女共同尊崇的正面人格形象,那么,受江南这方水土和风俗的沾溉,这一具有普遍性的人格形象又显现出哪些差异性特征呢?梁启超的《中国地理大势论》曾有"北人气概"与"南人情怀"的对比:"燕赵多慷慨悲歌之士,吴楚多放诞纤丽之文,自古然矣。自唐以前,于诗于文于赋,皆南北各为家数。长城饮马,河梁携手,北人之气概也;江南草长,洞庭始波,南人之情怀也。散文之长

---

① 刘向:《说苑·杂言》。孔子与子贡这段"君子比德于水"的对话流传颇广,《荀子·宥坐》《孔子家语·三恕》等均有相同或相近的记载。

江大河一泻千里者,北人为优;骈文之镂云刻月善移我情者,南人为优。"①与此观点相联系,宋词早有"豪放""婉约"之区分:说苏轼的词洋溢豪放之气,"必得关西大汉,执铜琵琶,击铁绰板,放声高唱'大江东去'";而柳永的词充盈婉约之声,"只合十八岁妙龄女郎,拿精巧红牙响板,轻敲慢打,柔声细语,唱'杨柳岸,晓风残月'"。② 如果说,北方文化更多凸显"骏马秋风蓟北"的气象,以雄放阳刚之美见长,那么,江南文化则更多呈现"杏花春雨江南"的情调,以温婉阴柔之美取胜。撇开这些一般性的泛泛之论,若再追问江南才子型君子人格的特征,似有两点尤其值得注意。

其一,聪明智慧。君子的人格特征当然包括诸多内容,如仁、义、礼、智、信、忠、孝、廉、悌等等。③ 才子型君子不同程度地具备这些品质时,"智"即聪明智慧往往是比较突出的方面。"江南才子"一词,从明清到当今一直相当流行,这本身就是江南士子文人聪慧明达的一种符号化表现。能够符号化,说明拥有大量反复出现的现象可以印证和支撑,也表明存在某些共同性的特征可以摄取和归纳。江南才子的具体形象,不仅在历代戏曲小说塑造的众多才子佳人角色上④、在无数诗文名篇表现的江南文人志趣里、在书画艺苑流传的名人佳话中群星闪

---

① 梁启超:《中国地理大势论》,载《饮冰室文集点校》第3集,云南教育出版社2001年版,第1807页。

② 参见宋俞文豹:《吹剑续录》。

③ 关于君子人格及君子文化问题,笔者曾有系列文章讨论,参见《君子文化与社会主义核心价值观》,载2014年6月13日《光明日报》,《新华文摘》2014年第19期等。

④ 参见黄胜江:《论中国古代文人剧作中的君子形象》,载《上海师范大学学报》(哲学社会科学版)2014年第5期。

耀,目不暇接,更在明清两朝科举考试蟾宫折桂的数量上大放异彩,让人惊诧。商衍鎏《清代科举考试述录》记载,从顺治丙戌(1646年)至光绪甲辰(1904年)近260年间,共取头名状元114人,其中江苏省占49人,浙江省占20人,安徽省占9人。三省头名状元数相加78人,占总数近70%,是直隶(4人)、江西(3人)、河南(1人)三省总数8人的近十倍。这个数字的背后,是经济、文化等多种力量的对比,尤其是高素质人口数量和质量的争锋。在苏、浙、皖三省,不仅状元县、状元村举不胜举,"连科三殿撰,十里四翰林""父子宰相""同胞翰林""四世一品"等科举奇观也屡见不鲜。[①] 为什么能够如此?最重要、最基本的原因就是崇文重教。这是江南才子型君子层出不穷、蔚为大观的奥秘所在,也是江南文化五彩缤纷、厚重灿烂的根脉所系。

其二,刚柔相济。提起江南,人们往往想到的是春花秋月,诗情画意;说到江南才子型君子,也不免给人文质彬彬、内敛儒雅的印象。其实,江南的湿润气候和灵山秀水,在赋予这方家园温柔富贵和智慧才情的同时,并没有消磨人们的意志、弱化人们的风骨。翻开历史,每当国家和民族发展需要持守大节、担当责任的严峻时刻,江南历来不乏刚直坚毅人士拍案而起,或视死如归勇赴沙场,或临危不惧坚守道义,谱写出一曲曲"粉身碎骨浑不怕,要留清白在人间"的浩然正气之歌。从扬州十日、嘉定三屠,到东林党、复社等一系列长达数十年坚韧顽强的反清复明斗争;从顾宪成、高攀龙、杨涟、左光斗、吴应箕、陈子龙,到顾炎武、黄宗羲、方以智、戴名世等众多大儒义士坚贞不屈的悲壮人

[①] 明清两朝,安徽桐城一县科举应试,除去为数众多的秀才,中进士者235人、中举人者793人,担任七品以上官职者高达786人,其中尚书9人;而徽州地区中进士者多达542人,中举人者1513人。

生,我们在聪慧灵秀、高雅淡泊之外,看到的是为道义呐喊、为信念拼搏的英勇身影,以及赴汤蹈火在所不辞的大无畏精神。之所以能够如此,乃在于江南本是中国之江南,它在中原数次大规模移民与迁徙中逐步走向繁荣,也受到发端于中原的中华文化传统沦肌浃髓的深刻影响。江南文化心中跳荡和体内涌动的,仍是以儒家思想为主干的中华文化的血脉。江南的水暖风和、温文尔雅,与中原的干裂秋风、豪情侠义,绝非排斥对抗,而是相容互补的关系,因而江南文化具有刚柔相济、能柔能刚的品格。这是我们讨论江南文化不应忽略的关节点。

《论语》有107处使用"君子"一词,对君子的素质修养从多角度做了立体透视和阐释。孔子所说:"君子道者三,我无能焉:仁者不忧,知(智)者不惑,勇者不惧"[1],从仁、智、勇三个方面界定君子人格的主要标准,也颇能概括江南才子型君子的人格要义。

2019年10月8日完稿于合肥书香苑

原载于《群言》2020年第12期,入选《长三角文化与区域一体化——2019年"长三角文化论坛"论文集》,上海人民出版社2020年6月版。

---

[1] 《论语·宪问》。

乡贤文化为什么与我们渐行渐远？

一

乡贤，旧时又称乡绅，是指在本乡本土知书达理、才能出众、办事公道、德高望重之人。他们多半耕读传家、上慈下孝、为人正直、热心公益，在民众中享有良好的口碑和威望。在以农业为主体的传统中国，广袤乡村的基层建设、社会秩序和民风教化等，主要由各个村落和地方的乡贤担纲。这些乡贤或以学问文章，或以清明善政，或以道德品行，或以杰出才干，或诸种嘉德懿行不同程度兼而有之，引起乡邑百姓的高度认同和效仿，从而形成植根乡野、兴盛基层的乡贤文化。

乡贤文化大体属于地域文化，虽然在不同地区往往会有不同特色，却仿佛祖国山河的千姿百态，其风雅异韵各具风貌，共同演绎了中华优秀传统文化的博大精深和绚丽多彩，更是中华优秀传统文化扎根乡野沃土百卉争艳的生动写照。作为中国传统乡村社会的重要文化景观，乡贤义化经过千百年的传承和积累，在乡村治理、文明教化、谋利桑梓等方面形成了丰富的经验和深厚的传统，对中国社会的基层稳定、中华文明的赓续传扬具有举足轻重的意义。乡贤文化既体现乡贤热爱家乡、建设故里、乐于担当的情怀,又饱蕴见贤思齐、助人为乐、崇德向善的正能量,在垂范乡里、化育乡邻,维护乡村秩序、促进基层社会平稳发展等方面曾产生巨大而深远的影响。

乡贤文化内容广泛,简而言之,起码涉猎三个大的层次:其一,乡贤的构成及特质,即乡贤一般由哪些人组成,这些人大体具备什么样的素质和特点;其二,乡贤的作用及影响,指乡贤在乡村建设中扮演怎样的角色,发挥怎样的功能,产生怎样的效果和反应;其三,乡贤治理乡村所创造并传承下来的物质文化遗产与非物质文化遗产,前者如祠堂、学堂、牌坊或功德碑等,后者如乡规民约、乡风民俗及村志谱牒等。在这里,第一层说的是人,第二层谈的是事,第三层讲的是乡贤做人做事所产生的结果。由这三个渐次展开的层次可见,乡贤文化的核心和基础是乡贤——没有乡贤,乡贤文化无法形成;乡贤的流失,必然导致乡贤文化的式微。

然而,半个多世纪以来,恰恰在如何对待乡贤的问题上,我们走过了一段不小的历史弯路,值得认真研讨和反思。

传统中国的乡贤或者说乡绅,一般指科举中取得功名而生活在乡村并有较高地位者。他们多半由退职返乡的文武官员,或有一定功名而未出仕的乡村贤达组成。这些人在乡村往往出身大户人家,有些甚至是宗族首领,家道殷实富足,不仅拥有相当田产,而且控制宗祠、学堂,乃至商铺作坊。

二

传统乡贤文化的兴盛,还在于乡绅在传统基层社会具有广阔的用武之地。

在绵延数千年的古代社会里,中国历代统治者对基层社会控制相对较松,不少朝代是县以下不设治,也就是人们通常所说的"皇权不下县"。县以下的广大区域没有国家权力组织,靠什么力量来治理和控制呢?简略地说,从县衙(县政府)到底层民众之间存在的巨大基层权力空间,主要依靠乡绅发挥作用来达到有效填补。这与新中国成立后经过农村社会主义改造,我们县级政府以下设有人民公社、生产大队、生产队三级组织管理乡村行政事务,明显颇有差异。1983年农村基层政府改革,设乡(镇)政府、村民委员会、村民小组三级组织机构,大体与原有的公社、大队、生产队三个管理层次相衔接。根据《中华人民共和国村民委员会组织法》,虽然村民委员会及村民小组"法定"属于群众性自治组织,但究其实质而言,村民委员会及村民小组均是集党支部、法定行政职能和集体经济管理职能于一身,承担和发挥着行政机构的功能。

传统乡绅在基层社会治理中究竟发挥怎样的作用? 以我们安徽南部的徽州地区为例,略作说明。徽州是明清时期全国重要商帮徽商的故里,地方乡绅在国家行政体制之外,代替或配合官府处理大量社会"公共管理"事务。这些事务涉猎诸多内容,如基础设施方面,建桥、修路、挖渠、筑坝、摆渡等;救灾方面如防洪、抗旱、抢险、赈灾等;教育方面如开设蒙学馆、聘请教师、帮助贫困学子求学赶考等;维护社会秩序方面如制订和实施乡规民约、劝说调解村民纠纷、斡旋乃至诉讼跨区域的利益冲突等;社会福利方面如救助特困家庭、施医、送药、施棺、划赠墓地等。清代实行较为严密的保甲制度,但官府在基层推行保甲法时,常常不得不借助乡绅及宗族组织完成,多半"责成本乡绅士,依照条法,实力举行"。乡绅对基层社会控制力之强,由此足可想见。

总之，传统中国社会由于县以下不设治，乡绅在国家政权与基层民众之间大有用武之地，担当了协调两者矛盾、促进双方良性互动、维护一方社会平稳发展的关键角色。尤其是明清时期，一些地区乡绅与宗族组织相结合，对基层社会的治理更加细密高效，影响力也更大。反观当今，国家在县级政府以下，设有乡（镇）政府、村民委员会、村民小组三级权力组织，对基层社会的掌控可谓到边到角，基本做到全覆盖。这是共产党作为执政党具有强大执政能力的表现，也是政府治国理政筑牢社会根基、确保政令畅通基层、维持社会稳定前行的重要保障。

三

传统乡贤文化蔚为壮观，还有另一关键原因，这就是古代官场的"告老还乡"制度，保证了乡贤人才的绵绵瓜瓞，代不乏人。

早在春秋战国时，便有官吏退休的"退而致仕""还禄位于君"的记载。唐宋以降，官吏退休还乡渐成规矩，至明清时期，已成雷打不动的制度。官吏退职还乡可能有多种原因，或告老返乡，或因病返乡，或受排挤返乡，或遭贬黜返乡，或绝意仕宦返乡等，无论哪种情况，"文官告老还乡，武将解甲归田"都是官吏遵循的惯例并逐渐形成传统。经过一千多年的延续传承，"落叶归根""告老还乡"不仅作为一种人生理念深入人心，还衍生出"乡愁""郡望""世家"等文化景观，让人感叹不已，更有许多辞官回乡的动人故事，如陶渊明弃官归田园、张季鹰莼羹鲈脍之思等等，开拓了别样的人生境界，给后人无限启迪和遐想。

明清两朝五百多年间，不论是地方官迁任京官，还是京官外放任职，或是地方官异地赴任，皆不得在任职地购置房产田产，其家眷由

"内衙"负责安置。明清两朝法律均规定:"凡有司官吏,不得于见任处所置买田宅。违者笞五十,解任,田宅入官。"显然,这样的法规不仅有利于从制度上防范官吏以权谋私、贪墨腐败,也加深了他们"宦途漂泊"和"根在故土"的观念,既增强了官吏还乡的愿望,也使退职还乡制度更易于执行。值得一提的是,退职还乡在国际上也较为普遍,美国、英国历任总统卸任后,必须很快搬出白宫、唐宁街,回到自己老家或其私人居所;日本前首相村山富市卸任后回到故乡大分县老屋安居,去年媒体刊登他80多岁在家乡骑自行车买菜的照片,曾让许多人惊讶。

官吏退职返乡,积极意义十分明显。其一,进则为官、退则为绅的返乡模式,实现了宝贵的人才资源从乡村流出到返回乡村的良性循环,使社会人才分布结构趋于合理,有利于整个社会可持续协调发展。其二,官吏文化层次高、富有才干、见多识广、历练老成、交游广泛,回乡后为建设故里出力,治理乡村、造福桑梓,崇文兴学、教化一方,保障了乡村经济、政治、文化等各项事业兴旺发达,也使作为中华优秀传统文化重要组成部分的乡贤文化在乡村代代相传,生机勃勃。其三,退职官员返乡,将毕生所学和积累的经验用于建设家乡,避免了高端人才在京城、省城及大城市扎堆集聚,英雄无用武之地耗费生命,在维系乡村和谐稳定的同时,也促进了城市与乡村的平衡发展。

可是,我们的各级领导干部、公务员,包括各类中、高级专业技术人员等,如今退职后在城市做寓公养老的多,通过各种关系设法牟利者不少,唯独告老还乡建设乡村者凤毛麟角。新中国成立以来,受城乡二元体制的影响,农村青年通过考大学或招工等途径迈入城市以后,就步入了与农村迥然不同的社会保障和福利体系。如今的乡村再也无法像过去的乡村那样,实现人才从流出到流入的良性循环,而主要充当了人才净流出地的角色。当告老还乡人生模式被摈弃以后,乡贤的重要来源枯鱼涸辙,乡贤文化的凋敝也就在所难免了。

四

今天我们谈论乡贤文化,人们常常忧心忡忡于大批青壮年劳动力进城务工,农村出现"空心化"现象,以及城镇化的迅猛扩张,导致农村发展严重滞后等状况。为此,《光明日报》曾推出"新乡贤·新乡村"系列报道和评论,在浙江及全国其他各地发掘"新乡贤"返乡创业的新闻人物和新闻故事,同时约请专家学者探讨乡贤文化的历史内涵和当代价值,为农村建设提供了新鲜经验。今天的新乡贤虽然与传统乡贤一样,都致力于为家乡治理奉献力量,但新乡贤明显具有鲜明的时代特点。这突出表现在乡贤主体范围更加广泛,包括农村优秀基层干部、道德模范等先进典型,也包括外出创业返乡的企业家、知识分子、海外华侨等。他们当年从乡村走出去,经过社会的磨砺,视野开阔、富有才干,或重新扎根故乡带领乡亲创业致富,或不时返乡用所学所长来反哺桑梓,为建设社会主义新农村献计出力。

不过,正如前面所描述和分析的那样,乡贤的凋零和乡贤文化的衰落还有许多深层的历史和社会原因。这些历史的和社会的动因,有些甚至是我们推翻半封建半殖民地的旧中国,建立社会主义新中国不得不采取的矫枉过正的举措。如今,中国这艘在人类文明海洋中前行的巨轮,经过暴风骤雨的革命洗礼、经过"文革"十年迷失航向的艰难调整、经过改革开放劈波斩浪的激流勇进,正以新的发展理念航行在全面建设小康社会的伟大征程中。"小康不小康,关键看老乡"。全面建设小康社会的最大短板是农村,是如何把广大农村地区建设成"生产发展、生活宽裕、乡风文明、村容整洁、管理民主"的美丽乡村。习总书记深刻指出:"要治理好今天的中国,需要对我国历史和传统文化有深入了解,也需要对我国古代治国理政的探索和智慧进行积极总结。"传承和弘扬乡贤文化,正是汲取中国历史和传统文化的宝贵智慧和经验,为农村治理提供有益的借鉴之资。

中国历史上长期形成的"告老还乡"传统,对解决当下农村"空心化"积弊,缓解大城市过于拥挤、不堪重负等"城市病",无疑具有鉴往开来的重要意义。如果说,农村青年通过外出求学或打工离开乡土,是一种改变命运的积极努力,那么,对于60岁或55岁退休留在城市养老者,则多少给人用材不尽的遗憾。由于生活条件改善和生活品质的提高,现在60岁左右者一般都身体健康,精力充沛,尤其是各级领导干部、工商企业界人士、文化科技教育医疗等领域专家学者等,曾经有为有位、经验丰富、人脉广泛,若告老返乡则可发挥多方面作用。他们不仅能为美好乡村建设出谋划策、聚集资源、躬行实践,而且能以自己的见识及生活方式垂范乡邻、传播文明、改善乡村风气,以自己威望和身份超脱的特殊地位,影响乃至监督基层乡镇干部为民办事;同时他们生活于乡土,还能促动城市子女及亲戚朋友频繁往返乡村,为农村带来更多的人流、物流及资金流等。凡此种种,对于从根本上医治农村"空心化"顽疾,或可起到固本培元、祛邪扶正的良好疗效。

在这方面,全国政协原副主席毛致用退休返回老家湖南岳阳筻口镇西冲村,三年就将一个落后村转变成"岳阳第一村";海南省原副省长陈厚苏退休返回临高县南宝镇松梅村,很快改变家乡贫困面貌;云南省保山原地委书记杨善洲退休放弃进省城的机会,返回故乡施甸县大亮山义务植树造林成为全国道德模范等等,都堪称告老还乡"新乡贤"的典范。他们落叶归根、化泥护花、泽披桑梓、造福一方的善举,谱写了当代乡贤文化的崭新篇章。

五

与离退休干部的庞大数量相比,像毛致用、陈厚苏、杨善洲这样续写"告老还乡"时代新篇者毕竟寥若晨星,乃至可视为无关宏旨的极少数现象。实事求是地说,绝大多数离退休干部告老而不还乡,并非他们自己的刻意安排,而是当代中国社会历史状况使然,是近几十年来国家政策制度使然。由于我们干部制度和公务员制度没有规定,也没有提倡退职还乡,加上多年实行的城乡二元体制导致城市与农村发展严重不平衡,城市社会保障水平和生活舒适便捷程度远远高于乡村,从农村走出的各级领导干部及各类公务人员退休留在城市,早已成为大家自觉或不自觉的共同选择,乃至日久岁深,逐渐被视为理所当然、天经地义之事。

趋利避害是人的天然本性。就目前城市与乡村发展存在的较大落差看,让从农村走出的各级领导干部、工商企业界人士和专家学者等退休后返回故土发挥乡贤作用,显然只能"倡导"而不应"强求",不能操之过急,更不能搞"一刀切"。这不仅因为今日中国较之传统中国已发生沧海桑田之巨变,旧时告老还乡的自然经济土壤及多方面条件已经不复存在;还因为农村生活质量和文明水准等与城市相比差距明显,生活条件相对优越的"城里人"很少愿意主动去适应农村的艰苦环境;更因为长期以来国家对离退休公务人员留在城市制定了诸多政策保障和生活福利,而对于返回故里张扬乡贤文化者,则几乎没有任何相应的政策措施。譬如,民政部及社保部门对于离退休返乡者的养老待遇和医疗保障等如何实行方便划转和高质量对接?国土资源部门能否出台相关政策解决返乡后的宅基地问题,或者将返乡者的住宅纳入美丽乡村建设整体布局予以实施?组织和宣传部门能否在舆论上对离退休干部和专家学者等还乡支持农村建设大力宣传,对于做出突出贡献者给予崇高荣誉和隆重表彰?如此等等表明,将"告老还乡"作为现行离退休制度的一种模式予以倡导和实施,为美丽乡村建设提供高品质的乡贤资源,尚有许多问题需要逐个解决。

笔者曾向有关同志征询:传统"告老还乡"模式在当今社会是否有必要有价值、是否具有可操作性?大家都认为十分必要且很有价值,同时担心难以操作和落实。有的同志说:大城市与乡村的医疗条件和水准不啻有霄壤之别,仅看病就医这一项就会难倒许多人,谁还愿意退职返乡呢!这虽然说的是实情,但仔细想想,农村医疗条件之所以落后,医疗资源分配不合理固然是一方面因素,关键还在于农村中高端医疗需求不足。恩格斯早说过:"社会一旦有技术上的需要,这种需要就会比十所大学更能把科学推向前进。"如果大批离退休干部、工商企业界人士及知识分子源源不断地返回乡村,其所产生和带动的有效需求,不仅会使农村医疗及其他方面的硬件和软件水平得到较快提升,而且对扭转农村"空心化""荒寂化"的萧条状况,对于集聚乡贤人才和复兴乡贤文化,无疑都会起到积极作用。

今天的农村发展及乡贤文化现状之所以不能令人满意,正由于我们昨天在这方面做得有缺陷;而明天的农村发展及乡贤文化状况会怎样,则取决于我们现在怎么做!

2016年2月13日二稿于合肥书香苑

原载于《学术界》2016年3期,《新华文摘》2016年13期全文转载。

后　　记

　　正如文学是一个古老而求新的专业,文学评论也是讲求推陈出新的行当。收入这个册子里的文章,对当下文学及文化发展演变的感应和思考,有的源于自己的学术积累和观察体悟,也有的源于编辑的选题策划和热情约稿,并且后者常常几句话,甚或只言片语,给我打开一扇窗户,让我看到一片不曾注意却应该注意的天光云影,我对他们内心充满感激。

　　本书的文章全都在相关报刊发表过,它们主要是《光明日报》《人民日报》《文艺报》《中国艺术报》《文学评论》《文学遗产》《中国当代文学研究》《群言》《学术界》等,其中多篇被《新华文摘》等全文转载。我特意在每篇文章的末尾标明原发和转载报刊及时间,一来向这些报刊和编辑表示感谢,二来也便于读者查验。一些文章在《光明日报》发表时,编辑对标题从鲜明生动考虑做了重新提炼,使拙文颇为增色,辑入本书受目录体例限制采用原标题,但文末做了说明。一些文章因篇幅问题,报刊发表时编辑做了适当删节,手头恰存电子版原稿的做了部分恢复。其他皆未作改动,以存原貌。

　　承蒙安徽文艺出版社领导和编辑的厚爱,在当前学术著作出版难

后　记

的情况下,对本书的出版予以热情支持。在这散落各处文章汇聚之际,想到原发和转载报刊编辑的支持与鼓励,尤其是《光明日报》"文学评论"版主编王国平编审、刘江伟编辑,多年精心编发拙文并数次约稿给予可贵指点,体现的不仅是编辑与作者之间的信任和友谊,更让我感受到他们对事业高度负责的精神。本书责任编辑张妍妍、宋潇婧对书稿认真编校,花费了很大心血,在此一并谨致由衷感谢!

钱念孙

2021年10月2日于合肥书香苑